Bernhard Aichner · Totenrausch

Alles wird gut

Es war der einzige Weg. Sie hatte keine andere Wahl mehr, sie musste die Hilfe annehmen, die man ihr angeboten hatte. Dass jemand das Risiko einging, sie aus Deutschland wegzubringen, grenzte an ein Wunder. Mit ihr in Verbindung gebracht zu werden, könnte Fragen aufwerfen. Ihr zu helfen, Gefängnis bedeuten. Sie ist wie eine Krankheit, die man ausrotten will, ein Übel, das man sich vom Leib hält. Deshalb darf keiner sie sehen, deshalb hat sie ihre Kinder betäubt und fährt jetzt mit ihnen Richtung Norden.

Sie durfte sich nicht selbst ans Steuer eines Wagens setzen, auch öffentliche Verkehrsmittel waren keine Option. Eine simple Verkehrskontrolle hätte alles beenden können, ein Mitreisender, der sie zufällig erkannt, eine Kamera am Bahnhof, die sie aufgenommen hätte. Deshalb der Leichenwagen, der große Transportsarg auf der Ladefläche und die kleinen Luftlöcher, durch die sie atmen. Es ist einfach nur Nacht, es sind nur zwei schlafende Mädchen in der Dunkelheit. Niemand wird sie ihr wegnehmen, niemand außer ihr wird ihr Weinen hören, dieses leise Wimmern, noch bevor ihre Augen aufgehen.

Denn egal wie sehr sie es sich gewünscht hat, dass es nicht passieren wird, sie beginnen sich zu rühren. Zu reden. *Wo sind wir, Mama? Bitte schalte das Licht ein, ich kann mich nicht bewegen, dich nicht sehen, Mama.* Schnell begreifen sie, dass sie eingesperrt sind, dass es keinen Ausweg gibt. Wie ein Reflex ist es, sie treten mit ihren Füßen, hämmern mit den Fäusten gegen das Holz, sie wollen sich befreien. Doch nichts tut sich, die Sargwände geben nicht nach, Mamas Arme sind wie Schnüre, die um sie herumliegen, sie liebevoll festhalten, beschützen wollen. Da sind nur die Räder, die sich drehen, der Asphalt unter ihnen, und die Taschenlampe, die sie eingeschaltet hat. Ein lächerlicher Versuch, ihnen die Angst zu nehmen.

Uns wird nichts passieren, flüstert sie. *Bald geht der Deckel auf, und wir werden das Meer sehen.* Sie will daran glauben, darauf vertrauen, dass der Fahrer des Wagens tut, was er ihr versprochen hat. Dass er sie an Bord dieses Frachters bringen wird, ohne Umwege außer Landes, sie hat teuer dafür bezahlt. Sie hat alles zurückgelassen, was war, in ein paar Stunden ist da keine Vergangenheit mehr, niemand mehr, außer den Kindern. Alles, was sie noch hat, liegt in ihren Armen, nur noch verbrannter Boden ist es, über den sie fahren. Da ist keine Haustüre mehr, die sie aufsperren kann, kein Weg mehr zurück in die Stadt, in der sie aufgewachsen ist. Nie mehr Heimat. Sie muss sich eine neue suchen. Weil sie ihr Gesicht nicht einfach ausziehen kann wie einen Schuh, weil man sie erkennen und sie einsperren würde. Deshalb.

Im Verborgenen bleiben. Auch wenn sie sich dafür hasst, dass sie den Kindern das antut, sie zweifelt nicht daran, dass es richtig ist. *Bitte beruhigt euch wieder. Es ist alles in Ordnung.*

Ihr müsst mir vertrauen, sagt sie und schaltet die Taschenlampe wieder aus. Weil sie die Tränen in den Augen der Mädchen nicht mehr ertragen kann. Weil sie weiß, was sie ihnen zumutet. Das Eingesperrtsein. Die Angst. *Mama passt auf euch auf*, sagt sie nur. *Ihr müsst keine Angst haben, meine Lieben. Kurz verstecken wir uns noch, dann fahren wir mit einem großen Boot.* Über das Meer in ein anderes Leben. Weil das alte kaputt ist.

Brünhilde Blum. Liebevolle Mutter, erfolgreich in ihrem Beruf als Bestatterin, freundlich und ausgeglichen, niemand hätte je damit gerechnet, keiner hätte auch nur eine Sekunde lang angenommen, wozu sie fähig sein würde. Dass sie zur mehrfachen Mörderin werden könnte. Eiskalt und außer Kontrolle, Verbrechen ohne Motiv seien es gewesen, verrückt sei sie geworden, hieß es. Weil niemand wusste, warum das alles passiert ist, weil es offiziell kein Motiv gab. Sie habe die Männer gar nicht gekannt, die sie getötet habe, es habe keinerlei Berührungspunkte gegeben, wahllos habe sie zugeschlagen, einfach so habe sie auf grausamste Weise fünf Leben beendet. Die Tat einer Psychopathin, schrieben sie. Und lagen doch so falsch damit. Weil niemand wusste, wer diese Männer wirklich gewesen waren, was sie getan hatten. Dass sie verantwortlich waren für Marks Tod. Blums Mann, der einfach auf der Straße gelegen hatte an einem Morgen. Totgefahren. Vor ihren Augen.

Seine Lippen, an die sie jetzt denkt. Sie hatten sich nicht mehr bewegt. *Papa ist im Himmel*, hatte Blum gesagt. *Papa ist tot*, hatte Nela geantwortet, die Ältere. Sie hatte als Erste begriffen, dass er nicht wiederkommen, dass er sie nie wieder ins Bett bringen, sie nie wieder streicheln würde. *Unser Papa ist jetzt auch eine Leiche*, hatte sie zu ihrer kleinen Schwester gesagt. Uma, die es nicht begreifen wollte. Und Blum, die es nicht ertrug. Sie wollte sich nicht damit abfinden. Sie wehrte sich. Begann zu graben.

Laut Polizeibericht war es ein Unfall mit Fahrerflucht gewesen, mehr nicht. Der Schuldige wurde offiziell nie gefunden, irgendwann hatten sie aufgehört, nach ihm zu fahnden. Doch Blum suchte weiter und spürte sie auf. Diese fünf Männer, die gewollt hatten, dass er stirbt. Weil er der Kriminalbeamte war, der herausgefunden hatte, was sie zu verbergen hatten. Es war das Letzte, an dem er gearbeitet hatte, er war überzeugt davon gewesen, dass diese fünf angesehenen Bürger ein Doppelleben führten, dass sie Vergewaltiger waren und Mörder. Ein Horrorfilm war es, in dem Blum aufgewacht war. Da waren nur noch diese wilden Tiere, tollwütige Bestien, die sie jagte und zur Strecke brachte. Zerlegte und ausnahm.

So nah noch alles. Der Grund für die Dunkelheit, dafür, dass sie davonlaufen, sich verstecken muss. Eingepfercht in dieser Kiste, die Verzweiflung der Kinder. Und ihre eigene Ohnmacht. Weil sie nichts tun kann, um die Mädchen zu erlösen und ihnen diese Angst zu nehmen. Nichts, außer immer weiterzureden, in ihre Ohren zu flüstern. *Bald schon werden wir am Ufer sitzen und Steine ins Wasser werfen.* Mit schönen Sätzen kämpft sie gegen ihre Panik an, in warmen, bunten Farben malt sie ihre Zukunft, sie nimmt die Kinder an den Händen und rennt mit ihnen über den Strand.

Schließt einfach die Augen und stellt es euch vor. Die kleinen Krebse, die über die Felsen klettern, die vielen bunten Fische. Und wenn ihr genau hinhört, könnt ihr auch das Rauschen des Meeres hören. Keine Räder mehr auf dem Asphalt, überall nur blaues Wasser und Sonne, die Kinder laufen herum und springen in die Luft. *Mama ist bei euch*, sagt sie. *Alles wird gut.* Immer wieder dieser eine Satz zwischen all den anderen. Dieser Satz, der die Kinder langsam beruhigt, ihnen Hoffnung macht. *Alles wird gut*, flüstert sie. *Alles wird gut.*

1

Die Lofoten. Als sie ankamen, waren da überall tote Fische ohne Köpfe. Dorsche, immer zwei Fische aneinandergebunden, drei bis vier Monate getrocknet, aufgehängt an Holzgerüsten, Stockfisch. Und das kleine rote Holzhaus am Meer, das ihnen der freundliche Fischer vermietete. Eine neue Welt, in die sie eintauchten, Menschen, die nichts ahnten, Vergangenheit, die einfach verschwand. Niemand stellte Fragen, es gab keinen Verdacht. Da war nur eine Mutter, die mit ihren zwei Kindern Urlaub machte.

Am Ende der Welt so etwas wie Glück. *Es ist so schön hier, Mama. Die Berge sind so spitz. Wir wollen hierbleiben, Mama.* Sie dachten nicht mehr daran, wie sie hergekommen waren, erinnerten sich nicht mehr an die Angst, die da gewesen war, an die Dunkelheit, die Enge. Weit weg war alles wieder, die Kinder blühten auf, genossen, dass Blum für sie da war. Wochenlang nur Wasser, Spaziergänge über die Insel, Fremdes wurde ihnen vertraut. Alles, was Blum ihnen versprochen hatte, wurde wahr. Niemand suchte sie hier, niemand nahm nur eine Sekunde lang an, dass etwas nicht stimmte. Uma und Nela waren glücklich.

Diese wunderschöne Landschaft hundert Kilometer nördlich des Polarkreises, ein Ort, an den sie immer schon hingewollt hatte. Gemeinsam mit Mark. *Irgendwann fliegen wir nach Norwegen, meine Blume. Wir werden die Mitternachtssonne sehen.* Ein lange ersehnter Wunsch wurde wahr. Ohne ihn. Mit Gewalt wollte Blum daran glauben, dass es für immer sein würde. Jeden Morgen, an dem sie aufwachten, malte sie ihr Leben schön und schwärmte, sie versuchte, die Kinder glücklich zu machen. Alltag am Ende der Welt war es. Der Fischer, der kam und sie mit Lebensmitteln versorgte, die Sonne, die nicht unterging, die Möwen, die kreisten. Wochenlang dieses Lachen, das sie sich abrang, auch wenn ihr nicht danach war.

Lügen waren es, die die Wunden der Kinder heilten. Die Wahrheit behielt Blum für sich, diese Sätze, die immer wiederkamen, in ihr laut waren. *Eure Mama hat fünf Menschen umgebracht, meine Lieben. Sie hat euch euer Leben gestohlen. Aber Mama wird es wiedergutmachen.* Die täglichen Versuche, eine heile Welt zu zimmern, alles zu tun, damit das Lächeln in den Gesichtern der Kinder nicht wieder verschwinden würde.

Drei unendlich lange Monate. Dann wurde der Stockfisch von den Holzgerüsten genommen, gestapelt und nach Italien exportiert, die Köpfe kamen nach Nigeria. *Man kocht dort Suppe daraus*, sagte der Fischer. Immer noch freundlich, doch neugierig irgendwann. *Wie lange wollt ihr denn bleiben*, fragte er. *Bald ist Winter.* Blum antwortete nicht. *Müsst ihr nicht nach Hause*, fragte er. *Müssen die Kinder nicht zur Schule?* Blum schwieg.

Auch wenn es ruhig um sie geworden war, auch wenn die Medien von dem Monster abgelassen hatten, sie wusste, dass sie nicht mehr zurückkonnten. Der wöchentliche Besuch im Internetcafé beruhigte sie zwar, doch es bot sich kein Ausweg. Die Fahndung nach ihr war erfolglos geblieben, es herrschte Ruhe, die Journalisten hatten die Geschichte fertigerzählt, es gab nichts Neues zu berichten. Die Bestatterin Brünhilde Blum, die ihre Opfer zerstückelt und in den Särgen irgendwelcher Verstorbenen entsorgt hatte, hatte sich mit ihren Kindern in Luft aufgelöst. Ein spektakulärer Kriminalfall war es gewesen, der das kleine Österreich erschüttert hatte, kurz hatte sogar halb Europa auf das beschauliche Innsbruck geschaut, jetzt aber war es wieder still geworden, das Meer zwischen den Bergen hatte sich beruhigt. Kurze Zeit Windstille.

Blum fuhr mit ihren Kindern in einem Ruderboot hinaus aufs Meer, sie angelten. Sie lachten und warfen die Fische wieder ins Wasser. Friedlich schien alles, und doch konnte sie nicht schlafen, lag wach neben den Kindern in der Nacht. Sie malte sich aus, was kommen würde, die Wirklichkeit war leer. Es gab keine Perspektive, keine Schule, keine Arbeit, keine Krankenversicherung, das Geld würde noch für einige Wochen reichen, dann aber würde alles ins Stocken geraten. Ihr neues Leben war wie ein Auto ohne Benzin am Straßenrand. Was sie noch besaß, fand in zwei Reisetaschen Platz. Nur ein schöner Traum war es, aus dem sie langsam wieder erwachte.

Blum hatte keine Kraft mehr. Den Kindern und sich selbst die Welt schönzumalen, ständig so zu tun, als wäre alles in bester Ordnung, zerrte an ihren Nerven. Sie zog die Bettdecke über den Kopf, die Tage wurden kürzer, die Sonne verschwand langsam. Verzweiflung und Einsamkeit machten sich breit. Das Bewusstsein, dass sie Fremde waren in diesem Land, nur Touristen zu einer Jahreszeit, in der normalerweise keine mehr da waren. Die kurze Sommersaison war vorüber, was sich in den ersten Wochen wie Glück angefühlt hatte, war nun nur noch Strafe und Qual. Die Fragen der Kinder brannten in ihr genauso wie die Antworten, die sie nicht geben konnte.

– Wann fahren wir zurück, Mama?
– Wohin?
– Nach Hause.
– Aber es ist doch schön hier, nicht wahr? Jetzt kommt der Winter, wir können Schneemänner bauen, mit dem Schlitten den Hügel hinunterfahren. Das wird ein Spaß, ihr werdet sehen. Wir werden uns an alles gewöhnen, irgendwann wird das alles hier ganz normal sein.
– Wir wollen auf unseren Kirschbaum klettern im Garten. So wie immer, Mama. Wir müssen die Kirschen pflücken, sonst kommen die Vögel und fressen sie alle auf.
– Wir können uns jederzeit welche kaufen, wenn wir wollen.
– Und was ist mit den Toten, Mama?
– Um die kümmert sich jetzt jemand anderer, macht euch keine Sorgen.
– Bist du jetzt keine Bestatterin mehr?
– Nein.

– Was willst du denn dann machen, Mama?
– Ich habe mir überlegt, dass ich in der Fischfabrik arbeiten könnte.
– Das geht nicht.
– Warum nicht?
– Weil wir nicht wollen, dass du den Fischen die Köpfe abschneidest. Wir können hier nicht bleiben, Mama.
– Aber warum denn nicht?
– Weil es keine Kinder hier gibt. Da ist niemand außer uns. Mit wem sollen wir denn spielen?
– Wir könnten ins Dorf ziehen.
– Wir verstehen die Sprache nicht.
– Eine Sprache kann man lernen. Ihr könntet hier in die Schule gehen, wir könnten für immer hier leben.
– Das wollen wir aber nicht.
– Wir schaffen das schon, ihr werdet sehen.
– Wir wollen zurück in unser altes Haus, wir wollen unsere Spielsachen wiederhaben, Opa wiedersehen.
– Wir können nicht zurück, meine Lieben.
– Warum nicht, Mama?
– Weil es nicht geht.
– Bitte.
– Es tut mir so leid.
– Was, Mama?
– Alles.

Wie es ihr das Herz zerriss. Sie wünschte sich, alles rückgängig machen zu können, sie verachtete sich dafür, dass nichts anderes mehr auf ihrer Zunge lag als dieser beschissene Satz, der zur Floskel verkam, der nur noch ein Versprechen war, das sie nicht einhalten konnte. *Alles wird gut.* Sie wollte es sagen, doch sie konnte es nicht mehr, die enttäuschten Gesichter der Kinder machten sie stumm. Sie hatte ihr Lachen verloren. Und ihre Zuversicht. Da waren nur noch Tränen. Viele.

2

Am frühen Morgen stehen sie an einer Tankstelle. Die zwei Reisetaschen neben ihnen auf dem Boden. Blum hat aus dem Bauch heraus entschieden. Hat alles abgebrochen, den Fischer gebeten, sie zurück aufs Festland zu bringen. Keinen Tag mehr länger wollte sie bleiben. Sie muss einen Weg finden, damit ihre Kinder bekommen, was sie sich wünschen. Eine Sprache, die sie sprechen können. Andere Kinder, eine Schule, einen vertrauten Baum, auf den sie klettern können. Sie wird alles dafür tun, egal, was es kostet, sie wird die Mädchen glücklich machen. *Mama wird dafür sorgen, dass es euch gutgeht.* Sie streichelt über ihre Haare. *Wir müssen noch kurz warten, dann fahren wir los.* Uma und Nela nicken nur. Sie vertrauen ihr, wie kleine Lemminge laufen sie hinter ihr her. Sie freuen sich über den Aufbruch, darüber, dass sich etwas bewegt, dass sie wieder weggehen von hier. *Danke, Mama,* sagen sie.

Und wieder sind sie unterwegs. Vor wenigen Monaten sind sie erst angekommen, jetzt gehen sie wieder. Wie mühsam und beschwerlich es war, hierherzukommen, wie viel Angst und Sorge damit verbunden war, wie sehr die Kinder gelitten hatten. Keine Kiste mehr, in der sie zusammengekauert liegen, keine Dunkelheit, die wehtut, keine Kinder, die schreien. Nie wieder wird sie ihnen so etwas antun. Es muss auch anders gehen, Blum wird einen Weg finden. Sie wird ihnen zurückgeben, was sie ihnen genommen hat. Sie werden nicht auf dieser kleinen norwegischen Insel verrotten, sie wird ihnen eine neue Heimat schenken, ein schönes Zuhause für sie aus dem Hut zaubern. Irgendwie werden sie es schaffen. Unterzutauchen, neu anzufangen. Sie will die Kontrolle über ihr Leben zurück, nicht länger ohnmächtig sein, einfach alles hinnehmen, nicht darauf warten müssen, bis ein Tourist am Strand sich an ihr Gesicht erinnert, bis ein neugieriger Nachbar die Polizei alarmiert. Blum will zurück. Weil sie nicht weiß, was sie hier soll. Weil es keine Garantie dafür gibt, dass sie in Norwegen weiterhin in Sicherheit sein werden. Weil ihre Chancen in Deutschland wahrscheinlich größer sind.

Deshalb wartet sie jetzt an dieser Tankstelle und hält Ausschau nach jemandem, der sie mitnimmt. Während die Kinder mit einer leeren Coladose Fußball spielen, wandert Blums Blick ununterbrochen umher, sie scannt den Parkplatz, die Fahrer, sie muss den Richtigen finden, geduldig sein, in den Gesichtern lesen. Es darf niemand sein, der aus Deutschland kommt oder aus Österreich. Er darf keine Fragen stellen, es muss jemand sein, der einfach nur Unterhaltung sucht auf einer langen Fahrt, jemand, der jünger ist als sie, schwächer. Sie muss sich wehren können, falls etwas passiert, sie muss mit allem rechnen, das Messer in ihrer Tasche griffbereit halten. Keine Fehler machen. Blum wird so lange warten, bis sie sich absolut sicher ist, dann erst wird sie fragen. *Würden Sie uns mitnehmen? Mich und meine beiden Kinder? Sie würden uns damit einen großen Gefallen tun.* Freundlich wird sie sein.

Sobald ihr Bauch *Ja* sagt. Dann werden sie einsteigen und in einer Fahrerkabine verschwinden.

Mittag ist es. Ein junger Türke mit einem freundlichen Lächeln kommt aus der Raststation, vielleicht fünfundzwanzig ist er. Ein schmächtiger Kerl, der auf einen riesigen Sattelzug zugeht. *Ich fahre bis Hamburg*, sagt er. Er hat keine Ahnung, wer sie ist, was sie zu verbergen hat. Nur ein Fremder, dem sie das Blaue vom Himmel erzählt. Dass sie Streit mit ihrem Mann hätte, sagt sie. Dass sie weggelaufen sei. Sie müsse die Kinder in Sicherheit bringen, weil ihr Vater sie suche, sie ihr wegnehmen wolle. Eine rührende Geschichte kommt aus ihrem Mund, schutzbedürftig wirkt sie. Und der Türke nimmt sich ihrer an. Zeki heißt er. Und er glaubt ihr. *Steigt ein*, sagt er.

Dreißig Stunden lang geht es mit Zeki Richtung Süden. Auf der Ladefläche zwei Tonnen Stockfisch, aus dem Lautsprecher türkische Volksmusik. Blum und die Kinder neben ihm auf dem Beifahrersitz, alles fühlt sich gut und richtig an. Uma und Nela, wie sie lachen, weil Zeki ihnen lustige Geschichten erzählt, sie aufmuntern will. Landschaft, die vorbeizieht. Und ein Ziel, das da plötzlich wieder ist. Hamburg. Weil es das Schicksal so entschieden hat. Eine Stadt, groß genug, um dort nicht aufzufallen, um zu bekommen, was sie will. Reisepässe für sich und die Kinder, eine Wohnung, Arbeit. Sie werden ein ganz normales Leben führen, unter einem anderen Namen werden sie neu beginnen und alles hinter sich lassen. Blum träumt weiter, während sie die Kinder am Abend auf einer dreckigen Liege in den Schlaf streichelt. Die Finger ihrer rechten Hand streichen über Umas Rücken, die Finger ihrer linken über Nelas. In Zekis Fahrerhaus klingt alles nach Hoffnung. *Wir haben dich lieb, Mama.* Dann gehen die kleinen Augen zu. Und Blum setzt sich wieder nach vorne. *Danke,* sagt sie.

– Du musst dich nicht bedanken.
– Doch, das muss ich. Ich weiß nicht, was passiert wäre, wenn du uns nicht mitgenommen hättest.
– So schlimm?
– Ja.
– Du hast kein Geld, oder?
– Warum fragst du mich das?
– Du fährst per Anhalter. Fliegst nicht, reist nicht mit der Bahn. Mit den Kindern, das ist ungewöhnlich.
– Du hast Recht. Es ist nicht mehr viel da.
– Wo wollt ihr hin?
– Ich weiß es nicht. Aber Hamburg klingt gut.
– Ihr könnt nicht nach Hause?
– Leider nein.
– Was muss das für ein Arschloch sein.
– Wer?
– Dein Mann. Eine Frau wie dich sollte man behandeln wie einen Schatz.
– Flirtest du mit mir?
– Nein.
– Besser so.
– Aber ich könnte dir helfen.
– Wie?
– Ich kenne da jemanden in Hamburg. Eine gute Freundin von mir. Ihr könntet ein paar Tage bei ihr unterkommen.

– Warum solltest du uns helfen wollen?
– Warum nicht?
– Du kennst uns doch gar nicht.
– Ich habe gehört, was du zu deinen Kindern gesagt hast.
– Was?
– *Zeki ist lieb.* Das hat mir gefallen.
– Das reicht?
– Ich habe sieben Geschwister. Ich weiß, wie sich das anfühlt.
– Was?
– Nichts zu haben. Nicht zu wissen, was kommt.
– Erzähl mir davon.

Und Zeki erzählt. Lange und ernst über eine Kindheit in Kappadokien, über Armut und Sehnsucht. Liebenswert ist er. Kein Drängen, kein Wollen, nur ein junger Mann, der reden will, helfen will. Weil es ihm leichtfällt. Unbeschwert ist alles, nebeneinander sitzen sie und fahren durch die Nacht. *Bist du müde*, fragt Blum. *Noch nicht*, sagt Zeki und redet weiter. Blum genießt es. Seit drei Monaten zum ersten Mal wieder eine richtige Unterhaltung. Ein Gefühl, das guttut. Nur Zeki und das Meer, wenn sie aus dem Fenster schaut. Die Lichter der Fischerboote weit draußen.

3

Bei den Landungsbrücken verabschieden sie sich. Hamburg am Morgen. In ihrer Hand der Zettel mit der Adresse, die er ihr aufgeschrieben hat. *Eine gute Freundin*, hat er gesagt. Dankbar hat sie ihn umarmt. Zeki. Zwei Tage lang hat sie sich sicher gefühlt. Mit den Kindern irgendwo in Dänemark auf einem Parkplatz. *Wir müssen pinkeln, Mama.* Mit den Kindern in einem Autobahnrestaurant. *Wir wollen Pommes, Mama. Und Eis.* Sie waren zufrieden. Uma und Nela. Und Zeki, der ihnen ununterbrochen das Gefühl gab, dass alles in bester Ordnung war. Auf engstem Raum vertraut. Weil es Schicksal war vielleicht. Alles, was passiert ist, seit sie die Tür zugemacht hatte in Norwegen. Endlich jemand, der es gut mit ihnen meinte. Bis zum Schluss war da keine Angst, kein Argwohn, nur ein zuversichtliches Lächeln am Ende. Ein schneller Abschied, weil Zeki weitermusste, weil er das nächste Kapitel in seinem Buch aufschlagen würde. *Pass gut auf die Mädchen auf*, sagte er nur. *Und auf dich.* Dann war er weg.

Kurz ist da noch dieses schöne Gefühl. Aufgeladen mit dem, was war in den letzten zwei Tagen, steht sie da und schaut dem Lkw hinterher. Auch noch, als er längst schon nicht mehr zu sehen ist. *Kommt er zurück*, fragen die Kinder. *Nein*, sagt Blum. Die Vertrautheit ist weg, die Geborgenheit, es gibt keine Nacht mehr mit Zeki am Straßenrand, sie sind wieder allein. Alles ist wieder fremd. Da sind nur diese Treppen, die sie nach oben steigen, Hand in Hand Richtung St. Pauli. Einfach weitergehen, nicht zögern, die Mädchen sollen nicht merken, dass sie sich nicht auskennt an diesem Ort. Dass da nur der Zettel in ihrer Hand ist, ein Strohhalm, an den sie sich klammert, ein Name nur, eine Adresse irgendwo auf dem Kiez.

Blum schaut sich um. Dreht sich in alle Richtungen. Sie orientiert sich, sie muss schnell sein, von der Straße verschwinden, die Reisetaschen irgendwo abstellen. Eine Mutter mit ihren zwei Kindern auf der Flucht. Sie dürfen nicht zusammen gesehen werden, noch nicht. Nicht mit dem Gepäck, sie muss es loswerden, es irgendwo unterstellen und später holen. Sie könnten Blicke auf sich ziehen, Blum hat Angst davor. Auch wenn sich niemand nach ihnen umdreht, wenn keiner ihnen Aufmerksamkeit schenkt, sie zieht den Kindern die Kapuzen über den Kopf. Auch wenn es übertrieben ist, was sie tut, sie kann nicht anders, sie sorgt sich. Ganz langsam gehen sie. Wie Touristen auf dem Weg zu ihrem Hotel, eben in Hamburg angekommen, ohne Eile an der Davidwache vorbei. *Polizei* steht auf dem Schild. Blum ignoriert es. Tut so, als wären sie knapp vor dem Ziel. *Bald werden wir frühstücken, meine Lieben*, sagt sie. *Und dann ab in die Badewanne mit euch.*

Blum wünscht es sich. Dass jemand da ist, der ihnen die Tür aufmacht. Zekis Freundin, die sie willkommen heißt, ihnen zeigt, wo sie schlafen können, ihnen tatsächlich Frühstück macht. Sie träumt davon. Neben einem Betrunkenen, der sich gerade übergibt. Gestank, Müll und die Straßenreinigung, die langsam alles, was in der Nacht passiert ist, wieder wegwischt. Leuchtreklamen, die zur Ruhe kommen, Clubs, Kneipen, Straßenecken, an denen bis gerade eben noch halbnackte Frauen standen. Laufhäuser, Freier, Dealer. Jetzt ist es still. Nur das Drängen der Kinder ist laut. *Wir haben Hunger, Mama. Warum geht die Tür nicht auf? Wir sind müde, Mama.* Blum klingelt. Minutenlang ihr Finger auf dem Knopf. In einer Seitengasse ein heruntergekommenes Mietshaus. Und eine Frau, die ihr entgegenkommt. *Die Huren schlafen jetzt*, sagt sie. *Da können Sie lange warten.*

Doch Blum lässt nicht locker. Sie will von der Straße weg, sie will hinter der Wohnungstür verschwinden, kurz ausruhen, den nächsten Schritt überlegen, die Kinder weiterhin in Sicherheit wiegen. *Geduld, meine Lieben. Sie wacht bald auf und öffnet.* Ina. Nur ein Name auf einem Zettel, die Chance, ungesehen die Nacht in einem Bett verbringen zu können. Weil sie nicht einfach in ein Hotel gehen kann, weil sie keine Papiere hat. Blum kann nirgendwohin, solange sie keine neuen Pässe hat, sie ist Freiwild, sie hat keine Rechte, sie ist illegal, jeder könnte sie zur Strecke bringen. Jemand, der von ihr wissen will, warum sie nicht aufhört zu klingeln, warum sie das ganze Haus terrorisiert. Ein Anruf bei der Polizei wegen Ruhestörung würde reichen und könnte alles beenden.

Trotzdem klingelt sie weiter. Zehn Sekunden noch, zwanzig. Dann wird sie sich umdrehen und verschwinden, weglaufen. Sie wird sich etwas anderes überlegen müssen, sie wird in einen Park gehen, die Reisetaschen im Buschwerk verstecken, so tun, als wäre sie eine ganz normale Mutter, die mit ihren Kindern ein paar ausgelassene Stunden im Freien verbringt. Sie wird Jause kaufen, Brot und Wurst, etwas Süßes. Und sie wird mit den Kindern schaukeln, bis ihr übel wird. Spätestens dann wird ihr etwas einfallen. Fünf Sekunden wird sie noch warten. Bis Ina endlich aufmacht. Drei Sekunden. Eine. *Wir kommen später wieder*, sagt sie zu den Kindern. Doch dann geht die Tür auf.

Verschmierte Wimperntusche, blonde Haare, vielleicht zwanzig ist sie. *Verdammte Scheiße noch mal. Was wollt ihr von mir?* Ina reibt sich die Augen, verwischt damit die Schminke in ihrem Gesicht noch mehr. Sie steht da mit offenem Mund und staunt, weil da zwei Kinder sind. Weil niemand ihr gesagt hat, dass sie Besuch bekommt. *Wenn ihr weiter klingelt, rufe ich die Polizei. Habt ihr das verstanden, ihr Freaks?* Sie will die Tür wieder ins Schloss drücken, doch Blum bleibt hartnäckig. Sie sagt ihr, wer sie hergeschickt hat, sie bittet Ina um Hilfe. *Nur eine Nacht oder zwei*, flüstert Blum. Nur so lange, bis sie weiß, wie es weitergeht. Heimlich fleht sie. Die Kinder sollen nicht merken, dass ihr Schicksal von einer Prostituierten abhängt, von ihrer Bereitschaft, sie in ihre Wohnung zu lassen. *Von mir aus*, sagt Ina. *Aber seid leise, ich habe die ganze Nacht kein Auge zugemacht.* Dann geht sie voraus, die Treppen nach oben. Ohne ein weiteres Wort zu verlieren, verschwindet sie in ihrem Schlafzimmer und legt sich hin. *Wenn ihr mich noch einmal weckt, seid ihr tot*, sagt sie noch.

Die Kinder kichern. *Die ist nett*, sagen sie. Weil sie spüren, dass die junge Frau nicht ernst meint, was sie sagt. Weil sie die Wohnung lustig finden, in der sie gelandet sind. Unordnung überall. Und alles ist pink. Die Heimat von Hello Kitty, Mädchenträume gehen in Erfüllung. Am Boden liegen pinke Klamotten herum, Lackstiefel. *Hier gefällt es uns, Mama.* Blum lächelt. Und schaut zu, wie sie beinahe lautlos in Inas Schuhen durch die Wohnung stolzieren. *Dürfen wir das, Mama?* Blum nickt freundlich, dann legt sie sich auf die Couch. Es ist egal, dass der Wasserhahn tropft. Es ist egal, dass die Decke schmutzig ist, auf der sie liegt. Nur schön ist es, den Kindern beim Spielen zuzusehen. Die Sonnenstrahlen, die durch das Fenster hereinkommen. Die pinke Welt, in der sie angekommen sind. Hamburg, Reeperbahn. Hier werden sie bleiben. Blum weiß es. Hier ist die Endstation.

4

Der Mann, der sie festhält, heißt Gonzo. Sie kann ihn riechen, zu nah ist er. Sein Schweiß, die fremden Hände auf ihr. Einen Moment lang steht alles still, weil der zweite Mann, der ihr gegenübersitzt, noch nicht entschieden hat, was mit ihr passieren wird. Ob es gut für sie ausgehen wird, oder nicht. Er sagt kein Wort, er lächelt nur, er raucht und starrt sie an. Die junge Frau, die an den Türstehern vorbeigerannt und in den Saunaclub gestürmt ist. *Wir müssen reden*, hat sie gesagt. Laut und ohne zu zögern. Sie hat nicht nachgedacht, da war keine Angst, nur er kann ihr noch helfen. Der schöne Mann in dem Bürostuhl. Egon Schiele.

Eine Zeichnung hinter ihm an der Wand. Gespreizte Beine, ein nackter, kantiger Körper. Ein übergroßer Kunstdruck. Ein Bild, das sie kennt, von einem Maler, den sie immer verehrt hat. Und ein schmieriger Zuhälter, der sich mit dem Namen des großen Künstlers schmückt. Schiele. Abschaum in einem schönen Anzug, bereit, seinem Schläger grünes Licht zu geben. *Mach mit ihr, was du willst*, wird er zu dem stinkenden Drecksack sagen, der hinter ihr steht. Oder er wird sich anhören, was sie zu sagen hat, und Gonzo weiter im Zaum halten. *Er kennt die richtigen Leute*, hat Ina gesagt. *Schiele kann dir alles besorgen, was du willst.* Der Zuhälter, der sich fragt, warum sie es wagt, hier hereinzuplatzen, warum sie keine Angst vor ihm hat. *Wie heißt du*, fragt er. Sie schweigt.

Brünhilde Blum. Ein Name, den sie nicht mehr tragen kann. Aus einem Leben, in das sie nicht mehr zurückkann. *Ich brauche Reisepässe für mich und meine zwei Kinder*, sagt sie. *Und du wirst mir dabei helfen.* Keine Frage ist es, sondern ein Fordern. Da ist kein Zittern, kein Gedanke daran, dass Schiele sie auslachen und davonjagen, dass der Bullterrier hinter ihr noch fester zudrücken könnte. Da sind nur ihre Augen, die klar und deutlich wiederholen, was sie von ihm will.

Schiele überlegt, Blum sieht es in seinem Gesicht. Jede andere hätte bereits am Boden gelegen, gedemütigt wieder aus dem Büro hinausgekrochen. Aber nicht diese Frau hier, die wirkt, als könnte sie nichts verletzen, als hätte sie nichts zu befürchten. Da ist keine Bewegung, kein Versuch, sich aus den Armen, die sie umschlingen, zu befreien. Da ist nur ihre Stimme. *Ich brauche diese Pässe. Unbedingt.* Blum spürt seine Neugier, sie hört ihn denken in der Stille. Der Zuhälter versucht zu begreifen, was da vor sich geht. Egon Schiele in einem Saunaclub im Industriegebiet. Weißes Hemd, kurze Haare, eine teure Uhr am Handgelenk. Er zieht an seiner Zigarette, scheint fasziniert von ihr zu sein. Noch immer zögert er.

Er ist einer von den ganz Großen, hat Ina ihr erzählt. *Schiele ist anders, Schiele hat Einfluss.* Ehrfürchtig fast hat sie über ihn gesprochen. Dass sie gerne für ihn arbeiten würde, hat sie gesagt. Er sei der neue König in der Stadt, seit langem wieder ein Deutscher auf dem Kiez, der die Fäden in der Hand hält. *Er ist charmant,* hat sie gesagt. *Aber sei trotzdem vorsichtig. In meiner Welt sind blaue Flecken normal.* Doch Blum ließ sich nicht abhalten, sie bat Ina, auf die Kinder aufzupassen. *Nur eine Stunde, oder zwei. Ich kann sie nicht mitnehmen.* Blum bettelte so lange, bis Ina *Ja* sagte. Sie nahm das Geld, das Blum ihr in die Hand drückte, und schaltete den Mädchen den Fernseher ein. *Ich hasse Kinder*, sagte sie noch. Doch Uma und Nela waren einverstanden. *Geh nur, Mama. Ina passt schon auf uns auf.*

Eine völlig Fremde, die Spiegeleier für Uma und Nela machte. Ein Glücksfall für Blum. Sie musste keine unangenehmen Fragen beantworten, Ina interessierte sich nicht dafür, was sie machte, warum sie neue Pässe brauchte. In Inas Welt war alles erlaubt. *Zekis Freunde sind meine Freunde*, sagte sie. Mehr nicht. Nur dass Blum sich beeilen solle. Weil sie wieder auf die Straße müsse. *Du hast zwei Stunden, Süße. Sonst verkaufe ich die Kleinen.* Dann schob sie sich einen Kaugummi in den Mund und Blum aus der Wohnung.

Der gute Wille eines Zuhälters ist nun ihre letzte Hoffnung. Er entscheidet, ob Blum ein neues Leben beginnen wird oder nicht. Wie auf einer Bühne fühlt sie sich. Es ist ein billiger Film, in dem sie plötzlich mitspielt. Blum im Rotlicht. Und wie Schiele langsam seinen Kopf hebt. Nur ein kleines Nicken ist es, mit dem er Gonzo sagt, was er zu tun hat. Er soll ihr klarmachen, dass nur einer in diesem Raum das Sagen hat. Schiele will ihr zeigen, dass er es könnte, wenn er wollte. Ihr wehtun. Er lässt seinen Hund kurz von der Leine, Blum kann sich nicht wehren, es nicht verhindern. Dass Gonzo sie nach unten drückt und ihr die Bluse vom Leib reißt. Dass Schiele sie anstarrt mit geilen Augen.

– Du hast schöne Brüste.
– Er soll mich loslassen. Sofort.
– Brüste sind sehr wichtig in diesem Geschäft. Brüste sind das Verkaufsargument Nummer eins. Mit deinen könnte man gutes Geld verdienen, glaub mir.
– Wenn dieser Drecksack nicht sofort seine Finger von mir lässt, wird dir das noch sehr leidtun.
– Die kleine Wildkatze droht mir? Es wird ja immer besser, köstlich ist das. Aber wenn ich dir einen Rat geben darf, ein wenig Demut wäre angebracht. Du bist hier nicht in der Position, zu fordern. Verstehst du das? Wenn du mir nicht sofort sagst, wer du bist und was du tatsächlich von mir willst, wird Gonzo weitermachen. Er wird seinen Spaß mit dir haben. Du musst wissen, der gute Gonzo hat schon länger keine Frau mehr gehabt, die Damen im Haus sagen ihm leider nicht zu. Unser Gonzo ist heikel.
– Du wirst diesem Arschloch jetzt sagen, dass er mich loslassen soll.
– Werde ich nicht. Warum sollte ich auch?
– Ich brauche nur diese Pässe. Sonst will ich nichts von dir, nur Pässe für mich und meine beiden Kinder. Dann wirst du mich nie wiedersehen.
– Hast du Geld?
– Nein.
– Willst du mich verarschen? Ist das so was wie *Versteckte Kamera*? Weißt du eigentlich, wo du hier bist?

– Ich werde später bezahlen.
– Das hier ist ein Bordell und keine Bank.
– Bitte.
– *Bitte* reicht nicht. *Gonzo, bring sie weg.*
– Ich flehe dich an, ich werde alles für dich tun, wenn du mir hilfst.
– Von daher weht also der Wind. Du möchtest für mich arbeiten?
– Nein.
– Geht in Ordnung. Gonzo wird dich testen, dann reden wir weiter.
– Ich will nicht für dich arbeiten.
– Aber das wäre doch eine großartige Idee. Ich muss zugeben, du gefällst mir. Sehr sogar. Du würdest den anderen Weibern im Stall ganz schön die Show stehlen.
– Ich habe *Nein* gesagt.
– Aber warum denn? So wie ich die Situation einschätze, wäre das doch eine prächtige Idee. Du bist völlig am Ende, würde ich sagen. Keine Wohnung, oder? Kein Geld, keine Papiere, ein wunderbarer Grund also, um auf geschmeidige Art und Weise Geld zu verdienen.
– Du sollst mir nur diese verdammten Pässe besorgen, mehr nicht.
– Was um Himmels willen sollte mich dazu bringen, dir zu helfen? Abgesehen von deinen herrlichen Brüsten natürlich.
– Ich werde dir das Geld zurückgeben. Jeden Euro.
– Meine Zeit ist kostbar. Entweder du sagst mir jetzt, wie du dir das vorstellst, oder es wird ganz, ganz übel enden.
– Ich werde dir Zinsen bezahlen.

– Du musst schon etwas mehr bieten, wenn du hier wieder heil herauskommen willst. Viel mehr.
– Bitte.
– Du weißt doch, dass es illegal ist, Dokumente zu fälschen, oder?
– Ja.
– Du möchtest, dass ich etwas Verbotenes für dich mache, bist aber nicht bereit, mir entgegenzukommen, für mich auf die Straße zu gehen. Kein guter Deal für mich. Deshalb würde ich sagen, dass es jetzt reicht. So hübsch du auch bist, ich muss es leider sagen. *Sie gehört dir, Gonzo.*
– Bitte nicht. Hör mir zu. Wir finden eine Lösung.
– Ich würde sagen, deine Lage ist aussichtslos. Ficken willst du nicht. Also was dann? Sag es mir. Wenn du nicht möchtest, dass Gonzo gleich hier in meinem Büro über dich herfällt, dann mach endlich den Mund auf.
– Es gibt bestimmt etwas, das ich für dich tun kann.
– Was denn? Mir fällt nichts ein. Schade um dich. V*on mir aus kannst du mit ihr machen, was du willst, Gonzo.* Die Uhr tickt, schöne Frau. Fünf, vier, drei, zwei, eins. Und Ende. Raus aus meinem Büro jetzt.
– Ich kann jemanden für dich umbringen.
– Was kannst du?
– Jemanden für dich töten.
– Was sagst du da?
– Du hast mich schon richtig verstanden.
– Langsam, langsam. Sag das noch mal, laut und deutlich, ich möchte nicht, dass es Missverständnisse zwischen uns gibt.
– Ich werde jemanden für dich umbringen. Dafür besorgst du mir die Pässe. Das ist der Deal.

– Das ist ein Scherz, oder?
– Nein, das ist kein Scherz.
– Bist du irre? Was ist los mit dir?
– Ich habe zwei Kinder.
– Und das macht dich zur Mörderin, oder was?
– Diese beiden Kinder warten darauf, dass ihre Mutter wieder zu ihnen zurückkommt. Mit guten Nachrichten. Sie wollen hier zur Schule gehen, Freunde finden, in einem Park mit anderen Kindern spielen. Sie wollen ein ganz normales Leben führen. Deshalb bin ich hier.
– Rührend. Mama bringt Leute um, damit die Kinderchen glücklich sind.
– Wenn es sein muss, ja.
– Großartig. Aber so wie ich das einschätze, bist du dazu leider nicht imstande.
– Doch, das bin ich.
– Herrlich. Verzeih, dass ich lache. Aber du glaubst doch nicht wirklich, dass du jemanden töten könntest? Hast du eine Ahnung, wovon du da sprichst?
– Ja.
– Gonzo zum Beispiel? Würdest du ihn erschießen, wenn ich dir eine Waffe in die Hand drücken würde? Könntest du das? Diesen geilen Bock einfach abknallen?
– Ich werde dieses Arschloch erschießen, wenn es das ist, was ich tun muss, um diese verdammten Pässe zu bekommen.
– Das sind große Worte. Da muss ich doch tatsächlich in meine Schublade greifen und dir diese schöne Waffe hier geben. Habe ich von meinem Vater bekommen, ein Prachtstück. Aber Vorsicht, sie ist bereits entsichert.

– Er soll mich loslassen.
– O.k., das ist fair. *Gonzo, lass das Fräulein los. Wenn du sie so nach unten drückst und bedrängst, kann sie dich ja nicht treffen, oder?*
– Du wirst mir also helfen?
– Abwarten. Jetzt finden wir erst mal heraus, ob ich dich ernst nehmen kann oder nicht. Gonzo ist in Position. Mein bester Mitarbeiter übrigens, nicht der hellste Geist, aber absolut folgsam. Deshalb wird er nicht weglaufen und dich auch nicht daran hindern abzudrücken. *Stimmt's, Gonzo? Das junge Fräulein kann loslegen.* Also, mach schon. Das ist deine letzte Chance.
– Wenn ich ihn töte, bekomme ich die Pässe?
– Geht in Ordnung.

5

Einen Moment lang ist alles weit weg. Schiele, Gonzo, die Waffe in ihrer Hand. Blum kann die Kinder hören, während sie auf ihn zielt. Uma und Nela, wie sie auf die pinke Ina einreden. *Du darfst uns hier nicht allein lassen. Wir haben Angst. Bitte geh nicht weg, Ina.* Doch Ina muss arbeiten, Ina wartet schon zu lange. Blum ist nicht zurückgekommen, niemand weiß, wie lange sie noch weg ist. Ina muss handeln, sie will Blums Problem nicht zu dem ihren machen, sie muss die zwei wildfremden Kinder auf ihrem Sofa so schnell wie möglich loswerden. Ina wird die Kinder wegbringen, wenn Blum sich nicht beeilt und endlich ihren Zeigefinger bewegt.

Blum sieht es vor sich. Ina wird zur Davidwache spazieren und sich von ihnen verabschieden. Uma und Nela werden hineingehen und den Polizisten erzählen, was passiert ist. Dass eine Frau im pinken Minirock sie hergebracht hat, dass sie in Norwegen waren und dass Mama *Blum* heißt. *Brünhilde Blum.* Dass sie Bestatterin ist und Leichen wäscht. Die Polizisten werden ihnen genau zuhören, sie werden den Kindern Saft geben und Süßes, sie werden Fragen stellen. Alles wird genau so enden, wenn Blum jetzt nicht abdrückt. Egal, warum Schiele es von ihr verlangt, warum er will, dass sie seinen Wachhund tötet, sie hat keine andere Wahl. Sie muss Schiele dazu bringen, ihr zu helfen, sie darf nicht darüber nachdenken. Ob es richtig ist oder falsch. Sie wird es tun. Jetzt.

Schiele erschrickt. Er will aufspringen, entschließt sich dann aber doch, sitzen zu bleiben. *Wow*, sagt er nur. Dann lehnt er sich in seinen Sessel zurück und schaut sie ungläubig an. Widerwillige Bewunderung in seinen Augen, er kann es nicht fassen, dass die schöne Fremde wirklich den Abzug gedrückt hat. *Respekt*, sagt er. *Ich bin beeindruckt. Damit habe ich nicht gerechnet.* Auch nicht damit, dass sie die Waffe immer noch in ihrer Hand hält, dass Blum sie nicht loslässt, nicht weglegt. Weil ihr alles egal ist in diesem Moment. Ob Gonzo lebt oder nicht, kümmert sie nicht. Wenn er stirbt, wird Schiele ihr helfen. Deshalb drückt sie noch einmal ab. Und noch einmal.

Aber nichts passiert. Keine Kugel kommt aus dem Lauf. Gonzo fällt nicht um, er blutet nicht, er schreit nicht, stirbt nicht. Er steht nur da und lacht, ein tiefes Bellen kommt aus seinem Mund. Gonzo genießt es, dass Blum halbnackt vor ihm steht. Wehrlos ist sie, sprachlos. Mit Gewalt nimmt er ihr die Waffe weg, hält sie wieder fest, will sie bestrafen dafür, dass sie bereit gewesen wäre, ihn zu töten. Auch wenn Gonzo wusste, dass die Waffe nicht geladen war, die Tatsache, dass er jetzt tot sein könnte, macht ihn wütend. *Du miese kleine Schlampe*, sagt er. *Jetzt gehörst du mir.* Dann nimmt er ihren Arm, dreht ihn um und reißt ihn nach oben. Blum brüllt, will sich losreißen, sie weiß nicht, wie sie verhindern kann, was kommt. *Ich habe getan, was du von mir wolltest*, schreit sie. *Stimmt*, sagt Schiele, *das war ein Anfang.*

Unfassbar, was nun passiert. Mit einem Nicken gibt er seinem Wachhund zu verstehen, dass er sie loslassen soll. *Sofort, Gonzo.* Schiele duldet keinen Widerspruch, Gonzo soll gehen, den Raum verlassen. *Ich werde mich selbst darum kümmern*, sagt er. Und Gonzo geht. Widerwillig zieht er die Tür hinter sich zu. Blum beruhigt sich. Greift nach ihrer zerrissenen Bluse, bedeckt sich. Plötzlich ist sie mit Schiele allein. *Dir wird nichts geschehen*, sagt er. *Ich muss so schnell wie möglich zu den Kindern*, sagt sie. Schiele nickt nur, er steht auf und zieht sein Sakko aus. Gibt es ihr. Sie soll nicht länger frieren, freundlich ist er, mit einem Lächeln füllt er ein Glas. *Vierzig Jahre alter Rum*, sagt er. *Trink das. Danach kümmern wir uns um dein kleines Problem.*

Er ist wie ausgewechselt. So als hätte jemand einen Schalter umgelegt. Von einem Moment zum anderen ändert Schiele die Richtung, da sind keine Drohungen mehr, es ist so, als hätte ihm jemand etwas ins Ohr geflüstert, ihm gesagt, dass sie das Pferd ist, das im nächsten Rennen gewinnen wird. Blum. Sie will daran glauben, dass sie nur eine willkommene Abwechslung in seinem Leben ist, ein Prachtweib mit Eiern in der Hose. Blum will das Leuchten in seinen Augen missverstehen, seine Fragen. *Wie alt sind deine Kinder? Es sind zwei Mädchen, stimmt's?* Blum antwortet nicht. *Du kommst aus Österreich, nicht wahr?* Panik packt sie. Sie hört, was er sagt, und spürt, wie die Angst sie überrollt, eine Welle, die sie verschluckt. *Ich wusste doch, dass ich dieses Gesicht schon einmal gesehen habe.* Schiele grinst. Umarmt sie von hinten und küsst sie in den Nacken.

6

Blum über die Treppen nach unten. Blum auf dem Beifahrersitz. In Schieles Porsche durch die Stadt. *Mach dir keine Sorgen*, hat er gesagt und telefoniert. Zwei Minuten später wusste er, wo Uma und Nela waren, dass Ina immer noch in ihrer Wohnung saß und darauf wartete, dass Blum zurückkam. *Es ist alles in Ordnung, deinen Kindern geht es gut.* Freundlich lächelte er und schwärmte von Hamburg.

Kein einziges Wort mehr darüber, was gerade passiert war. Schiele fragte nicht nach, er hielt seine Neugier im Zaum, er tat so, als wäre Blum nur ein Gast, den er bei sich aufnahm. Nichts über Blums Vergangenheit, über die Menschen, die sie umgebracht hatte, nichts darüber, dass sie gesucht wurde, dass sie seit Monaten auf der Flucht war. Dass er sie wiedererkannt, dass er ihre Geschichte in den Medien verfolgt hatte, dass er fasziniert von ihr war. Unausgesprochen blieb alles. Mit dem Kuss in ihren Nacken hat er ihr klargemacht, dass er sie in der Hand hat. Dass er weiß, wer sie ist. Nur eine Andeutung war es, eine Sekunde lang seine Lippen auf ihrer Haut, ein sanfter Hinweis darauf, dass er mit ihr machen kann, was er will. *Ich werde etwas für dich tun, und du wirst etwas für mich tun. Das gefällt mir.* Er hat gelacht, als er das gesagt hat. So als wäre alles nur ein Spiel, ein geheimnisvolles Abenteuer, auf das er sich eingelassen hat.

Du bleibst im Wagen, sagte er, als sie auf dem Kiez ankamen. Niemand sollte sie sehen, er wollte derjenige sein, der nach oben geht und die Kinder holt, er bestand darauf. Egon Schiele am Strich. Der schöne Zuhälter und die halbnackten Mädchen auf der Straße, die ihn grüßten, das Auto im Halteverbot. Blum kaute an ihren Nägeln, sie starrte aus dem Fenster. Drei Minuten lang, vier. Dass es zu lange dauerte, dachte sie. Die Taschen packen, die Kinder nach unten bringen. Fünf Minuten lang, sechs, es fühlte sich an, als wären Stunden vergangen. Die Eingangstür im Blick. Blum machte sich Sorgen, sie stellte sich vor, dass die Kinder sich weigern würden, mit Schiele mitzugehen. In Gedanken hörte sie die Kinder weinen. Doch kurz bevor sie aus dem Wagen springen und hinaufstürmen wollte, kam Schiele zurück. Uma und Nela an seiner Seite, sie strahlten, weil Mama in dem schönen Wagen saß, weil Schiele ihnen sagte, dass sie auf den Rücksitz klettern könnten und dass er eine schöne Überraschung für sie habe. Etwas, worauf sie sich richtig freuen könnten. *Ein neues Zuhause*, sagte er.

Blum und Schiele. Er umgarnte sie, statt Druck auszuüben, er brachte sie ins Paradies, anstatt sie in einen Käfig zu sperren. Selbstlos und großzügig, wie in einem schönen Märchen war es. Ein bezauberndes Haus an der Elbe, schilfgedeckt, am Hang, ein altes Fischerhäuschen, liebevoll zum Schmuckstück umgebaut. *Es wird euch gefallen*, hat er gesagt. Und er hatte Recht. Er parkte den Wagen, und sie gingen die Treppen nach oben, wie in einem Traum, gepflegt und hübsch war plötzlich alles. Von Inas versifftem Sofa durch ein kleines Gartentürchen in eine heile Welt. Schiele sperrte die Tür auf und zeigte ihnen das Haus, höflich und zuvorkommend. Eingerichtet war alles, Bettwäsche, Handtücher, nichts fehlte. Blum nahm es einfach hin, sie gierte danach. Auch wenn sie es nicht verstand, wenn eine Stimme in ihr sagte, dass es falsch war, sie zeigte sich dankbar, sie versuchte sich einzureden, dass es ganz normal war. Der Garten, die schöne Küche, der Blick hinunter auf die Elbe, das Wasser und die vielen Lichter überall. Wie ein Wunder war es, auf das Blum lange gewartet hatte, ein Geschenk, weil die Kinder begeistert waren, außer sich vor Freude. Eine Lüge war es, in der sich Blum einnistete. *Kommt erst einmal an, alles Weitere ergibt sich dann schon,* sagte er und legte ihr Bargeld auf die Kommode. *Einer meiner Leute bringt euch Lebensmittel für die ersten Tage.* Dann verabschiedete er sich und verschwand.

Seit drei Tagen die Kinder und Blum allein. Der Tisch, an dem sie am Morgen sitzen und Brote schmieren, das Bett, in dem sie in der Nacht zusammen liegen, der Weg die Treppen hinunter zum Elbstrand. Hier wohnen die Reichen, hier stehen die Villen, niemand rechnet hier mit ihr. Die Mörderin auf der Flucht, die mitten unter ihnen in der Sonne liegt, die Frau, deren Foto noch vor ein paar Wochen auf allen Titelseiten prangte, das Monster, das sich im Himmel verkriecht. Blankenese, Treppenviertel. In dem leerstehenden Haus ist eine Familie eingezogen, eine alleinerziehende Mutter, reizende Kinder. Niemand vermutet etwas Böses, keiner hat Angst vor ihr. Blum grüßt freundlich, wenn sie jemandem begegnet, sie gewöhnt sich ein, erkundet die Gegend, ihre Kinder werden hier zur Schule gehen, und sie wird hier arbeiten. Schiele wird es möglich machen.

Nach wenigen Tagen schon ist da eine Ahnung von Glück. Weil sie ausblendet, was kommen wird, weil sie verdrängt, dass sie irgendwann tun muss, was sie ihm versprochen hat. *Ich kann jemanden für dich umbringen*, hat sie gesagt. Dieser wahnwitzige Satz, der ihr das Leben gerettet hat, eine Schuld, die sie einlösen muss irgendwann. Sie weiß es, aber sie tut so, als wäre es nicht passiert, als würde es diese Vereinbarung nicht geben. Blum nimmt einfach alles, was Schiele ihr gibt, und hinterfragt es nicht, sie will die neue heile Welt der Kinder nicht kaputtmachen. *Wir wussten, dass du uns an einen schönen Ort bringst, Mama.* Dankbar sind sie und unbeschwert. Blum redet sich ein, dass sie sich all das verdient hätte, dass es ihr zustehen würde. Weil sie genug durchgemacht hat, genug für ein ganzes Leben. Deshalb lässt sie alles geschehen. Hand in Hand spaziert sie mit ihnen am Wasser entlang, Uma gräbt Löcher in den Sand, während Nela Gewissheit will. Sie möchte wissen, ob es für immer ist. Dieses Haus, die Stadt, das Strandcafé, in dem sie sitzen. *Es ist so schön hier, Mama.*

– Ja, das ist es.
– Versprich uns, dass wir nicht wieder wegfahren müssen von hier.
– Das kann ich nicht.
– Warum nicht, Mama?
– Ich verspreche euch, dass ich alles dafür tun werde, damit wir bleiben können. Egal was, Nela. Aber wichtig ist, dass auch ihr alles richtig macht.
– Ja, Mama.
– Du erinnerst dich daran, was wir besprochen haben?

– Ja.
– Ihr werdet niemandem sagen, wo wir herkommen.
– Nein.
– Was werdet ihr sagen, wenn euch jemand fragt, wo wir vorher gewohnt haben?
– In Berlin.
– Kein Wort über Innsbruck, über Opa und Reza. Und bitte bemüht euch, nicht im Dialekt zu sprechen. Das ist wirklich wichtig, Nela. Wenn wir hierbleiben wollen, dann dürfen wir unser Geheimnis niemandem verraten.
– Das werden wir nicht, Mama.
– Stellt euch vor, dass es ein Spiel ist. Wir tun so, als wären wir jemand anders.
– Wie geht das?
– Wir wohnen in einem neuen Haus, ihr geht in eine neue Schule, und ihr heißt auch anders.
– Wie?
– Jeder von euch darf sich einen neuen Namen aussuchen.
– Cool. Wir dürfen also heißen, wie wir wollen?
– Ja. Ihr sucht euch einen Namen aus, der euch gefällt, und den schreiben wir dann auf eure Schulhefte und in eure Reisepässe.
– Geht das?
– Ja, das geht. Und wir lassen uns fotografieren, wir machen uns richtig hübsch und machen Passfotos. Das wird lustig, ihr werdet sehen.
– Dann musst du dir aber auch einen neuen Namen aussuchen.
– Klar, wir alle drei.
– Wie willst du heißen, Mama?

– So wie Opas Katze.
– *Marie?*
– Ja. Die liebt ihr doch, oder?
– Ja, Mama. Das tun wir. Sehr sogar.
– Aber?
– Was passiert mit unseren alten Namen?
– Die verschwinden, sie lösen sich einfach in Luft auf.

Blum nimmt Nela in den Arm und küsst sie. Auch Uma, die sich wortlos an sie schmiegt und schweigt. Unheimlich finden sie es, was Blum sagt. Die neuen Namen, dieses Geheimnis, das so furchtbar groß ist. Niemandem sagen, wo sie herkommen, wer sie sind. *Gemeinsam schaffen wir das*, flüstert sie und wartet, bis es an der Tür klopft. Bis es weitergeht. Bis er ihr gibt, was sie von ihm will. Schiele.

Am nächsten Abend kommt er wieder. Er bringt Spielsachen und Bücher für die Kinder mit. Immer noch ist er freundlich, er bemüht sich, befasst sich mit ihnen, liest ihnen vor, bittet Blum, dass sie für ihn kocht. Der Besuch eines Freundes ist es. Ein Freund, der all das ermöglicht, was sie ihren Kindern versprochen hat. Versicherung, Meldeamt, Schule. Ein Stück Papier entscheidet, ob sie in Freiheit leben werden oder nicht. Reisepässe, Dokumente, die Schiele ihnen besorgen wird. *Mach dir keine Sorgen. Ich brauche nur noch die Namen und die Geburtsdaten, in zwei Tagen fängst du neu an.* Er sagt es und hört ihr zu, schreibt sich auf, was Blum ihm sagt. Dann umarmt er sie. *Marie. Was für ein schöner Name. Meine Mutter hieß auch so. Eine gute Wahl, meine Liebe.* Er hält sie einen Augenblick lang liebevoll fest, und Blum lässt es zu, dass er ihr ganz nahe kommt, an ihr riecht, so tut, als wären sie Vertraute. Weil sie dankbar sein muss. Vier Sekunden lang, dann löst sie sich von ihm.

Blum spielt mit. Sie weiß, mit wem sie sich da eingelassen hat. Dass da ein Geschwür an ihrem Tisch sitzt, ein Virus, der sich ausbreitet, ganz langsam, schleichend, liebevoll. So gerne würde sie ihm sein Grinsen aus dem Gesicht schlagen, doch sie hält sich zurück, sie weiß, dass ein Anruf von ihm genügt und daraufhin Hunderte Polizisten das Haus stürmen würden. Ein schnelles Ende, wenn sie nicht tut, was er sagt, wenn sie nicht auf seine Annäherungsversuche eingeht. Kein neues Leben, kein Haus mit Garten, keine Marie Müller, die mit ihren Kindern von Berlin nach Hamburg gezogen ist. Kein Morgen mehr, wenn sie nicht eine weitere Flasche Wein öffnet und sein Glas füllt. Weil sie spürt, dass er noch bleiben möchte.

Schiele. Er hat seine Schuhe ausgezogen, Feuer brennt im Kamin. Blum sitzt neben ihm. Trinkt. *Aber ich werde nicht mit dir schlafen*, sagt sie. *Das werden wir schon noch sehen*, sagt er. *Wir haben Zeit, Marie.* Er lächelt. *Viel Zeit.*

7

Zweiundvierzig Tage in Hamburg. Marie gießt die Blumen im Garten. Ihre Kinder Emma und Katrin schaukeln. Sie gehen zur Schule, Blum begleitet sie, bringt sie hin, holt sie ab. Sie hilft ihnen, sich an alles zu gewöhnen. An die neuen Namen, die neuen Lehrer, die neuen Spielkameraden. Uma und Nela sind tatsächlich verschwunden, nur noch Emma und Katrin sind da. Jeden Tag bemühen sie sich zu tun, was sie Mama versprochen haben. *Wir werden unser Geheimnis niemandem verraten, du kannst dich auf uns verlassen, Mama.*

Immer noch ist da nichts, das sie bedroht. Schiele zeigt sich von seiner besten Seite, er ist hilfsbereit, er hat die Pässe besorgt, bei den Behördengängen assistiert. Schiele ist für sie da. Alles läuft nach Plan, Blum lässt sich ohne Fallschirm in dieses neue Leben fallen, es gibt keine Widrigkeiten. Nur der wöchentliche Besuch. Schiele kommt und schaut zu, wie sie lebt, fragt, ob er etwas für sie tun kann. Womit Blum gerechnet hat, ist nicht eingetreten. Noch nicht. *Wir haben noch viel Zeit*, hat er gesagt. *Leb dich zuerst einmal ein, der Rest kommt von alleine.* Der Rest, über den er nicht spricht und den auch Blum ausblendet. Dass er sie berühren möchte, dass er endlich eine Gegenleistung will für das alles. Das Einzige, das zählt, ist, dass sie nicht mehr in unmittelbarer Gefahr sind.

Ein Dokument belegt, dass sie existieren. Dass sie jemand anderer ist.

Blum ist jetzt Marie Müller. Sie hat einen deutschen Pass, ist deutsche Staatsbürgerin, eine von vielen. Die freundliche Marie, die am Freitagsmarkt in Blankenese ein paar Worte mit der Lehrerin wechselt. *Danke, dass Sie sich so herzlich um meine Kinder kümmern, Sie machen es Emma und Katrin leichter, hier anzukommen. Sie können sich ja vorstellen, was es bedeutet, irgendwo neu anzufangen.* Mit einem Lächeln am Käsestand, ein paar Worte über den Sprühregen in Hamburg und über das alte Schiffswrack, das unten am Strand liegt. Marie Müller ist harmlos, unauffällig, nichts Besonderes ist an ihr, sie tut, was andere Mütter im Viertel auch tun, sie hat nichts zu verbergen, nichts zu erzählen. Nichts über ihren ermordeten Mann und die Täter, die sie gesucht, gefunden und getötet hat. Einen nach dem anderen erschlagen, erschossen, verbrannt. Marie Müller ist nur eine Frau mit Einkaufstüten, eine Frau, die aus dem Bus steigt und die Treppen nach oben zu ihrem Haus geht. Eine neue Nachbarin, die niemandem wehtut, die im Garten Wäsche an die Leine hängt.

Fast idyllisch ist es. Romantisch die Vorstellung, dass es für immer ist. Dass sie irgendwann aufhören werden, nach ihr zu suchen, dass sie die Ermittlungen einstellen werden. Keine Fotos mehr von ihr in den Zeitungen, keine neuen Ermittlungsergebnisse, keine Bluthunde mehr, die ihr nachlaufen. Alles ist neu, es gibt keine Vergangenheit mehr. Keine alte Villa in Innsbruck, in der sie aufgewachsen ist, kein Bestattungsinstitut. Offiziell auch keinen Schwiegervater, der darauf wartet, dass sie sich meldet und endlich ein Lebenszeichen von sich gibt. Zu gefährlich ist es, kein Risiko will sie eingehen, kein Wort am Telefon verlieren. Sie kann nicht mehr zurück in ihre alte Welt, egal, wie sehr sie sich danach sehnt. Sie darf nicht noch einmal alles aufs Spiel setzen. Nun wird sie alles richtig machen, Schiele im Auge behalten. Ihn nicht unnötig reizen, weiterhin mitspielen. Und im Notfall verteidigen, was sie sich aufgebaut hat. Mit allen Mitteln.

Dieses neue Leben. Wochenlang eine Familie. Tag für Tag der gemeinsame Weg zur Schule, und die vielen Stunden, in denen sie herumstreift. Blum auf der Suche nach Arbeit, während die Kinder lernen. Blums täglicher Besuch bei dem alten Mann, der sich um die Verstorbenen im Viertel kümmert. Bestattung Engel, das Geschäftslokal hat sie magisch angezogen. Allein die Vorstellung, wieder das tun zu dürfen, was sie am liebsten macht, hat sie glücklich gemacht. Jeden Tag ist sie vor dem Schaufenster stehen geblieben und hat geschaut. Bis irgendwann die Tür aufging und er sie hereinbat.

Johann. Bald siebzig ist er, seine Frau ist gestorben, der Betrieb vor dem Zusperren. *Ich bin alt*, sagt er. *Man muss wissen, wann genug ist.* Doch Blum macht ihm Hoffnung. *Ich kann Ihnen gerne helfen, ich habe eine Zeit lang in Berlin bei einem Bestatter ausgeholfen. Ich mag diese Arbeit.* Herzoffen mit einem Lächeln. Blum will nicht länger untätig herumsitzen. *Wegen der Bezahlung werden wir uns schon einig*, sagt sie. *Geben Sie sich einen Ruck, ein bisschen frischer Wind wird dem Laden guttun.* Blum will es unbedingt. Das tun, was sie am besten kann. Leichen waschen, sie ausziehen, ihre Wunden schließen, sie anziehen, in die Särge betten. Johanns Geschäft ist klein, er ist alt, er braucht sie, wenn er weitermachen will. Sie wird dort nicht auffallen, sie wird sich im Hintergrund halten, sich um die Verstorbenen kümmern, die für die Verabschiedung am offenen Sarg vorbereitet werden. Sie kann wieder arbeiten. Wenn Johann *Ja* sagt. Und das tut er schließlich. *Du bist hartnäckig, das gefällt mir. Von mir aus kann der Kahn noch ein Weilchen herumschippern. Willkommen an Bord, Marie.*

Johann zeigt ihr alles, er gibt ihr einen Schlüssel. Fasziniert schaut er zu, wie sie den ersten Leichnam für ihn versorgt. Johann ist beeindruckt. *Es ist so, als hättest du dein Leben lang nichts anderes gemacht*, sagt er und lacht. Er ist beglückt. Marie, die ihre Kinder morgens in der Schule abliefert und am Vormittag im Bestattungsinstitut Engel verschwindet. Im Verborgenen arbeitet sie, als Aushilfe, nicht angemeldet. Von Anfang an ist alles vertraut, bereits nach einer Woche bietet er ihr das *Du* an, er umarmt sie, wenn sie kommt und geht, und er besteht darauf, regelmäßig ein Glas Weißwein mit seiner neuen Mitarbeiterin zu trinken. *Auf die Verstorbenen*, sagt er. *Auf das Leben*, sagt sie.

Blum genießt es. Auch wenn sie insgeheim jeden Tag Angst davor hat, dass Schiele ihr wieder alles wegnehmen wird. Aber noch ist alles ruhig. Da sind keine neuen Wunden, wenn sie morgens aufwacht, da sind nur die schlafenden Gesichter ihrer Kinder. Blum schaut sie an. Wartet, bis sie die Augen aufmachen, bis die kleinen Stimmen ihr sagen, dass es nichts gibt, worüber sich Mama Sorgen machen muss. Nur ein weiterer Tag in Hamburg, sie nimmt sie in den Arm und küsst sie. Dann Frühstück, Schule, Bestattung. Auf dem Weg zur Arbeit glaubt sie an eine Zukunft.

– Wo ist Johann?
– Er ist leider krank, aber er wird bestimmt bald wieder auf den Beinen sein. Inzwischen kann ich Ihnen gerne weiterhelfen. Mein Name ist Marie Müller.
– Ich muss dringend mit ihm sprechen.
– Wie gesagt, während er sich auskuriert, kümmere ich mich um alles, Sie können sich bedenkenlos mit Ihrem Anliegen an mich wenden.
– Sie sind neu?
– Ja.
– Es ist etwas heikel.
– Ich bin mir sicher, wir werden für alles eine Lösung finden.
– Es geht um meine Mutter.
– Das tut mir sehr leid.
– Sie riecht schon.
– Oh.
– Die Verwesung ist in vollem Gange, wir müssen sie so schnell wie möglich eingraben.
– Ja, das müssen wir. Aber nehmen Sie doch erst einmal Platz und lassen Sie uns in Ruhe darüber sprechen, welche Möglichkeiten wir haben, um den Abschied von Ihrer Mutter so schön wie möglich zu gestalten.
– Wir haben uns schon verabschiedet.
– Ach, sagen Sie das nicht. Sie müssen wissen, dass diese Zeit

sehr wichtig ist, auch um alles zu verarbeiten. Je mehr Zeit Sie sich nehmen, desto besser.

– Ich war mit meiner Mutter einen ganzen Tag draußen auf dem Boot, ich denke, das reicht.
– Wie meinen Sie das?
– Sie wollte noch mal das Meer sehen.
– Sie ist auf dem Boot gestorben?
– Nein, sie hat es leider nicht mehr geschafft, sie ist in ihrem Bett eingeschlafen und nicht wieder aufgewacht. Aber ich habe ihr diesen letzten Wunsch erfüllt. Wir sind noch einmal gemeinsam gesegelt.
– Verstehe ich das richtig? Sie waren mit Ihrer toten Mutter segeln?
– Ja.
– Sie haben den Leichnam auf das Boot gebracht und sind mit ihr ausgelaufen?
– Ja.
– Und wo ist Ihre Mutter jetzt?
– Draußen im Auto, ich habe sie mitgebracht.
– Machen Sie sich über mich lustig?
– Nein, das tue ich nicht.
– Es gibt also keinen Totenschein?
– Doch, den gibt es. Mein Hausarzt hat ihn ausgestellt. Ich habe ihn gleich angerufen, als sie gestorben ist. Es ist alles in bester Ordnung.
– Nein, das ist es nicht. Es ist verboten, eine Leiche einfach so im Auto herumzufahren.
– Ich wollte Johann einen Weg ersparen. Was ich gemacht habe, hat niemandem geschadet. Im Gegenteil.
– Dann sollten wir Ihre Mutter jetzt hereinholen.

– Ja, das sollten wir. Ich bin Tino.
– Und ich bin Marie.

Sie hilft ihm, stellt keine Fragen, sie zeigt ihm, wo er den Wagen parken kann, und hält ihm die Tür auf. Kein Wort darüber, dass es verrückt ist, mit einer Leiche quer durch Hamburg zu gondeln, sie auf ein Segelboot zu hieven und sich draußen auf dem Meer von ihr zu verabschieden. Kein Gedanke daran, ihm Probleme zu machen, ihn noch einmal darauf hinzuweisen, dass es gesetzeswidrig ist, was er getan hat. Da ist nur die alte Frau, die sie behutsam aus dem Wagen heben, vielleicht neunzig ist sie, federleicht, ein weiches Gesicht. Anna hieß sie, er hat sie gepflegt, bis sie gestorben ist, in Blums unmittelbarer Nachbarschaft. Wie oft Blum an dem kleinen Häuschen schon vorbeigegangen ist. Wie schön er über sie spricht. Der Mann, der Blum in den Versorgungsraum begleitet, als wäre es das Selbstverständlichste auf der Welt. Er hat keine Angst, weil er längst verstanden hat, dass seine Mutter ihre Augen nie wieder aufmachen, dass sie nie wieder ein Wort sagen wird. Dass da nur noch dieser kalte Körper ist, dieser Geruch.

Tino. Er steht neben ihr. *Darf ich bleiben*, fragt er. Blum überlegt nicht, sagt einfach *Ja*, weil sie spürt, dass es richtig ist. Der Sohn, der seine Mutter über Monate gefüttert und gewaschen hat, der sie nun ein letztes Mal auszieht und ihr die Haare macht. *Danke*, sagt er und wäscht das Salz von der faltigen Haut. *Sie hat das Meer geliebt. Hat früher auf einem Kreuzfahrtschiff gearbeitet.* Tino streicht ihr zärtlich über die Wange. Anna, nackt auf dem Aluminiumtisch. *Es war klar draußen gestern, wir haben gesehen, wie die Sonne ins Meer gefallen ist.* Nebeneinander auf dem Boot, Tino beschreibt es, lässt Blum teilhaben. Wie er die alte Frau in den Arm genommen hat. Und wie es dunkel wurde draußen am Meer. *Ich habe sie nicht losgelassen. Die ganze Nacht nicht.*

Kurz schweigt er, dann nimmt er das Kleid aus der Tasche, das er mitgebracht hat, Unterwäsche, Strümpfe, den Schmuck, den sie gerne getragen hat. Ohne Zögern alles. Jeder Handgriff ist Abschied. Ein letztes Mal zieht er sie an, er spricht darüber, wie es war, als er ein Kind war. Wie er von seinem Vater gelernt hat, Boote zu bauen, wie seine Mutter ihn immer dabei unterstützt hat. *Du sollst tun, was dich glücklich macht, Junge.* Liebe war es, sagt er. Deshalb hat er sie gepflegt, ist bei ihr geblieben, bis sie gestorben ist. Deshalb steht er jetzt neben Blum und berührt noch einmal die vertraute Haut, bevor die alte Dame im Sarg verschwindet. *Gute Reise*, sagt er. Dann geht der Deckel zu.

Es ist Vormittag. Hamburg Blankenese, Bestattungsinstitut Engel. Emma und Katrin sind in der Schule und lernen, auf der Elbe ziehen Frachter vorbei. *Danke*, sagt der Mann, den sie vor zwei Stunden kennengelernt hat. Blum nickt freundlich. Sie schaut zu, wie er am Sarg seiner Mutter steht und weint. Sie ist dankbar, dass er da ist. Tino.

9

Fünf Monate, eine Woche und drei Tage sind vergangen, seit sie in Schieles Büro gestanden und die Waffe in der Hand gehalten hat. Ihre Bereitschaft zu töten, ihre Eintrittskarte ins Glück. Weit weg ist alles, kein Wort verliert er darüber, wenn er sie besuchen kommt, nur über Belangloses spricht er, wenn er sie mit ins Theater nimmt. *Du sollst dich an den schönen Dingen im Leben erfreuen*, sagt er. Nebeneinander im Schauspielhaus, sie hat nicht *Nein* gesagt. Sie hat Tino gebeten, auf die Kinder aufzupassen. So wie sie es schon öfter gemacht hat in den letzten Monaten. Sie vertraut Tino, er tröstet die Mädchen, wenn sie aufwachen, er sitzt an ihren Betten, liest ihnen vor. *Ich mache das gerne für dich*, hat er gesagt. *Ich bin bald zurück*, hat Marie gesagt.

Marie Müller in dem roten Kleid. Schieles schöne Begleitung, sie erfüllt ihm diesen Wunsch. Weil da nichts mehr ist, das ihr Angst macht. Fast ist es, als würde er sie schätzen. Auch wenn sie es nicht versteht, auch wenn alles falsch ist. Solange er nicht mehr von ihr will als gelegentlich ein paar Stunden Zeit, wird sie tun, was er sich von ihr wünscht. Solange er sie nicht berührt, solange er Abstand hält und weiterhin den eleganten Mann spielt. Keine nackte Haut, kein Schweiß, keine Nutten in dreckigen Zimmern. Er ist nur ihr Gönner, der ihr Champagner kauft und so tut, als wäre sie sein neuer Schatz, auf den er aufpasst. Marie Müller in dem teuren Kleid, das er ihr gekauft hat. Marie Müller, die neben ihm in der Sky Bar sitzt und hinunter auf die Landungsbrücken starrt. Sie lächelt, weil sie weiß, dass er es mag, sie unterhält sich mit ihm, sie wehrt sich nicht gegen seinen Charme, mit dem er sie umspült, sein Begehren. Den ganzen Abend lang erträgt sie es. Dann bringt er sie nach Hause, verabschiedet sich von ihr am Gartentor. *Wie gesagt, Marie, wir haben Zeit. Gut Ding braucht Weile*, sagt er. Dann küsst er sie sanft auf die Stirn. Und Blum lässt es zu.

Blum atmet noch ein paar Mal tief ein und aus, bevor sie die Tür aufsperren und sich dankbar zu Tino auf die Couch setzen wird. Marie Müller funktioniert. Kurz noch muss sie Schiele ertragen, eine Minute noch, bis er geht. Auch dieses Mal fragt er nicht, ob er noch bleiben kann. Aber das nächste Mal vielleicht, Blum weiß, dass er sie nicht mehr lange in Ruhe lassen wird, dass der Tag kommen wird, an dem er ausspricht, wovor sie sich fürchtet. Doch noch ist es nicht so weit. *Schlaf schön*, hat er gesagt. Sonst nichts. Ganz leise seine Stimme an ihrem Ohr. Sie steht im Garten und schaut durch das Fenster ins Wohnzimmer. Alles ist friedlich. Tino liegt auf der Couch und schläft.

Dieser Mann, der so völlig anders ist als Schiele, der ihr seine Hilfe angeboten hat, ohne auch nur eine Sekunde lang etwas dafür zu erwarten. Ein Freund, aber nicht mehr als das. Weil sie niemanden mehr an sich heranlassen wird. Auch ihn nicht. Egal wie reizend er ist. Der verrückte Bootsbauer, den sie vor einigen Wochen in Johanns Versorgungsraum kennengelernt hat. Kleine Segelboote, die er mit Liebe fertigt, Handarbeit, alles an ihm ist ungewöhnlich, alles, was er sagt, was er tut. Ein alleinstehender Mann, der das Loch, das seine Mutter hinterlassen hat, mit Emma und Katrin füllt. Die Kinder, die sich in ihn verliebt haben, weil er so schrullig ist, weil er sich Zeit für sie nimmt. Wie liebevoll er ist und wie viel Freude es ihm macht, mit ihnen zu spielen. Wie ein kleiner Junge ist er. Keine Sekunde lang macht Blum sich Sorgen, dass er eine Gefahr sein könnte. Vom ersten Augenblick an hat sie es gewusst. Dass er gut zu den Kindern sein wird. Tino wird ihr nicht wehtun.

– Aufwachen, mein Lieber.
– Marie. Du bist schon da? Ich bin eingenickt, verzeih.
– Mit den Mädchen alles gut?
– Sie schlafen wie die Murmeltiere. Nur Emma ist einmal kurz aufgewacht, aber sonst war alles ruhig.
– Danke, Tino.
– Immer gerne, Marie. Und jetzt lass ich dich in Ruhe, ich muss morgen früh raus.
– Möchtest du noch einen Tee trinken?
– Das musst du nicht.
– Das weiß ich, Tino. Es macht mir aber Freude, mich mit dir zu unterhalten.
– Und was ist mit ihm?
– Gar nichts.
– Aber du gehst mit ihm aus, Marie.
– Er ist so etwas wie mein Anwalt.
– Wie man hört, ist er einer der größten Zuhälter der Stadt.
– Ich weiß.

– Und was will er von dir?
– Ich stehe in seiner Schuld.
– Brauchst du Geld?
– Nein.
– Was dann?
– Bitte mach dir keine Sorgen, Tino. Ich kann damit umgehen, ich bin ein großes Mädchen.
– Wenn du Hilfe brauchst, sag es mir. Ich bin da, Marie.
– Ich weiß, und dafür bin ich dir wirklich sehr dankbar. Aber jetzt lass uns über etwas anderes reden.
– Über dein Kleid?
– Von mir aus.
– Es ist hässlich.
– Schiele hat es für mich ausgesucht.
– Du lässt dich von ihm anziehen. Ich dachte, du bist ein großes Mädchen.
– Wir wollten über etwas anderes reden, Tino. Erzähl mir lieber, was mit Emma war. Hat sie wieder geweint?
– Sie ist aufgewacht und konnte nicht gleich wieder einschlafen, da hat sie sich zu mir auf die Couch gesetzt. Wir haben uns blendend unterhalten.
– Das kann ich mir vorstellen.
– Sie hat felsenfest behauptet, dass sie eigentlich gar nicht Emma heißt.
– Das hat sie? Großartig. Sie liebt solche Geschichten.
– Emma ist nur ihr Geheimname.
– Und wie heißt sie wirklich?
– Das hat sie mir nicht verraten. Ist ja geheim.
– Dieses verrückte kleine Mädchen. Was ihr nur immer alles einfällt, unglaublich ist das.

– Deine Kinder sind toll, Marie.
– Ja, das sind sie.
– So wie du.
– Wir hatten doch besprochen, dass du nicht mit mir flirten sollst, Tino.
– Hatten wir das?
– Ja, das hatten wir. Und jetzt hör auf, mich so anzusehen.
– Wenn du es willst. Aber sag nicht, ich hätte es nicht versucht.
– Ach, ich mag dich, Tino.
– Ich habe Emma übrigens versprochen, dass ich sie und Katrin zum Segeln mitnehme morgen. Ist das in Ordnung für dich?
– Kann ich auch mitkommen?
– Nur wenn du mir versprichst, dass du dieses Kleid dann nicht tragen wirst.

Sie lachen, sie necken sich, sie trinken Tee. Blum genießt es, mit ihm zusammen zu sein, da ist nichts Schweres. Für alles gibt es eine Lösung, wenn sie Tino fragt. Wie ein warmer Regen ist er. Sie sorgt sich nicht, dass er etwas herausfinden könnte. Dass die Kinder etwas verraten könnten. Respektvoll ist er, als Glück sieht er es an, dass sie da sind. Marie, Emma und Katrin. Diese neuen Namen, die immer noch Fremdkörper sind in ihren Leben, die alten, die sie verbergen, hüten sie wie ein Geheimnis. Sogar im Halbschlaf halten sie, was sie versprochen haben. Emma, die einmal Uma war. Sie hätte wahrscheinlich nichts lieber getan, als Tino die ganze Wahrheit zu erzählen. Aber sie hat geschwiegen.

Was war, bleibt ein Geheimnis. Tino hat nur eine alleinerziehende Mutter kennengelernt, keine Mörderin. Er bedrängt sie nicht, spricht nicht weiter über Schiele, wenn sie ihn darum bittet, er bohrt nicht. Warum sie sich mit diesem Typen abgibt. Woher sie ihn kennt. Was er von ihr will. Keine Antworten, auf die er besteht, er ist einfach bei ihr. Sitzt neben ihr, bringt sie zum Lachen. Fast ist es so wie mit Reza. Sie sieht sein Gesicht vor sich, während Tino von dem Boot schwärmt, das er gerade baut.

Reza. Ein Name, der wehtut, wenn sie ihn ausspricht in Gedanken. Blums Mitarbeiter im Bestattungsinstitut über Jahre, erst ihr Freund, dann lange nach Marks Tod ihr Geliebter, der Mann, der ihr geholfen hat zu töten, die Leichenteile zu entsorgen. Reza hat alles für sie getan, er blieb bei ihr bis zum Schluss, half ihr zu fliehen und ließ sich einsperren für sie. Seit neun Jahren kennen sie sich, nur an ihn denkt sie, wenn sie Tino anschaut. Ihn wünscht sie sich an ihrer Seite, ganz nah in der Nacht. Er ist ihr immer noch näher, als Tino ihr jemals kommen könnte. Viel näher. Festhalten soll Reza sie, schweigend neben ihr liegen. Ihr sagen, dass alles so bleiben wird, dass sie sich vor nichts mehr fürchten muss. Rezas Stimme, nach der sie sich sehnt. Sie überlegt, was er jetzt sagen würde, Erinnerungen kommen hoch. Blum kann sich nicht dagegen wehren, sie findet den Knopf nicht, der alles löscht. Weil es wehtut, daran zu denken. Weil sie ihn vermisst.

Tino spürt es. Dass etwas nicht stimmt, dass Blum allein sein will, dass sie in Gedanken ist und weit weg. Er steht auf und geht. *Es ist spät*, sagt er noch. *Jederzeit gerne wieder.* Blum bedankt sich mit einem Lächeln, das in sich zusammenfällt, als Tino gegangen ist. Sie kann nicht anders, ihr schlechtes Gewissen überrollt sie. Sie hat Rezas Leben beendet, sie hat ihn in alles mithineingezogen, er hat ihr geholfen zu fliehen und wurde verhaftet. *Du musst dich um die Kinder kümmern*, hat er gesagt. Einmal hat er sie noch umarmt. Zwei letzte Sätze. *Mach dir keine Sorgen um mich, Blum. Ich kann das aushalten.* Dann musste sie gehen, ihn zurücklassen, sie hat ihn nie wieder gesehen.

Blum schaltet die Lichter aus. Es ist spät. Lange noch liegt sie wach. So wie er wahrscheinlich auch. Reza in einer kleinen Zelle, sie sieht ihn vor sich. Weit weg, irgendwo in der Vergangenheit.

10

Immer noch kein Unwetter, kein Sturm, der aufzieht und alles kaputtmacht. Sieben Monate, drei Wochen und vier Tage die glücklichen Gesichter der Kinder. Wenn sie hinauf in ihr Baumhaus klettern, wenn sie Schnecken sammeln und Rennen veranstalten. Alles fühlt sich gut an, die Arbeit im Bestattungsinstitut, Johann, der dankbar ist, dass Marie ihm begegnet ist. Eine Stadt, die schöner nicht sein kann. Und doch weiß Blum, dass es nicht so bleiben kann. Jeden Tag ist da diese unterschwellige Angst, dass Schiele es beenden wird, dass irgendjemand auf der Straße sie erkennt und an den Pranger stellt. Ein Einzelner, der sie zu Fall bringt, ein aufmerksamer Staatsbürger, der sich an das Gesicht der Mörderin erinnert. Nur ein kleiner Verdacht würde reichen, und alles wäre zu Ende, eine Ähnlichkeit, die jemand sieht, ein falsches Wort, ein Blick. Egal wie sehr sie sich auch bemüht, alles richtig zu machen, irgendwann wird es passieren. Irgendetwas, das sie herausreißt aus alldem. Weil der Traum vom schönen Leben nicht ewig dauern kann.

Jeden Tag der heimliche Blick zurück. Ihre Onlinesuche nach Bildern aus Innsbruck, Bildern von ihrem Haus, vom Friedhof, auf dem die Leichenteile gefunden wurden, Bildern von Karl. Blum klickt sich durchs Netz. Noch bevor die Kinder wach sind, überprüft sie, ob alles in Ordnung ist, ob es Neuigkeiten gibt, ob die Lüge, in der sie jetzt lebt, noch glaubhaft ist. Nur eine Frage der Zeit war es, dass sie etwas findet, das alles ins Wanken bringt. Blum hat es beinahe übersehen. Es ist ein Zufall, ihre Neugier, die sie auf eine Trauerplattform führt, die Fotos der aktuell Verstorbenen, die sie überfliegt. Ein Schluck Kaffee noch, dann der Blick in Karls Augen. Vertraut sein Gesicht, das Bild des alten Mannes, das plötzlich vor ihr auftaucht. Nur ein gewöhnlicher Sterbefall ist es, eine Traueranzeige. *In Liebe und Dankbarkeit denken wir an Karl Blum.*

Ich komme zurück. Das war das Letzte, was sie zu ihm gesagt hat damals. Einmal hat sie noch mit ihm telefoniert, als sie in Norwegen am Strand saß, sie hat ihn ein letztes Mal angerufen, bevor sie das Prepaid-Handy ins Meer geworfen hat. Sie wollte ihn nicht gefährden, sein Leben nicht noch mehr durcheinanderbringen, als sie es ohnehin schon getan hat. Sosehr sie es sich gewünscht hat, mit ihm in Kontakt zu bleiben, sie hat es nicht getan. Sie wollte ihn nicht zum Mitwisser machen. Wollte keinen Fehler machen. Kein Wort mehr zwischen ihnen. Nie mehr.

Wie oft sie sich hat zwingen müssen, es sein zu lassen, nicht in dieses Internetcafé zu gehen, an dem sie jeden Tag vorbeispazierte, keine Mail zu schreiben, kein neues Wertkartentelefon zu kaufen, keinen Brief aufzusetzen. Sie stellte sich vor, wie er zu Hause saß und langsam zerbrach. Seine traurigen Augen auf der Terrasse im zweiten Stock, ein einsamer alter Mann allein in seinem Schaukelstuhl. So gerne hätte sie ihm gesagt, dass es ihr und den Kindern gutgeht, dass sie in Hamburg sind und in einem schönen kleinen Haus leben. Dass er sich keine Sorgen um sie machen muss. Ein paar Sätze nur, die ihm geholfen hätten. *Es geht uns gut, Karl. Sobald es geht, komme ich. Lass uns noch warten, Karl. Ein bisschen noch.*

Jetzt ist er tot. Kein Frühstück mehr, das er für die Kinder zubereiten wird, keine Geschichten mehr von früher, die er ihnen erzählt. Opa ist nicht mehr da. Sie hat zu lange gewartet. *Plötzlich und unerwartet von uns gegangen*, steht da. Herzversagen wahrscheinlich, vielleicht ist er eingeschlafen und nicht wieder aufgewacht. Beim Spazierengehen umgefallen, weil er nicht mehr daran geglaubt hat, dass er Blum und die Kinder je wiedersehen wird. Karl. Ausgelöscht wie alles andere. Das Letzte, das sie noch verbunden hat mit ihrem alten Leben. Morgen graben sie ihn ein. Ihre letzte Verbindung zur Heimat. Gekappt.

11

Der erste Riss in der Mauer. Die Nachricht von Karls Tod, Trauer, die sich plötzlich wieder in ihrem Leben breitmacht. Die Kinder, die nicht akzeptieren wollen, dass Opa nicht mehr lebt. *Aber wir wollten ihn doch besuchen, Mama. Wir möchten, dass Opa mit uns spielt, uns kitzelt. Er hat uns versprochen, dass er mit uns in den Zoo geht, Mama.* Doch Mama schüttelt nur den Kopf und hört nicht auf zu weinen, während sie draußen im Garten stehen und Lichtballons für ihn steigen lassen. Letzte Wünsche, die sie lautlos in den Nachthimmel flüstern. Lange liegen sie im Gras und halten sich fest. Bis die kleinen Lichtpunkte verschwinden und die Kinder in ihren Armen einschlafen.

Ein leiser Abschied war es. Die schlafenden Kinder, die Blum ins Bett trug. Und dieses digitale Flackern, das Blum durch die Nacht begleitete. Kerzen, die sie für Karl im Internet anzündete, nachdem die Kinder eingeschlafen waren. Sie hatte eine Flasche Wein aufgemacht und sich vor den Bildschirm gesetzt. Ein Glas nach dem anderen leerte sie, und eine Kerze nach der anderen zündete sie an. Ein Service der Trauerplattform, eine Einladung an die Trauernden, online ihre Anteilnahme zu zeigen. Ein Mausklick, und die nächste Kerze brannte. Bis sie betrunken war und sich zu den Kindern legte. Und mit ihnen wieder aufwachte.

Weil das Leben weitergehen muss. Wie jeden Tag bringt sie die Kinder zur Schule, wie jeden Morgen geht sie zum Bestattungsinstitut. Die gute Marie tut, worum Johann sie bittet. Sie arbeitet, sie funktioniert, und sie versucht es schönzureden. *Karl war alt. Karl hatte ein schönes Leben. Auch wenn du dich mit ihm in Verbindung gesetzt hättest, du hättest seinen Tod nicht verhindern können.* Schicksal war es, und doch vermisst sie ihn. So gerne hätte sie ihn noch ein Mal umarmt, *Danke* zu ihm gesagt. Für alles, was er für sie getan hat. Karl. Wie er in Innsbruck in einem Grab verschwindet und sie zurücklässt. Allein in Hamburg am Strand.

Sie schaut den Schiffen zu. Sie will mit niemandem reden, es niemandem erklären müssen, warum sie traurig ist. Sie muss Tino aus dem Weg gehen, ihn anlügen, ihm sagen, dass es wohl ein Virus sein muss, der sie alle etwas aus der Bahn geworfen hat. Keine Lust zu segeln, zu reden, zu spielen. *Nächste Woche, Tino. Wir müssen uns erholen.* Weil er sofort gespürt hat, dass etwas nicht stimmt. Weil er neugierig ist und helfen will. Blum hält ihn auf Abstand, er wird nichts über Karl erfahren, nichts darüber, dass die Kinder ihren Opa für immer verloren haben. Ein weiterer Mensch im Leben der Kinder, der unter der Erde verschwindet. Nichts darüber, dass sie auch schon ihren Vater verloren haben, dass sie zugesehen haben, wie er von einem großen schwarzen Auto überfahren wurde. Gar nichts. Weil die Münder der Kinder verschlossen sind, weil Blum sie noch einmal angefleht hat zu schweigen. *Niemand darf wissen, dass Opa tot ist. Dass es ihn überhaupt gegeben hat.* Wieder hat sie ihnen ein Versprechen abgerungen. Es ist ein weiteres Geheimnis, das sie hüten müssen.

Mach dir keine Sorgen, Mama. Wir sagen nichts. Zu niemandem.

Alles liegt im Dunkeln. Das Leben, das sie hatten, hat es nie gegeben. Marie Müller, die am Elbstrand sitzt und an ihren Nägeln kaut. Nur eine Mutter, die darauf wartet, dass sie ihre Kinder wieder von der Schule abholen kann. Gute Kinder, starke Kinder. Blum weiß, dass sie Unmögliches von ihnen verlangt, sie weiß, dass sie sie überfordert. Und doch tut sie es. Weil sie keine andere Wahl hat. Wenn sie bleiben wollen, müssen sie weiter lügen. Alle drei, jeden Tag von neuem. So lange, bis sie es selber glauben, bis es Normalität wird. So lange, bis sie vergessen haben, was vorher war. Bis es nur noch Hamburg gibt. Und Schiele.

Fast hätte sie ihn vergessen in der Trauer, seit Tagen hat sie sich nicht mehr gemeldet, da waren nur die Kinder und sie. Sie sieht ihn nicht kommen, sie hört ihn nicht, wie er sich lautlos neben sie in den Sand setzt und sie aus ihren Gedanken reißt. Egon Schiele und die Wirklichkeit, die sie einholt. Dieses Mal wird es anders sein. Dieses Mal wird es nicht damit getan sein, mit ihm essen oder ins Theater zu gehen. Worauf sie gewartet hat, es passiert. *Ich habe dich gesucht*, sagt er. *Und jetzt hast du mich gefunden*, sagt sie.

– Warum hebt meine schöne Frau ihr Telefon nicht ab?
– Ich bin nicht deine Frau.
– Wieso reagierst du nicht auf meine Anrufe?
– Ich bin krank.
– Dann solltest du jetzt besser gesund werden.

– Mein Schwiegervater ist gestorben.
– Woher weißt du das?
– Aus dem Internet.
– Das tut mir leid. Aber du hättest ihn ohnehin nicht wiedersehen können.
– Das weiß ich. Trotzdem tut es weh.
– Dein Leben ist jetzt hier. Du solltest endlich loslassen, Marie.
– Was willst du?
– Es gibt da etwas, das du für mich tun kannst.
– Was meinst du?
– Der stille Paul steckt in Schwierigkeiten, du hast bestimmt davon gehört und gelesen, oder?
– Ja, das habe ich. Eine Hamburger Zuhälterlegende steckt in Schwierigkeiten. Wird wegen Menschenhandels angeklagt. Ein Schicksal, mit dem man in deinem Gewerbe rechnen muss, oder?
– Du weißt aber nicht, dass der stille Paul mein Vater ist.
– Nein, das wusste ich nicht.
– In zehn Tagen findet der Prozess statt, und so wie es im Moment aussieht, werden sie ihn einsperren, wenn wir nichts machen.
– Wir?
– Ja, Marie. Wir sind doch jetzt so etwas wie eine Familie, und in einer Familie hilft man sich, wenn es Probleme gibt. Das ist doch wunderschön, oder? Der eine ist für den anderen da, wir kümmern uns umeinander, richtig?
– Was willst du, das ich tue?
– Unser Problem heißt Herbert. Unser langjähriger Steuerberater, er wird in dem Prozess aussagen. Nur an ihm

würde es liegen, wenn mein Vater ins Gefängnis müsste. Ohne Herbert Wagenschaub würden sie ihn sofort laufen lassen, keine der Damen wird auch nur ein Wort sagen.

– Warum bist du dir da so sicher?

– Weil sie klug sind und nicht die Hand beißen, die sie füttert.

– Aber Wagenschaub schon?

– Dieses Mistschwein hat dreißig Jahre lang in Saus und Braus gelebt, und jetzt kommt er plötzlich mit Moral daher. Er könne nicht mehr damit leben, sagt er.

– Womit?

– Dass wir den Frauen helfen, wieder auf die Beine zu kommen. Dass wir ihnen ein schönes Leben ermöglichen. So wie dir, Marie. Du weißt ja wohl am allerbesten, wovon ich rede, oder?

– Was willst du?

– Es ist ganz einfach, du musst nur dafür sorgen, dass er nicht aussagen wird. Ohne ihn hat mein Vater nichts zu befürchten. Unser Herbert soll einfach aufhören zu atmen.

– Ich soll ihn töten?

– Schau mich jetzt bitte nicht so an, Marie. Du selbst hast mich doch auf diese Idee gebracht. Vor nicht allzu langer Zeit hast du mir dieses schöne Angebot gemacht.

– Aber das ist lange her. Ich habe ein neues Leben. Alles läuft gut. Auch zwischen uns.

– Sieh es doch als kleinen Gefallen an, den du für mich tust. Dafür, dass ich dir dieses Leben ermöglicht habe. Dafür, dass nun alles gut ist. Für dich. Für die Kinder.

– Und dann lässt du mich in Ruhe?

– Ja.

– Und das Haus?
– Ihr dürft bleiben. Für immer. Du musst nur das einlösen, was du mir versprochen hast.
– Ich bin nicht sicher, ob ich dir vertrauen kann.
– Es wäre doch unmenschlich von mir, dich mit den Kindern einfach auf die Straße zu setzen, oder?
– Ja, das wäre es.
– Und noch unangenehmer wäre es, wenn plötzlich die Polizei auftauchen würde.
– Du willst mir drohen?
– Ich drohe dir nicht, ich will dir nur sagen, dass ihr so lange bleiben könnt, wie ihr wollt, wenn du tust, worum ich dich bitte. Wenn du tust, was du mir versprochen hast dafür, dass ich dir dieses Leben ermögliche. Du wirst es nicht bereuen, Marie.
– Ich brauche seinen vollen Namen und ein Foto.
– Ich werde dich mit allen Informationen versorgen. Ich schlage vor, wir gehen rauf ins Haus, du kochst uns eine Kleinigkeit, und ich erkläre dir alles ganz genau. Wo er wohnt, welche Gewohnheiten er hat, wer auf ihn aufpasst bis zum Prozess.
– Er wird bewacht?
– Ein Streifenwagen steht immer vor seinem Haus, ja. Er hat wohl Angst. Aber das sollte uns keine Sorgen bereiten, niemand rechnet ernsthaft damit, dass dem armen Mann etwas passieren wird, wir leben hier ja schließlich in einer friedlichen Stadt, hier werden unangenehme Zeugen im Normalfall nicht einfach so umgebracht.
– Das hier ist aber kein Normalfall, richtig?
– Das hier ist eine glückliche Fügung, würde ich sagen. Dass

du hier bist, dass du angeboten hast, etwas Derartiges für mich zu tun. Dass sich diese einmalige Gelegenheit jetzt bietet, deine Schuld einzulösen. Es könnte sich nicht besser treffen, oder? Während ich mich in die Berge zurückziehe, wird sich unser kleines Problem wie von Zauberhand lösen.

– Du fährst weg?
– Ja, in ein fabelhaftes Hotel in den Schweizer Alpen, wir sollten unbedingt einmal gemeinsam dorthin, du würdest es lieben.
– Schiele kann es also nicht gewesen sein.
– Genau das ist der Plan. Ich komme erst zurück, wenn alles vorbei ist. Nach der Verhandlung, wenn sich alles wieder beruhigt hat.
– Und wie soll ich es machen?
– Dir wird bestimmt etwas einfallen. Wenn ich richtig informiert bin, bist du nicht gerade zimperlich mit deinen bisherigen Opfern umgegangen. Dürfte dir also nicht allzu schwerfallen.
– Du redest davon, dass ich jemanden für dich töten soll.
– Nein, ich rede nur davon, dass wir zusammenhalten müssen. Du kannst das, Marie. Einmal noch die Augen zu und durch, das wird ein Spaziergang, du wirst sehen.
– Ich will nicht, dass das alles wieder von vorne anfängt.
– Niemand wird auf die Idee kommen, dass du es gewesen bist, das ist genial, Marie. Du hast nichts mit diesem Mann zu tun, er ist ein völlig Fremder für dich. Du musst dir also keine Sorgen machen, dein Leben wird weitergehen wie bisher.
– Ich will das schriftlich.

– Was?
– Dass wir bleiben dürfen.
– Kein Problem.
– Ich habe begonnen, daran zu glauben, dass es niemals passieren wird. Dass du mich nie danach fragen wirst.
– Nichts im Leben ist umsonst, Marie.

Schiele und Blum. Zwei Menschen am Strand, die Sonne steht am Himmel, sie unterhalten sich. Alles scheint so klar, worum er sie bittet, was er von ihr will. Ohne Umschweife kommt er zur Sache, da ist kein Mitleid, kein schlechtes Gewissen. Schiele bringt die Rechnung an den Tisch. Blum hat gegessen und getrunken, jetzt muss sie bezahlen. *Nichts im Leben ist umsonst, Marie.*

Bis gerade eben hat er sich zurückgehalten. Er hat sie nicht mit Fragen gelöchert, hat seine Neugier im Zaum gehalten, hat ihr das Gefühl gegeben, dass sie mehr ist als die Mörderin aus den Nachrichten. Kein Tier im Zoo, das er besucht, keine Bestie, die er in seinen goldenen Käfig gesperrt hat. Bis jetzt war da nur dieser eine Satz gewesen. *Ich weiß, wer du bist.* Sonst hat er geschwiegen. Er sprach nur über die Kunst, die er so liebt, über all die Dinge, die er ihr noch zeigen will. Ein Leben mit Marie, eine Beziehung, der er Zeit gibt. Immer noch.

Wenn das erledigt ist, machen wir so weiter wie bisher. Wir nähern uns einander an, Marie. Du wirst mich mögen irgendwann. Egal, was sie sagt, er glaubt daran. Keine Sekunde lang zweifelt er. Auch nicht daran, dass sie es tun wird. *Es wäre doch unmenschlich von mir, dich mit den Kindern einfach auf die Straße zu setzen, oder? Einmal noch die Augen zu und durch, das wird ein Spaziergang, du wirst sehen.* Nur eine Aufgabe, die sie lösen muss, ein simples Geschäft, nichts Unmögliches, das er da von ihr verlangt. Einmal noch muss sie die Luft anhalten und springen. Egal wie weit es nach unten geht. Sie hat keine Wahl, sie weiß es. Nicht nachdenken, keine Fragen stellen. Ihn einfach töten. Dann endlich wird alles gut.

12

Ein Spielplatz mitten in Hamburg. Emma und Katrin rennen ausgelassen herum, sie klettern, rutschen, graben mit ihren Händen im Sand. Seit fünf Tagen kommt Blum hierher, seit fünf Tagen sitzt sie auf dieser Parkbank und beobachtet das Haus, in dem der Mann wohnt, den sie umbringen wird. Herbert Wagenschaub, der Herr mit dem Hund, der gerade die Straße überquert. Mit einem Nicken bedeutet er den Beamten in dem Polizeiauto, dass alles in Ordnung ist, dass er nur seine Runde im Park dreht. Nur der gewohnte Spaziergang mit dem Hund ist es, morgens, mittags, abends, immer dieselbe Szene. Ein Portugiesischer Wasserhund, der neben ihm herläuft. Wie Wagenschaub ihn streichelt, Stöckchen wirft und den Kot aufsammelt, den Suki liegen lässt.

So heißt der Hund. Blum hat Wagenschaub vor zwei Tagen danach gefragt, sie hat ihn angesprochen, ihm gesagt, dass sie sich auch überlegt, einen Hund anzuschaffen. Wagenschaub war freundlich, er hat keinen Verdacht geschöpft, er hat mit ihr geredet, von dieser Rasse geschwärmt. Ein verdammtes Glück sei es, dass sie sich gefunden hatten. Seit seine Frau verstorben ist, hat er nur noch Suki. Das hat er ihr erzählt. Auch dass Suki es liebt, über die Wiese zu tollen und Tauben zu jagen. Begeistert war er, dass sie sich so für seinen Schatz interessierte. Erfreut kommt er auf sie zu, weil er sie wiedererkannt hat. Die Mutter, die mit ihren Kindern seit ein paar Tagen in den Park kommt. *Schön, Sie wiederzusehen*, sagt er.

– Ja, wir freuen uns auch. Sie sehen ja, die Kinder sind begeistert von Ihrem Hund.
– Sie wohnen hier in der Gegend?
– Ja, wir sind vor kurzem hergezogen.
– Ich will Sie nicht aufhalten.
– Das tun Sie nicht. Ich freue mich. Sie können sich ja vorstellen, dass es nicht ganz einfach ist, wenn man irgendwo neu anfängt.
– Sie werden sehen, Sie werden sich hier sehr wohlfühlen, das ist eine der schönsten Ecken in Hamburg.
– Die Hamburger sind sehr freundlich, das erleichtert vieles.
– Ich bin Herbert.
– Und ich Marie.
– Sie haben tolle Kinder.
– Ja, das stimmt. Sie gehen großartig mit allem um. Der Umzug, die neue Stadt. Sie tun sich wesentlich leichter damit hier anzukommen als ich.
– Das wird schon werden.
– Wenn Sie das sagen. Sie sind sehr freundlich.
– Das war nicht immer so, das können Sie mir glauben. Auf gewisse Art und Weise wage ich ebenfalls gerade einen Neuanfang.
– Wie schön. Ich nehme an, beruflich?
– Ich war mein ganzes Leben lang Steuerberater. Jetzt ist genug damit.
– Das kann ich verstehen.

– An sich ist das ein sehr schöner Beruf, ich hatte ein wirklich aufregendes Leben.
– Aber?
– Ich versuche gerade einiges richtigzustellen. Ich habe viele Fehler gemacht.
– Ich auch. Und deshalb schaut es im Moment so aus, als müsste ich ein großes Opfer bringen, damit unser Leben weitergehen kann. Damit ich meine Kinder nicht schon wieder enttäuschen muss.
– Und es fällt Ihnen schwer, dieses Opfer zu bringen?
– Sehr schwer.
– Vielleicht muss man manchmal über seinen Schatten springen, damit alles besser wird.
– Ja?
– Es steht mir nicht zu, Ihnen einen Ratschlag zu geben. Wir kennen uns ja nicht. Ich habe keine Ahnung, was in Ihrem Leben gerade passiert, welche Art Opfer Sie bringen müssen, aber mein Bauch sagt mir, dass Sie nicht lange darüber nachdenken sollten.
– Nein?
– Was auch immer es ist, tun Sie es einfach.

Blum nickt. Sie verabschiedet sich. *Danke für das Gespräch*, sagt sie. *Die Kinder haben Hunger, ich muss los.* Wagenschaub gibt ihr die Hand. Freundlich und offenherzig. Trotzdem wird sie auf ihn hören, sie wird nicht darüber nachdenken, es nicht zulassen, dass dieses neue Leben endet, dass Schiele es ihr wieder wegnimmt. Sie wird nicht zögern, sich nicht fragen, ob es richtig ist oder falsch. *Tun Sie es einfach*, hat er gesagt. Wenn es dunkel wird im Park. Wenn er wiederkommt und mit Suki seine Abendrunde dreht. Egal, wie unvorstellbar es in diesem Moment noch ist, Herbert Wagenschaub wird sterben.

Der Steuerberater des Zuhälters, Mitwisser über Jahre, Zeuge von Verbrechen, wie sie jeden Tag passieren in Hamburg, am Kiez, in irgendwelchen Stadtwohnungen, in Schieles schickem Wellness-Tempel. Menschenhandel, Nötigung, Demütigungen, Gewalt. Herbert Wagenschaub hat dreißig Jahre lang zugesehen, nichts gesagt, er war dem stillen Paul und Schiele treu ergeben, hat sich ein Stück vom großen Kuchen abgeschnitten. Ein Dreckskerl ist er, mehr nicht. Blum lässt kein gutes Haar an ihm, während sie ihm freundlich zulächelt. Er hat es verdient, denkt sie. Auch wenn er sagt, dass er sein Leben ändern will. Egal wie reizend er sich gibt, wie liebevoll er mit seinem Hund umgeht, Wagenschaub ist nicht besser als Schiele. Nicht besser als Schieles Vater. Ein großer Sumpf ist alles. Tief und schwarz.

Blum hat sich informiert, hat nachgelesen, mit wem sie es zu tun hat, sie hat mit den Mädchen auf der Straße geredet. Sie weiß, wer Schiele wirklich ist, was hinter seiner eleganten Fassade steckt, wie er dahin gekommen ist, wo er jetzt ist. Der Sohn des stillen Paul hat sich hochgearbeitet, er hat ganz unten angefangen, er hat die frischen Mädchen angeschleppt, sie von sich abhängig gemacht, ihnen die große Liebe vorgespielt und sie anschließend auf den Strich geschickt. Wie das so ist. Zuckerbrot, dann Peitsche, am Anfang Rosen und Geschenke, am Ende Schläge und Drohungen. Schiele war richtig gut darin, sagt man, er hat ein Mädchen nach dem anderen rekrutiert, er hat sich früh als würdiger Nachfolger seines

Vaters einen Namen gemacht. Hübsch, immer höflich, charmant und wortgewandt. Ehrgeizig und brutal. Der schöne Egon wollte immer mehr, nicht nur die dreckigen Steigen seines Vaters am Kiez, er dachte größer, sein Bordell im Industriegebiet wurde zum Renner. Sauber alles, Anzug und Hemd, Parkmöglichkeiten, Diskretion. Und Frauen, die alles ertragen. Von überall kommen sie. Tag und Nacht wird gefickt. Und Schiele verdient daran.

Wagenschaub hat dieses Geld gezählt. Gewaschen und angelegt. Er hat die Augen zugemacht und so getan, als wäre es ein ganz normales Geschäft. *Plötzlich kommt er mit Moral,* hat Schiele gesagt. *Plötzlich glaubt er, dass es nicht richtig ist, was mit den Frauen passiert. Nach dreißig Jahren, dieses Arschloch. Nachdem er sich ein Haus gekauft hat mit unserem Geld, nachdem wir ihn immer behandelt haben wie einen von uns.* Ein Familienmitglied. Herbert Wagenschaub. Abschaum wie die anderen. Es wird ganz schnell gehen.

Kurz bevor er schlafen geht, wird er noch einmal die Tür aufmachen. Er wird den Polizisten wieder zunicken und in den Park gehen. Suki wird aufgeregt herumspringen, sie wird neben ihrem Herrchen hinüber zum Teich laufen, dann werden die beiden in dem kleinen Wäldchen verschwinden. Blum wird dort auf ihn warten, hinter einem Baum wird sie stehen und einen Stein in der Hand halten. Sie wird Handschuhe tragen, niemand wird sie sehen. Dann wird sie den Stein hochnehmen und auf Wagenschaub einschlagen. So oft gegen seinen Kopf, bis er tot ist. Herbert Wagenschaub wird liegen bleiben. Und Blum wird verschwinden.

13

– Wer ist da?
– Schön, dass du endlich das Telefon abnimmst, Marie. Ich war schon ganz betrübt, ich habe es unzählige Male versucht.
– Was ist das für eine Nummer?
– Ich benutze das Hoteltelefon, damit niemand auf die Idee kommt, uns zuzuhören.
– Schiele, was willst du?
– Es ist wunderbar, deine Stimme zu hören, Marie. So schön es hier ist, irgendwie vermisse ich dich, ich musste dich anrufen.
– Ich habe jetzt keine Zeit für Plaudereien, ich muss die Kinder ins Bett bringen.
– Das hat doch dein neuer Freund schon gemacht, oder nicht?
– Wen meinst du?
– Tino. Wie ich höre, hast du ihn sehr herzlich umarmt, als du gegangen bist.
– Was soll das? Woher weißt du das? Wo bist du?
– In diesem wunderbaren Hotel in der Schweiz, das hab ich dir doch erzählt. Du würdest es hier wirklich lieben, Marie. Eine Wellness-Landschaft zum Niederknien. Und das Essen erst, jedes Gericht ein Gedicht. Wenn es nach mir ginge, würde ich noch länger hierbleiben.

– Du lässt mich beobachten?
– So drastisch würde ich das nicht formulieren. Ich möchte dich nur an unsere Vereinbarung erinnern, das ist alles.
– Ich muss nicht daran erinnert werden.
– Die Zeit vergeht hier so schnell, in zwei Tagen komme ich schon zurück. Findest du nicht auch, dass du dich langsam um unser kleines Problem kümmern solltest? Du weißt doch, wie wichtig mir das ist.
– Wie du wahrscheinlich von deinem Affen Gonzo weißt, bin ich genau dort, wo du mich haben möchtest. Also hör auf, mich zu nerven, und lass mich das hier zu Ende bringen.
– Morgen ist es zu spät, Marie. Du darfst keinen Fehler machen. Es sollte sich heute noch alles in Luft auflösen.
– Das wird es.
– Bist du dir sicher?
– Ja.
– Na dann, Weidmannsheil, meine Liebe.
– Ich lege jetzt auf.
– Eines noch, Marie.
– Was?
– Ich möchte nicht, dass sich dieser schmierige Bootsbauer noch länger in meinem Haus herumtreibt.
– Er passt nur auf die Kinder auf. Wenn er nicht wäre, müsstest du dich selber um die Drecksarbeit hier kümmern. Dann hätte ich keine Zeit für solche Dinge.
– Du wirst das anders lösen müssen mit den Kindern, Marie. Er wird das Haus nicht mehr betreten, hast du das verstanden?
– Das ist mein Leben, Schiele. Wen ich treffe, wen ich in mein Wohnzimmer lasse, das entscheide ich, nicht du.

– Wir werden noch mal darüber reden, wenn ich zurück bin.
– Hör auf damit.
– Wenn ich das nur könnte, Marie. Nur widerwillig gestehe ich das ein, aber ich bin wohl eifersüchtig. Du kannst dir wirklich etwas darauf einbilden, meine Liebe.
– Leck mich, Schiele.
– Zu gerne würde ich das tun, Marie. Zu gerne.

Wütend legt sie auf. Sie will diese schmierige Stimme nicht mehr hören. Keine Sekunde länger erträgt sie es. Wie er sie bedrängt, in sie hineinkriecht, wie er sich in ihr Leben einmischen will. Schiele. Seit Monaten duldet sie ihn neben sich, seit Monaten unterdrückt sie diesen Wunsch, ihm zu sagen, was sie von ihm hält. So gut es ging, hat sie ihn sich vom Leib gehalten, sie hat gelächelt, anstatt ihm ins Gesicht zu spucken. *Immer schön freundlich sein, Marie. Nicht aufbegehren, Marie, sonst ist alles so schnell wieder vorbei, wie es begonnen hat.* Schiele muss es nicht aussprechen, sie hört es auch so. Sein Drohen, sein Begehren, seine Überlegenheit, ihm ausgeliefert zu sein. Blum hasst es. Dass sie tun muss, was er sagt. Schmutzig fühlt sie sich. Auch wenn sie nicht mit ihm ins Bett geht, sie will ihn loswerden, nie wieder mit ihm reden müssen. Das Telefon in der Erde vergraben. *Ihn* töten und nicht Herbert Wagenschaub. Den Stein, den sie in der Hand hält, nicht gegen den Kopf des Steuerberaters schlagen, sondern gegen Schieles. Sein Maul stopfen. *Zu gerne würde ich dich lecken, Marie.* Ihm sein Grinsen aus dem Gesicht schlagen. Ihn nicht mehr treffen müssen, sich wehren, nicht mehr abhängig sein von ihm.

Blum denkt daran, während sie hinter dem Baum steht und hört, wie Suki im Dunkeln über die Wiese jagt. Niemand kann Blum sehen, keiner wird es hören, in zwei Minuten schon wird der gute Herbert tot sein, in zwei Minuten wird sie in der Position sein, Schiele die Stirn zu bieten. In dem Moment, in dem der Steuerberater zu Boden geht, hat sie auch etwas gegen ihn in der Hand. Ein Mord, den er in Auftrag gegeben hat. Auch wenn es niemand je erfahren wird, dass sie es war, die den wichtigsten Zeugen im Prozess gegen den stillen Paul mehr oder weniger vor den Augen der Polizei umgebracht hat, sie kann Schiele damit drohen. *Wenn ich ins Gefängnis gehe, dann gehst du mit.* Darum wird sie es tun. Weil sie gar keine andere Wahl hat, weil Uma und Nela in ihrem neuen Zuhause auf ihre Mutter warten. Blum muss da sein, wenn sie aufwachen am Morgen, sie muss den Kindern sagen, dass alles in Ordnung ist. *Opa ist jetzt an einem Ort, an dem es ihm gutgeht. So wie wir. Mama hat dafür gesorgt, dass das auch so bleiben wird. Mama hat einen Schädel dafür zertrümmert.*

In zwanzig Sekunden wird sie es tun. Suki wird an ihr vorbeirennen, sie wird Blum nicht wittern, nicht bellen, ihr Herrchen nicht warnen. In zehn Sekunden wird Wagenschaub bei ihr sein, sie kann seine Schritte bereits hören, sein Atmen, noch kurz wird sie warten, er wird an dem Baum vorbeigehen, Suki rennt voraus. Ein Augenblick, der über Blums Leben entscheidet, ein Moment nur, eine Bewegung, ein dumpfes Knacken. Ein Stein, der ankommt.

14

So tun, als ob nichts passiert wäre. Wie gut sie das gelernt hat. Butter auf Brote schmieren, ihnen sagen, was sie anziehen sollen. *Kein Kleid, Emma, es regnet. Wir müssen uns beeilen, hört auf zu trödeln.* Weil die Schule beginnt, weil es wieder hell ist, weil alles so sein soll wie immer. Fast ist es für Blum so wie früher. Wenn sie etwas nicht sehen wollte, wenn sie die Wirklichkeit nicht mehr ertrug, hat sie sich die Augen zugehalten. Egal, was rund um sie herum passiert ist, sie hat es ignoriert. So wie jetzt.

Schon seit Stunden ist sie wach. Den ganzen Vormittag hört sie Nachrichten, starrt auf die Uhr im Wohnzimmer, sie schaut zu, wie sich der Zeiger immer weiterdreht. Minute für Minute vergeht, doch nichts passiert. Kein Mord im Park, keine Leiche, die gefunden wird, kein Hund, der winselt. Auf keinem Sender ein Wort über den Tod von Herbert Wagenschaub. Nur der Reporter eines Lokalsenders, der aus dem Gerichtsgebäude berichtet. Während des Mittagessens ein erster Bericht über den Prozess, der mit Spannung erwartet wurde. Der Zuhälterkönig von St. Pauli wird angeklagt, der stille Paul wird in den Gerichtssaal geführt, während die Kinder sich Nudeln in den Mund stopfen. Ausgelassen spielen sie mit dem Essen, weil Blum sie nicht daran hindert. Weil ihre Mutter abwesend in den Fernseher starrt.

Nur langsam vergeht der Tag. Kein Klingeln an der Tür, kein Anruf, nichts. Die Kinder spielen im Garten, alles ist wie immer. Sie beruhigt sich. Was sie getan hat, was sie nicht getan hat, sie muss jetzt damit umgehen. Blum ist überzeugt davon, dass es richtig war, dass sie keine andere Wahl hatte. Der stille Paul wird freigesprochen, und alles ist gut. So einfach stellt sie es sich vor. Den ganzen Tag lang wartet sie. Unerträglich ist es, Spannung, die wehtut. Das Urteil soll bald verkündet werden. Nachdem sie mit den Kindern im Bad gewesen sein wird, vielleicht nachdem sie ihre Zähne geputzt hat, sie ins Bett gebracht hat. Alles soll so sein wie immer, sie dürfen nicht merken, dass etwas nicht stimmt, dass Mama sich Sorgen macht. Blum verbirgt es vor ihnen, so gut sie es kann. Ungeduldig liegt sie neben ihnen und wartet, bis sie schlafen, sie will wieder zurück ins Wohnzimmer, sich vor den Fernseher setzen, weiter darauf warten, dass die Welt untergeht. Weil sie weiß, dass sie einen Fehler gemacht hat. Einen großen.

Blum trinkt. Und sie hört es. Wie die Reporterin aufgeregt von einer Sensation spricht, von einem beispiellosen Prozess, der zu einem spektakulären Urteil geführt hat. Niemand hat damit gerechnet, wie ein Faustschlag in Blums Magengrube ist es. Das Gesicht, das über den Bildschirm flimmert. In den Nachrichten der Mann, der eigentlich tot sein sollte. Herbert Wagenschaub, der Zeuge, der den stillen Paul schwer belastet hat, sie bedrängen ihn, überall sind Kameras, jeder will ein Statement von ihm. Einer aus den eigenen Reihen hat geredet, das hat es noch nie gegeben. Stundenlang Aussagen über Menschenhandel, darüber, was den Frauen angetan wurde, wozu sie gezwungen wurden, dass sie abhängig gemacht, genötigt und ausgebeutet wurden. Details, die der gute Herbert dem Richter erzählt hat. Details, die den stillen Paul ins Gefängnis bringen. Vier Jahre Haft für die Kiezlegende.

Blum wankt. Sie denkt an die Nacht zurück. Wie er an ihr vorbeigegangen ist. Einfach immer weiter, er hat sich nicht zu ihr umgedreht, hat nichts bemerkt. Den Stein nicht gesehen in ihrer Hand, ihn nicht gespürt. Weil Blum im letzten Moment die Notbremse gezogen hat, weil sie es nicht zustande gebracht hat, weil sie kein Blut sehen wollte. Das Bild des toten Mannes am Boden. Es hätte ihr Angst gemacht. Und sie erneut zum Monster. Von einer Sekunde zur anderen wäre sie wieder eine Mörderin gewesen, nicht mehr nur die liebevolle Mutter, die für ihre Kinder da ist. Eine eiskalte Frau, vor der sie sich in diesem Moment erschrocken hat. Eine Sekunde lang war da Abscheu. Ihr graute. Vor sich selbst.

Deshalb hat sie ihn gehen lassen. Sie hat die Luft angehalten, damit er sie nicht hört, damit der Hund nicht anschlägt. Blum hat still gestanden. Und Herbert Wagenschaub ist verschwunden. Dann hat sie den Stein fallen lassen. Ein dumpfes Knacken, nur ein kleiner Ast, der gebrochen ist. Nur ein gemütlicher Abendspaziergang war es, Wagenschaub ist zurück in sein Haus und hat geschlafen. Dann hat er seine Geschichte erzählt. Im Gerichtssaal die sensationsgierigen Journalisten und das betretene Gesicht des stillen Paul. Vier Jahre Haft. Blum hört es wieder und wieder. Vier Jahre Haft, weil Herbert Wagenschaub überlebt hat. Weil Blum einen Fehler gemacht hat. Einen, den sie bereuen wird. Schon bald.

15

Seit vier Tagen versucht sie, Schiele zu erreichen. Sie will es ihm erklären, sich entschuldigen bei ihm, es wiedergutmachen. Irgendwie seine Wut zügeln, seinen Zorn. Sie möchte mit ihm reden, ihm eine Lüge erzählen, irgendetwas, das begründet, warum sie nicht getan hat, was er von ihr verlangt hat. *Plötzlich waren da Polizisten, sie haben ihn nicht allein gehen lassen, wahrscheinlich haben sie es gerochen. Ich hatte keine Möglichkeit, sie hätten mich gesehen. Es tut mir leid, Schiele. Ich wollte nicht, dass dein Vater ins Gefängnis muss.* Unzählige Varianten hat sie sich zurechtgelegt, sie muss den Schaden begrenzen, sie muss es ihm so schnell wie möglich erklären.

Unzählige Versuche am Handy, im Saunaclub, doch Schiele ist nicht zu erreichen. Niemand kann ihr Auskunft geben, keiner weiß, wo er steckt. Blum ist allein mit ihrem Problem. Ununterbrochen denkt sie darüber nach, was er machen wird, wie er wohl reagieren wird. Ob er sich beherrscht oder sich gehen lässt. Sie überlegt, was das Schlimmste wäre, das ihr passieren könnte, sie stellt es sich vor. Wie sie ausziehen müssen, wie sie den Kindern erklären muss, dass sie nicht bleiben können. Ein Albtraum wäre es, und doch müsste sie es hinnehmen. Weil sie keine andere Wahl hatte, weil das Opfer, das sie hätte bringen müssen, zu groß gewesen wäre. Irgendwie würden sie es schaffen, irgendwo würden sie schon unterkommen. Johann und Tino würden ihr helfen, irgendwie würde es weitergehen. Sie redet es sich ein. Und es fühlt sich gut an, dass sie es nicht getan hat. Nicht getötet hat.

Ein kurzes Hoch. Blum glaubt daran, dass sie ihm entkommen würde, dass er sie in Ruhe ziehen lassen würde. Dass es normal wäre, dass er sich nicht meldet, dass er nicht tobend vor ihrer Tür stehen wird eines Tages. Vielleicht kann sie sogar bleiben, überlegt sie. Vielleicht ist alles überhaupt nicht so schlimm. Schiele wird sich beruhigen, sie wird ihre Schuld auf andere Weise begleichen, irgendetwas wird ihr schon einfallen. Naiv und dumm ist es, was sie sich ausmalt. Trotzdem tut sie es. Weil es sich besser anfühlt, als Angst zu haben.

Vier Tage lang Ungewissheit. Dann kommt sein Anruf. Höflich und freundlich seine Stimme, kein Vorwurf, keine Wut. *Komm vorbei und lass uns darüber reden. Tut mir leid, dass ich mich nicht gemeldet habe, aber du kannst dir ja vorstellen, dass es etwas durcheinandergeht im Moment. Du musst dir keine Sorgen machen, Marie, wir werden für alles eine Lösung finden.* Blum kann es nicht fassen, sie ist erleichtert. Sie hat noch zwei Stunden, bis sie die Kinder von der Schule abholen muss, sie wird sofort zu ihm fahren und ihm sagen, dass es ihr leidtut. Dass es nicht so einfach ist, einen Menschen zu töten. Sie wird ihm sagen, dass sie ihm alles Geld zurückgeben wird, das er ihr gegeben hat, dass sie die Miete bezahlen, dass sie ihm nichts schuldig bleiben wird. Blum ist voller Vorsätze, erleichtert fährt sie mit der Bahn durch die Stadt.

Zehn Minuten noch, dann ist sie bei ihm. Sie wird alles neu ordnen müssen.

Alles ist so wie damals, als sie das erste Mal hier war. Die nackte Frau mit den gespreizten Beinen an der Wand, Schiele in seinem Bürostuhl und Gonzo, der sie an sich reißt. Alles geht viel zu schnell, sie war nicht gefasst darauf. Auf Gonzos Arme, die sie packen, auf seine Hand, die ihr den Mund zuhält. Er zerrt an ihren Haaren, drückt sie zu Boden, ohne Zögern dieses Mal, brutaler, Blum bekommt keine Gelegenheit, sich zu wehren. Er reißt ihre Arme herum, klebt sie hinter ihrem Rücken zusammen, fesselt sie. Erstickt ihre Schreie. Schließt ihren Mund.

Überall Klebeband und Schmerzen. Weil alles anders kommt, als sie es sich gewünscht hat. Weil Gonzo ihr ins Gesicht schlägt. *Du sollst aufhören, dich zu wehren*, sagt er. Noch einmal reißt er an ihren Haaren. Hebt den Kopf hoch und wirft ihn zu Boden. Ihr Gesicht, das aufschlägt. Still ist es plötzlich, da sind nur noch diese Schmerzen, die Blum versucht hinunterzuschlucken, da ist nur noch ein kleines Stöhnen. Irgendetwas ist aufgeplatzt. Nicht wehren, nicht brüllen unter dem Klebeband, keine Bewegung zu viel, nichts, das Gonzo veranlassen könnte, es noch einmal zu tun. *So ist es brav*, sagt er. *Du musst nur stillhalten.* Dann lacht er auf. Gonzo wartet, bis sein Herrchen übernimmt, bis Schiele aufsteht, zum Kamin geht und das Brandeisen aus dem Feuer holt.

Ihre Augen, die ihm folgen. Wehrlos am Boden. Blum weiß, was jetzt passieren wird, sie hat es bei einer der Frauen gesehen. Wie entsetzt sie war, als sie verstanden hat, was Schiele mit ihnen macht. Dass er so weit geht, um sie an sich zu binden. Gekennzeichnet, für immer daran erinnert, dass er es ist, der sie füttert, der sie am Leben hält. Wie Kühe auf der Weide, Pferde, die für ihn laufen, ein Brandmal im Fell, Haut, die für immer ihm gehört. Egon Schiele. Am Hals des Mädchens seine Signatur, der Stempel des Zuhälters. Ein Rechteck, darin der Name, so wie auf dem Bild, das an der Wand hängt.

Glühendes Eisen. Schiele hält es hoch, er zeigt es ihr, er schwärmt. *Ein Schlosser in Polen hat das für mich gemacht. Handarbeit. Gutes Werkzeug ist so wichtig, Marie. Wir wollen doch alle, dass es am Ende schön aussieht, oder? Dass das Kunstwerk nicht darunter leidet, weil ein Stümper am Werk war.* Blum hört ihn. Wie er mit Freude ankündigt, was gleich passieren wird. Seelenruhig spricht er. Sein Ton ist fast liebevoll. Schiele erklärt ihr, warum das alles passiert, warum er sich gezwungen sieht, sie zu bestrafen. Er hält das Eisen noch einmal ins Feuer, dreht es hin und her, er zögert es noch einen kleinen Moment lang hinaus. Und er genießt es. *Ich war sehr, sehr wütend, Marie, dass du dich nicht an unsere Vereinbarung gehalten hast. In Gedanken habe ich das Eisen immer wieder in deine Wange gedrückt. Und es hat gutgetan, dir wehzutun. Weil auch du mir wehgetan hast. Weil du mir meinen Vater genommen hast, Marie. Du hast ihn abführen lassen wie einen räudigen Hund, du hast ihn in eine Zelle gesperrt und mir damit mein Herz gebrochen. Du musst verstehen, dass ich in dieser Sache jetzt etwas unternehmen muss, nicht wahr? Du sollst dich immer daran erinnern, was du getan hast, Marie. Oder besser, was du nicht getan hast.*

Er grinst. Blum weiß, dass er es ernst meint, dass er das nicht zum ersten Mal macht. Schiele genießt es, ihr seine Macht zu zeigen, er provoziert sie, demütigt sie. *Du musst dich jetzt bemühen, ganz ruhig zu bleiben, Marie. Es erleichtert das Ganze. Wenn du dich bewegst, könnte es passieren, dass das heiße Eisen dich noch an anderen Stellen verletzt, und das wäre sehr schade. Weil ich dich wirklich schön finde, Marie. Ich möchte mir mein bestes Pferdchen im Stall nicht kaputtmachen, verstehst du? Deshalb sei jetzt ganz brav, Marie, und halte still. Es ist gleich vorbei.*

Ganz nah ist er. Das Eisen, das er aus dem Feuer genommen hat. Ihre Angst, die sie versucht zu kontrollieren. Ihre Lippen, die zusammengepresst unter dem Klebeband zittern. Blum bewegt sich nicht, wehrt sich nicht. Sie schließt ihre Augen. Und dann spürt sie es. Riecht es. Das verbrannte Fleisch. *Du gehörst jetzt mir*, sagt er. *Für immer, Marie.*

16

– Ich bin beeindruckt. Nicht alle sind so tapfer wie du, das kannst du mir glauben, Marie.
– Bitte hör damit auf.
– Tut bestimmt höllisch weh, nicht wahr? Meine Mädchen sagen, es ist grauenvoll. Und trotzdem bitten sie mich darum. Unfassbar, oder?
– Lass mich gehen.
– Kannst du dir das vorstellen, Marie? Im Gegensatz zu dir machen die meisten das freiwillig, sie finden es schön, zur Familie zu gehören. Mir zu zeigen, dass sie bereit sind, alles für mich zu tun. Dafür, dass ich mich um sie kümmere.
– Das ist krank.
– Findest du? Ich biete den Mädchen eine Heimat, ein Zuhause, so wie dir, Marie. Ich habe alles für dich getan, dich aufgenommen, ich habe dir ermöglicht, ein neues Leben zu beginnen. Und was machst du? Zeigst du dich dankbar? Bist du bereit, ein kleines Opfer dafür zu bringen? Nein, bist du nicht. Und das macht mich sehr traurig.
– Dieser Mann hat mir nichts getan.
– Aber mir, Marie. Mir und meinem Vater. Und das hat mich dazu veranlasst, auch dir wehzutun. So schwer es mir auch gefallen ist, ich habe keinen anderen Weg gesehen, um dir klarzumachen, dass du die falsche Entscheidung getroffen hast.

– Ich will jetzt sofort gehen.

– Das wollen sie alle irgendwann. Aber da muss ich dich leider enttäuschen, meine Liebe. Du gehst erst, wenn ich es dir sage. Wenn wir mit dir fertig sind. Eine gute Wundversorgung ist schließlich wichtig, wir wollen dich ja nicht entstellen, oder? Außerdem kühlt diese Salbe, sie betäubt den Schmerz, du solltest dich also nicht dagegen wehren. Wir meinen es nur gut mit dir, Marie.

– Ich muss die Kinder abholen.

– Wir sind gleich so weit, ich lege dir nur noch den Verband an. Zwei Minuten noch, dann hast du es geschafft. Ich gebe mir wirklich Mühe, Marie. Gonzo wird dir bestätigen, dass das nicht immer so ist. Dass einige Mädchen sehr eifersüchtig wären, wenn sie jetzt sehen könnten, wie zärtlich ich mit dir bin.

– Du verdammtes Schwein.

– Starke Worte, Marie. Trotzdem werde ich mich bemühen, geduldig mit dir zu sein. Und nachsichtig, weil du so tapfer warst. Was ich ehrlicherweise nicht erwartet hätte, nachdem du so kläglich versagt hast.

– Wir sind jetzt quitt, Schiele.

– Täusch dich da mal nicht, Marie.

– Du wirst mich jetzt in Ruhe lassen.

– Sonst? Bringst du mich um, oder was?

– Das wird dir alles noch sehr leidtun, glaub mir.

– Das ist lächerlich, Marie. Deine Drohungen kann ich leider nicht ernst nehmen. Und deshalb ist es vielleicht wirklich besser, wenn du jetzt gehst. Aber wasch dich noch, so können wir dich kaum auf die Straße schicken. Die kleine Platzwunde am Kopf hat eine ganz schöne Sauerei in deinem Gesicht hinterlassen. Deine Kinder würden sich wohl sehr erschrecken, wenn sie dich so sehen würden.

– Ich komme wieder, Schiele.

– Gonzo hilft dir. *Steck ihren Kopf in den Kübel, Gonzo. Mach unser Mädchen wieder schön. Wasch sie, habe ich gesagt. Mehr, Gonzo. Den Kopf unter Wasser, gut so. Und noch einmal.* Sieht ja schon wieder ganz gut aus jetzt. Fast wie neu.

– Dafür bringe ich dich um.

– Das war doch nur Wasser, Marie. Glaub mir, bis jetzt war alles halb so schlimm. Du wirst dich an unsere kleine Feuershow hier erinnern und dir wünschen, dass es dabei geblieben wäre.

– Warum tust du mir das an?

– *Lass sie los, Gonzo. Und gib ihr noch ein Schmerzmittel mit, sie wird es brauchen.*

– Fick dich, Schiele.

17

Ihr Unterarm. Alles brennt. In ihrem Kopf hämmert es, die Schmerzen sind so laut, dass sie sie fast nicht ertragen kann. Blum rennt die Treppen hinunter. Über den Parkplatz auf die Straße. Immer wieder dreht sie sich um, schaut, ob Gonzo noch hinter ihr ist, ob Schiele sie tatsächlich gehen lässt. Weiterlaufen, sich entfernen, die Straße hinunter, einen Fuß vor den anderen setzen, sich umdrehen. Ihren Kopf, den sie am liebsten gegen eine Wand schlagen würde. So lange, bis das Licht ausgeht, bis sie sie nicht mehr spürt, diese Schmerzen, diese Angst. Sie muss in dieses Taxi steigen, das ihr entgegenkommt, und zu den Kindern fahren. Verzweifelt winkt sie dem Fahrer. *Bitte bleib stehen*, flüstert sie. *Bitte.*

Zitternd fährt sie durch die Stadt, Tränen laufen über ihr Gesicht. Wie sehr sie es bereut, dass sie den Stein nicht gegen den Kopf des Steuerberaters geschlagen hat. Wie leicht es gewesen wäre, wie viel Schmerzen sie sich erspart hätte. Der Moment, in dem das Eisen auf ihre Haut traf, sie spürt ihn immer noch. Wie Schiele zugedrückt hat, fünf Sekunden lang Glut. Fünf Sekunden, die nicht aufhörten, Entsetzen unter dem Klebeband, ein stummes Brüllen. Und es ist noch nicht vorbei. *Ich verspreche dir, es wird noch viel schlimmer. Du wirst dir wünschen, dass es dabei geblieben wäre.*

Eine traurige Frau im Rückspiegel. Immer wieder die Blicke des Taxifahrers. Nur die Adresse der Schule, die sie ihm genannt hat, für ihn ist sie eine Mutter, die auf dem Weg ist, ihre Kinder abzuholen. Eine Drogenabhängige vielleicht, verletzt im Gesicht, auf Entzug, weil sie nicht aufhört zu zittern. Weil sie eine Tablette schluckt. Ohne Wasser würgt sie sie hinunter. *Brauchen Sie Hilfe*, fragt er. *Nein*, sagt Blum. In zehn Minuten wird die Glocke läuten, in zehn Minuten wird sie Uma und Nela in die Arme nehmen und so tun, als wäre nichts passiert. Sie wird die Fragen der Kinder beiseiteschieben, nicht darauf eingehen. *Was ist mit deinem Arm, Mama? Warum ist da eine Wunde in deinem Gesicht? Was ist mit dir passiert, Mama?* Sie wird sie nicht beunruhigen, sie wird sie anlügen, so wie sie es schon hundertmal gemacht hat. Ihnen eine heile Welt vorgaukeln. *Ich bin nur mit dem Rad gestürzt, aber es ist nicht so schlimm, Kinder. Ihr wisst ja, wie ungeschickt Mama sein kann.* Nicht mehr. Dann wird sie mit ihnen nach Hause gehen, sie wird noch mehr Schmerztabletten schlucken, sie wird den Kindern etwas zu essen machen und ihnen den Fernseher einschalten. Pippi Langstrumpf. Dann wird sie sich hinlegen und es aushalten. Alles.

Bitte fahren Sie schneller, sagt sie. Blum will nicht zu spät kommen, sie will die Kinder nicht warten lassen. Sie will sich mit ihnen verkriechen. Vergessen, was gerade passiert ist. Schiele. Er wird nicht aufhören. *Du gehörst jetzt mir*, hat er gesagt. Schiele wird wiederkommen, und er wird endlich aussprechen, wovor Blum schon so lange Angst hat. *Du wirst mit mir schlafen*, wird er sagen. *Wenn du es nicht tust, werde ich allen sagen, wer du bist. Du wirst dich also hinlegen, wenn ich komme, und deine Beine für mich breitmachen, du wirst mich aufnehmen, so wie ich dich aufgenommen habe.* Das wird er sagen. In den nächsten Tagen oder Wochen, er hat sie bereits als sein Eigentum markiert, jetzt wird er sein Eigentum auch benutzen. Schiele wird ihr noch mehr wehtun, wenn sie nichts dagegen tut. Wenn er nicht verschwindet. Er, nicht sie.

Es ist sinnlos, davonzulaufen. Egal, wo sie sich verstecken würde, er würde sie finden, er könnte dafür sorgen, dass man ihr die Kinder wegnimmt. *Die Schonzeit ist vorbei,* hat er gesagt. Deshalb muss er aus ihrem Leben verschwinden, sie muss ihn ausradieren, damit das Blatt wieder weiß ist. Keiner außer ihm hat eine Ahnung, wer sie ist. Schiele hat sein Geheimnis noch mit keinem anderen geteilt. *Das ist eine Sache zwischen uns beiden,* hat er gesagt und gegrinst. Kein Wort zu Gonzo, zu den anderen Schlägern, kein Wort über die gesuchte Mörderin zu seinem Vater, zu seinen Nutten. Nur sie und er. Schiele und Blum. Sie wird überleben, und er wird sterben. In Gedanken löscht sie ihn aus, auf dem Rücksitz denkt sie an Rache, während das Taxi der Schule näher kommt. Zwei Minuten noch, dann ist sie bei ihnen. Zwei Minuten lang noch stellt sie sich vor, wie sie ihn töten wird. Sie wird ihn mit seinem polnischen Brandeisen erschlagen, wird so lange auf ihn eindreschen, bis er sich nicht mehr bewegt. Sie wird ein Auto stehlen und ihn überfahren, ihn erschlagen, ihm mit einem Messer die Augen ausstechen. Damit er sie nicht mehr anschauen kann. Sie in Ruhe lässt. Für immer.

Dreizehn Euro. Blum steigt aus. Sie stellt sich etwas abseits, sie will nicht neben den anderen Müttern stehen, nicht heute.

Keine Fragen, keine Antworten, nur die Kinder an den Händen nehmen und nach Hause gehen. Gleich. Weil Blum die Klingel hört und die Ersten aus der Schule strömen. Kinderlachen, manche raufen, Blum wartet. Sie sieht die Mitschüler ihrer Kinder, sie weiß, dass Uma und Nela gerne trödeln. Emma und Katrin. Kurz noch muss Blum die neugierigen Blicke ertragen, die ungestellten Fragen hinter vorgehaltener Hand. Es kann nicht mehr lange dauern, sie müssten eigentlich schon längst da sein. Doch wie lang Blum auch wartet, sie kommen nicht aus der Tür. Bis zum Schluss nicht. Bis der Vorplatz leer ist. Keine Eltern mehr, keine Kinder.

Blum rennt. Durch die Tür, den Gang entlang, zur Klasse der Mädchen. Sie reißt die Tür auf, doch auch die Klasse ist leer. *Emma. Katrin.* Sie beginnt zu schreien, Angst überschwemmt sie. *Katrin, Emma.* Immer wieder die falschen Namen verzweifelt aus ihrem Mund. *Wo sind meine Kinder*, brüllt sie. Blum läuft auf die Lehrerinnen zu, die ihr entgegenkommen. *Aber Frau Müller, was ist denn los? Was ist denn mit Ihrem Gesicht? Sie müssen sich beruhigen.* Sie wollen Blum dazu bringen, stillzustehen, zuzuhören. *Die Kinder wurden doch auf Ihren Wunsch hin früher abgeholt. Sie müssen länger arbeiten, hieß es. Sie haben doch unterschrieben. Sie haben keinen Grund, sich so aufzuregen.* Blum hört es. Was aus dem Mund der Direktorin kommt, die plötzlich ebenfalls vor ihr steht. *So beruhigen Sie sich doch. Bitte hören Sie auf zu schreien. Bitte, Frau Müller, das bringt doch nichts.*

Blum reißt sich los. Weil sie versuchen, sie festzuhalten. *Sollen wir einen Krankenwagen für Sie rufen, Frau Müller? Einen*

Arzt? Wir können sonst nichts mehr für Sie tun. Ihre Kinder sind nicht mehr da. Blum versucht zu begreifen, was sie sagen. Abgeholt. Nicht mehr da. *Eine freundliche Dame hat uns Ihren Wunsch auf frühzeitige Entlassung vorgelegt und sie mitgenommen. Bitte, Frau Müller, es ist doch alles in bester Ordnung.* Doch Frau Müller schüttelt den Kopf. Nichts ist in Ordnung. Sie schreit noch lauter als vorher. Wieder und wieder die Namen der Kinder. Sie rennt durch das ganze Gebäude, reißt Türen auf, schlägt um sich. *Emma. Katrin.* Sie sind nicht mehr da. Uma. Nela. Sie sind weg.

18

Der Schulwart hat sie überwältigt, sie festgehalten, bis der Rettungswagen kam. Dann Unfallambulanz, Beruhigungsmittel und ein Bett, in das sie gelegt wurde. Ein sehr bemühter Arzt hat sie genäht. Zwei Stiche knapp oberhalb der linken Augenbraue. *Wir kümmern uns um Sie*, hat er gesagt. *Und was Ihre Kinder betrifft, die Polizei wird alles in die Wege leiten, was notwendig ist, ein Beamter wird gleich zu Ihnen kommen und mit Ihnen reden.* Weil er nicht geglaubt hat, was Blum ihm erzählt hat. Dass sie gestürzt sei, dass die Verbrennung auf ihrem Arm nichts zu bedeuten hätte. Dass es kein Problem mit ihren Kindern gäbe.

Er steht neben ihrem Bett. Schaut sie mitleidig an. Er weiß wohl, was es mit diesem Brandzeichen auf sich hat, nicht zum ersten Mal sieht er so etwas, seine Blicke verraten es. Wie er auf sie herabschaut, eine Prostituierte, wahrscheinlich drogenabhängig. *Das wird schon wieder*, sagt er. *Armes Mädchen*, denkt er. Blum kann seine Gedanken lesen, er möchte ihr helfen, sie aus dem Dreck ziehen, eine Befragung soll klären, wer ihr das angetan hat. Ob sie, die verwirrte Frau, die vor einer Stunde eingeliefert wurde, noch klar sieht, ob ihre Kinder tatsächlich verschwunden sind. *Sie müssen noch hierbleiben*, sagt er. Egal, was Blum will. Ob sie am liebsten aufspringen und aus dem Krankenzimmer stürmen würde. *Wir können Sie nicht gehen lassen, bevor Sie nicht mit der Polizei gesprochen haben. Außerdem wird es Ihnen guttun, wenn Sie sich einen Moment lang ausruhen.* Dann lässt der Arzt sie allein.

Sie möchte davonlaufen, aber sie kann nicht. Aufstehen, nach ihren Kindern suchen, sie zurückholen. Keine Zeit mehr verlieren. Doch wie erschlagen liegt sie im Bett, vollgepumpt mit Schmerz- und Beruhigungsmitteln. Sie hat keine Kraft mehr, ihre Beine tun nicht das, was sie von ihnen erwartet. Außerdem weiß sie, dass sie alles nur noch schlimmer machen würde, sie muss hierbleiben, tun, was von ihr verlangt wird, sie muss um jeden Preis verbergen, wer sie wirklich ist. Nichts Falsches sagen. Nicht noch mehr Aufsehen erregen. Egal wie viel Angst sie davor hat, dass sie in wenigen Minuten wiedererkannt wird, sie wird nicht durchdrehen, nicht weinen, sie wird ganz ruhig bleiben. Zuerst die Polizei, dann die Kinder. Anders geht es nicht. Wenn sie geht, wird man sie suchen, wenn sie die offenen Fragen nicht beantwortet, werden sie zu graben beginnen. Und deshalb wird sie lügen. Die Beamtin, die das Zimmer betritt, muss ihr glauben. Eine junge Frau in Uniform, vielleicht dreißig. Sie lächelt und kommt näher. Blums Herz rast. *Wie geht es Ihnen*, fragt die Polizistin und setzt sich. Blum nickt. *Besser*, sagt sie.

– Ich muss Ihnen ein paar Fragen stellen.
– Ich weiß.
– So wie es aussieht, hatten Sie einen Nervenzusammenbruch.
– Ja. Und es tut mir leid. Ich habe die Lehrerinnen wohl sehr

erschreckt. Das wollte ich nicht, das müssen Sie mir glauben. Ich weiß auch nicht, was mit mir los war.
– Trotzdem müssen wir darüber reden, was passiert ist.
– Ich war nur etwas durcheinander. Ich habe wenig geschlafen in den letzten Tagen, das wirkt sich bei mir immer fatal aus. Wie gesagt, es tut mir sehr leid, dass ich ausgerastet bin.
– Die Lehrerinnen sagten, Sie waren in Panik.
– Es ist alles etwas viel im Moment.
– Sie sind verletzt.
– Ich bin gestürzt.
– Das hören wir so oft.
– Wie meinen Sie das?
– Sie können mit mir reden, ich werde mich um Sie kümmern.
– Das ist sehr nett von Ihnen, aber das wird schon wieder, ich muss nur schlafen, mich ausruhen.
– Ich weiß, dass er Sie geschlagen hat.
– Wer?
– Sie müssen ihn nicht in Schutz nehmen. Alles, was Sie jetzt sagen, wird vertraulich behandelt, ich will Ihnen wirklich nur helfen.
– Ich weiß nicht, wovon Sie reden.
– Ihr Arm.
– Was ist mit meinem Arm?
– Ich habe viele Frauen getroffen, die das durchgemacht haben. Ich weiß, was er Ihnen angetan hat.
– Ich habe mich verbrannt.
– Ihr Arzt hat es mir erzählt, Sie müssen nicht lügen. Das Schwein hat Ihnen seinen Stempel aufgedrückt. Damit sollte er nicht durchkommen, finden Sie nicht auch?

– Sie kennen ihn?

– Ja, wir kennen Schiele sehr gut, wir wissen, wozu er fähig ist. Und deshalb ist es wichtig, dass Sie mir sagen, was genau passiert ist. Wenn Sie mit mir reden, können wir etwas gegen ihn unternehmen. Lassen Sie mich Ihnen helfen.

– Ich brauche keine Hilfe.

– Und was ist mit Ihren Kindern?

– Es ist alles in bester Ordnung, ich habe überreagiert, den Kindern geht es gut. Schiele hat sie für mich abholen lassen. Es war wohl so abgemacht, ich habe es vergessen. Ich hatte Schmerzen, habe mich nur erschrocken. Es tut mir alles sehr leid.

– Sie müssen ihn nicht schützen.

– Das tue ich nicht.

– Er hat Ihnen wehgetan. Sie müssen unerträgliche Schmerzen haben.

– Ich habe das freiwillig gemacht.

– Auch das habe ich schon öfter gehört.

– Was wollen Sie von mir?

– Dass Sie mir helfen ihn einzusperren. Dieser Mann hat kein Recht, in dieser Stadt frei herumzulaufen.

– Ich kann nicht.

– Wie lange schaffen Sie schon für ihn an?

– Seit einem halben Jahr.

– Schiele ist Abschaum.

– Mag sein. Aber ich habe keine andere Wahl.

– Man hat immer eine Wahl.

– Nein, hat man nicht. Glauben Sie mir.

Dann geht die Polizistin. Sie dreht sich um und verlässt den Raum. Wie ein kleines Wunder ist es. Mit allem hat Blum gerechnet, aber nicht damit, dass sie in den Augen der Beamtin nur eine Prostituierte ist, die Schiele hilflos ausgeliefert ist. Eines seiner Pferdchen, das ihm hörig ist. Blum. Eine kleine Nutte nur, die zusammengebrochen ist. Geschlagen, verbrannt und gedemütigt im Krankenhaushemd. Wie ein Geschenk war das. Dass es um Schiele ging und nicht um sie. Kein Wort über das Haus, in dem sie wohnt, kein Wort über das Bestattungsunternehmen, in dem sie arbeitet, nichts darüber. Da waren keine Fragen, die sie nicht hätte beantworten können, die sie als Lügnerin entlarvt hätten. Keine Antworten, die verraten hätten, was im Dunkeln liegt.

Blum liegt da, betäubt und erleichtert. Einen Augenblick lang muss sie noch warten, liegen bleiben, dann wird auch sie den Raum verlassen. Sie wird zu den Kindern fahren, sie in den Arm nehmen. *Es ist alles in bester Ordnung*, hat sie zu der Polizistin gesagt. *Den Kindern geht es gut. Er hat sie für mich abholen lassen.* Blum weiß, dass die Kinder bei ihm sind. Schiele spielt mit ihr, er will ihr zeigen, dass ein Zirkuspferd funktionieren muss, wenn man es in die Manege treibt. Sie muss sich beeilen, er will sie sehen, er will, dass sie zu ihm kommt und um Verzeihung bittet. Mit Nachdruck hat er ihr gezeigt, dass es klüger ist, ab sofort das zu tun, was er von ihr verlangt. Kein Zögern, sondern bedingungsloser Gehorsam. Blum wird gleich aufstehen und es wiedergutmachen. Aber kurz noch ausruhen. Gleich wird sie zu ihren Kindern gehen. Nur einmal noch wird sie die Augen schließen. Ganz kurz nur.

19

Sie hat geträumt. Ein Albtraum war es. Sie erinnert sich, als sie aufwacht, es ist alles noch ganz nah. So als wäre es wirklich passiert. Ihr Wunsch, die Kinder zurückzuholen. Kurz nachdem sie ihre Augen geschlossen hatte, ist sie aus ihrem Bett gesprungen und den Gang entlanggerannt, wieder quer durch die ganze Stadt, die Treppen nach oben, durch die Tür in Schieles Büro. Doch er war nicht da. Da war nirgendwo sein schmieriges Grinsen, da waren nur seine Kampfhunde, die Blum im Zaum hielten. *Dein Herrchen ist nicht da. Ist unterwegs. Kommt nicht wieder*, sagten sie und hielten sie fest. Blum schlug um sich, spuckte, schrie. *Wo sind meine Kinder? Sagt mir, wo meine Kinder sind. Macht eure verdammten Mäuler auf, ihr Dreckschweine.* Doch niemand antwortete. Da waren keine Kinder in ihrem Traum. Und keine Spur von Schiele. Egal wie laut sie schrie, egal wo sie suchte. Überall in der Stadt, in den Laufhäusern, an den Orten, an denen er hätte sein können. Auch bei ihm zu Hause. Blum trommelte mit ihren Fäusten gegen seine Tür, doch keiner machte auf. Hilflos war sie, wütend, verzweifelt. Während sie schlief, hat sie begriffen, dass sie Uma und Nela nicht finden wird. Ganz klar war es ihr. Sie hat seine Stimme gehört. *Du gehörst jetzt mir, Marie.* Immer wieder leise flüsternd. *Du gehörst jetzt mir.* So als würde er neben ihr sitzen.

Schiele. In dem Moment, in dem sie ihre Lider hebt, ist er da. Auf dem Stuhl neben ihrem Bett sitzt er. Die Worte, die aus seinem Mund kommen, tun weh. *Das wird nicht gut enden, meine Schöne.* Blum rührt sich nicht, dreht sich nicht hin zu ihm, schweigt. Weil es nichts bringen würde, ihm ihre Wut zu zeigen, es würde alles nur noch schlimmer machen. Das Entsetzen, das in ihr tobt, sie lässt es dort. Sie springt nicht auf, beißt nicht in seinen Hals wie ein Hund. Man hört kein Bellen in dem Zimmer. Nur Schiele spricht. *Wir sollten uns dringend unterhalten, findest du nicht auch? Eine Lösung finden, die uns alle glücklich macht. Und du wirst es nicht glauben, ich habe da eine hervorragende Idee, über die ich gerne mit dir sprechen möchte.*

So als wäre nichts passiert. Der Zuhälter besucht seine Nutte im Krankenhaus. Blum mit ihm allein, Rosen, die er mitgebracht hat, sie kann sie riechen. Zuckerbrot und Peitsche. Er ist hier, um ihr zu erklären, wie es weitergeht. Und Blum wird ihm zuhören. Ein braves Mädchen wird sie sein. Einatmen, ausatmen. *Du musst ganz ruhig bleiben, Blum.* Sie zwingt sich. Schluckt alles andere hinunter. Solange es geht.

– Was machst du nur, Marie? Ich mache mir Sorgen um dich. Wie mir meine äußerst gut informierten Mitarbeiter berichtet haben, bist du zusammengebrochen. Das wollte ich wirklich nicht, das musst du mir glauben.
– Wo sind sie?
– Du sprichst von deinen Kindern, nehme ich an?
– Sie haben nichts damit zu tun.
– Stimmt. Trotzdem habe ich es als das Sinnvollste erachtet,

mich kurzfristig um sie zu kümmern. Zumindest so lange, bis du wieder zur Vernunft gekommen bist. Oder, lass es mich anders sagen, bis du begriffen hast, dass es wichtig ist, sich auf den anderen verlassen zu können. Ich rede von Familie, Marie. Der eine ist für den anderen da, auch wenn es unangenehm sein sollte. Man kann nicht einfach den Schwanz einziehen, nur weil es heiß wird. Weil dir gerade nicht der Sinn danach steht, Verantwortung zu übernehmen. Das musst du verstehen, Marie. Deshalb bin ich hier.

– Du wirst mich sofort zu ihnen bringen.
– Ach, Marie.
– Ich will mit ihnen reden, ich will wissen, ob es ihnen gutgeht.
– Du wirst mir wohl oder übel vertrauen müssen. Aber ich verspreche dir, wir werden uns gut um deine süßen Mädchen kümmern.
– Lass mich kurz mit ihnen reden.
– Nein.
– Bitte tu das nicht, Schiele.
– Leider, Marie, du hast dir das selbst zuzuschreiben. Sehr tragisch alles, das muss ich zugeben, aber unvermeidlich. Und glaub mir, es ist sinnlos, wenn du beginnst, nach ihnen zu suchen. Du wirst sie nicht finden, Marie. Du wirst sie erst wiedersehen, wenn du mit allem fertig bist.
– Womit?
– Ich mag dich, Marie. Sehr sogar, das weißt du. Deshalb möchte ich dir noch einmal die Gelegenheit geben, mir zu zeigen, dass es nicht nur heiße Luft war, die aus deinem Mund gekommen ist, damals, als wir uns kennengelernt haben. *Ich kann jemanden für dich umbringen*, hast du ge-

sagt. *Du besorgst Pässe für mich und meine beiden Töchter, und ich bringe jemanden für dich um.* Hast du doch gesagt, oder? *Ich töte jemanden für dich.* Erinnerst du dich?

– Ja, ich erinnere mich.

– Ich habe dir eine Liste mitgebracht.

– Was für eine Liste?

– Weil ich ein guter Mensch bin, bekommst du eine zweite Chance. Ist das nicht schön, Marie?

– Fick dich, Schiele.

– Ich muss dir aber leider sagen, dass es dieses Mal nicht mehr ganz so einfach sein wird. Die Sache mit dem guten Herbert wäre ein Spaziergang gewesen im Vergleich zu dem, was jetzt auf dich wartet.

– Was willst du?

– Du wirst alle Menschen für mich umbringen, die auf dieser Liste stehen. Insgesamt sind es vier, das müsste doch zu schaffen sein.

– Das ist nicht dein Ernst, oder?

– Doch, das ist es, Marie. Ich habe mir das alles sehr genau überlegt. Wir werden jetzt mal richtig aufräumen in dem Saustall.

– Du bist ja völlig wahnsinnig.

– Hier ist die Liste, Marie.

– Aber sonst geht es dir gut?

– So mag ich dich, Marie. Angriffslustig, voller Engagement. Dieses Mal packen wir die Sache richtig an, keine Umwege, keine Ausreden, volle Kraft voraus, würde ich sagen. Ich habe hier alles für dich notiert, du wirst keine Schwierigkeiten haben, die Herrschaften ausfindig zu machen. Außerdem kennst du zwei von ihnen ja bereits.

– Wagenschaub?
– Ja. Ich finde, es ist nun wirklich an der Zeit für Herbert, zu gehen. Genauso wie für den Richter, der meinen Vater verurteilt hat. Ein unguter Mensch ist das, glaub mir. Und sterben muss auch der ermittelnde Beamte. Er geht mir schon seit Jahren auf die Nerven.
– Wer noch?
– Das wird dir jetzt nicht gefallen, Marie. Aber glaub mir, auch er muss leider gehen.
– Wer, verdammt?
– Der Erste, den du töten musst, ist dein lieber neuer Freund. Ich sagte dir doch, dass ich nicht will, dass er sich in meinem Haus herumtreibt.
– Nein.
– Sonst wird deinen Kindern etwas zustoßen. Ich werde sie umbringen lassen, wenn du es nicht tust, glaub mir. Gonzo wird keine Probleme damit haben, die kleinen Prinzessinnen irgendwo verschwinden zu lassen. So wie es aussieht, hast du also keine Wahl, Marie.
– Ich werde niemanden mehr töten.
– Doch, das wirst du, glaub mir. Ich weiß doch, wie sehr du an den Kleinen hängst. Es wird dir nichts anderes übrig bleiben, als bei diesem schönen Spiel mitzumachen.
– Das ist krank.
– Na ja. Sagen wir so, es ist eine Herausforderung. Speziell weil du die Reihenfolge einhalten musst. Tust du es nicht, wird Gonzo der kleinen Emma sehr wehtun. Oder Katrin. Oder wie hießen sie früher? Uma und Nela? Ich bin mir sicher, die lieben Kleinen würden es vorziehen, dass du tust, was ich von dir willst.

– Warum bist du nur so grausam?
– Ich bin nicht grausam, Marie, ich bin Geschäftsmann. Ressourcen muss man nutzen. Man kommt zu nichts, wenn man sie brachliegen lässt. Außerdem bist du außergewöhnlich begabt, wie wir beide wissen. Dürfte also alles kein Problem für dich darstellen. Aber wie gesagt, die Reihenfolge ist wichtig. Dein dümmlicher Freund wird der Erste sein. Dann der Richter. Dann der Polizist, und am Ende Wagenschaub. Er soll sich richtig fürchten, der Gute. Schön wird das.
– Was bist du nur für ein Psychopath.
– Das sagt die Richtige. Verzeih mir bitte, dass ich lache. Köstlich ist das. Und so reizend ich es auch finde, mit dir zu plaudern, ich muss dir sagen, dass die Uhr bereits tickt. Deshalb stehst du jetzt besser auf und ziehst dich an. Ich bringe dich nach Hause, du arbeitest die Liste ab, und ich bringe dir die Kinder zurück. So einfach ist das. Am Ende wird alles gut, meine Liebe.

Blum schweigt. Es hätte nichts genützt, ihm zu widersprechen, ihn zu beschimpfen. Sie hat sich auf den Teufel eingelassen, jetzt bekommt sie die Konsequenzen zu spüren. Die Kinder könnten überall sein, sie zu suchen wäre sinnlos, das Einzige, was sie wirklich tun kann, ist ruhig zu bleiben, die Entlassungspapiere zu unterschreiben, mit ihm mitzufahren, neben ihm im Wagen zu sitzen. Ihm noch einen Kaffee zu machen, bevor er geht. Höflich bittet er sie darum, als sie aus dem Auto steigen. Er tut so, als wäre nichts passiert, ist wieder ganz Gentleman. *Wenn wir damit fertig sind, wird alles wieder so sein wie vorher, versprochen.* Er begleitet sie ins

Haus. Blum sagt nichts. Sie will nur, dass er geht, sie will die Tür hinter ihm zusperren, sich hinsetzen und nachdenken. Über das, was passieren wird. Was nicht passieren wird. *Bitte tu ihnen nichts*, sagt sie. Dann serviert sie den Kaffee. Zufrieden schaut er sie an und lächelt.

10

Blum hält die Luft an. Über ihr schließt sich die Wasseroberfläche. Nie wieder auftauchen will sie, in der Badewanne liegen bleiben. Weil es so wehtut und weil kein Schmerzmittel dagegen hilft. Karl ist tot. Ihr Mann ist tot. Reza im Gefängnis. Die Kinder nicht mehr da. Sie ist allein. Egal wie viele Tabletten sie noch schluckt, es wird sich nichts daran ändern. Sie weiß nicht, was sie tun soll. Ob sie ihn anrufen, was sie ihm sagen soll. Tino. Der einzige Mensch, den sie noch hat, der einzige Freund. *Wenn du ihn tötest, darfst du mit den Kindern telefonieren. Das Angebot steht aber nur bis morgen Abend, Marie.*

Sie hat kaum geschlafen. Die Gedanken an die Kinder hielten sie wach, die Vorstellung, dass die Mädchen ohne sie an einem fremden Ort sind, allein, schutzlos, ausgeliefert. Dass da niemand ist, der ihnen die Angst nimmt, keiner, der ihnen sagt, dass alles gut ist. Blum kann sie hören. Wie sie ständig nach ihr fragen. *Wo ist Mama? Wir wollen, dass Mama uns abholt. Warum ist Mama nicht da?* Sie würde alles tun, um sie zurückzuholen. Doch sie weiß, dass sie nicht das tun kann, was Schiele von ihr verlangt. Dass es unmöglich ist. Vier Menschen töten, um das Leben ihrer beiden Kinder zu retten. Vier Leben gegen zwei. Abartig und widerlich ist es. Blum soll tun, was sie so gut kann, hat er gesagt. *Ich habe mir die Zeitungsberichte über dich noch mal durchgelesen, Marie. Was du da in Österreich angerichtet hast. Ich glaube ganz fest an dich.*

Ohnmächtig hat sie neben ihm gesessen und ihm dabei zugesehen, wie er seinen Kaffee getrunken hat. Wie viel Freude es ihm bereitet hat, so zu tun, als wäre alles in bester Ordnung, als wäre es nur ein freundschaftlicher Besuch. Sie hat darüber nachgedacht, wie sie ihn für immer loswerden kann, ohne ihre Kinder zu gefährden, während er über Belangloses redete. Wann er dieses Haus renoviert hat, dass er gerne selbst hier eingezogen wäre. Blum nickte brav, hörte ihm zu. *Du verschissene Hure*, dachte sie. Weil sie funktionierte, ihm nicht widersprach, weil da keine Gegenwehr war. Schiele. Er wollte, dass sie lächelt, und sie lächelte. *Wie lange schaffen Sie schon für ihn an*, hatte die Polizistin gefragt. *Zu lange,* dachte sie und hörte ihm weiter zu. *Wir könnten es so schön haben, Marie. Findest du nicht auch?* Wieder nickte sie nur. Sie wollte es nicht noch schlimmer machen, sie wollte, dass er geht. Sie brauchte mehr Zeit zum Nachdenken. Musste eine Lösung finden.

Blum rührt sich nicht. Sie bleibt unter Wasser, bis sie nicht mehr kann. Immer wieder taucht sie kurz auf und wieder unter. Schließt die Augen, denkt darüber nach, ob Tino leben wird oder sterben. Ob er weiter seine Boote bauen wird oder nicht. Eine einfache Rechnung, die sie nicht lösen will. Tinos Tod oder ihre Kinder wiedersehen, ihre Chance auf ein gutes Ende, die nur dann weiterlebt, wenn er stirbt. Nur dann. Sie hat keine Zeit mehr, sie muss weiter gehen, als sie es jemals gewollt hat. Tino opfern, um ihre Kinder zu retten.

Blum steigt aus der Wanne und trocknet sich ab. Sie zieht sich an und nimmt das Telefon. *Ich muss mit dir reden, Tino. Jetzt sofort. Ich komme zu dir*, sagt sie und rennt die Treppen hinunter. Durch das Gartentor in seine Werkstatt, in der er auf sie wartet. *Ich bin jederzeit für dich da, Marie. Komm nur.* Sie öffnet die Tür und umarmt ihn. Sie zittert, lässt ihn nicht los, sie sagt ihm, dass er ihr zuhören soll, dass er ihr keine Fragen stellen soll, dass es wichtig ist, dass er sie ernst nimmt. *Dein Leben hängt davon ab*, fleht sie. *Du machst mir Angst*, antwortet er.

Nur das Nötigste will sie ihm sagen. Sie lügt ihn an, weil sie nicht anders kann, weil er aufspringen und davonlaufen würde, wenn sie ihm die Wahrheit erzählen würde. Sie sagt ihm nur, dass er gehen muss, dass er seine Sachen packen und auf sein Boot soll. *Du darfst nicht zurückkommen, Tino. Erst wenn ich es dir sage, wenn ich dich anrufe und dir sage, dass alles wieder in Ordnung ist. Hast du das verstanden, Tino?* Aber Tino versteht es nicht. *Hat es etwas mit dem Zuhälter zu tun*, fragt er. *Vertrau mir*, sagt sie und fleht ihn noch einmal an, zu gehen.

Tino versucht es zu verstehen. Die schöne Frau aus der Nachbarschaft bittet ihn, aus seinem Haus zu verschwinden, sich irgendwo zu verstecken. Die Frau, in die er sich wahrscheinlich verliebt hat, macht ihm Angst. Die Mutter der beiden Mädchen, um die er sich so gerne kümmert, die sympathische Bestatterin, die seine Mutter beerdigt hat. Blum. Er fragt sie, was los ist, bittet sie, ihm die Wahrheit zu sagen. Was passiert ist. *Marie.* Aber das kann sie nicht. Sie sagt nur, dass sein Leben in Gefahr ist, dass sie es nur retten kann, wenn er geht. Immer wieder sagt sie es, doch er schüttelt nur den Kopf und bleibt stur. *Tu es für mich*, sagt sie. *Du musst verschwinden. Bitte*, sagt sie. Doch er geht nicht. *Nicht bevor du mir endlich sagst, was hier los ist*, sagt er.

– Ich muss dich töten, wenn du hierbleibst.
– Was musst du?
– Sie haben meine Kinder.
– Wer?
– Wenn du nicht stirbst, werde ich sie nie wiedersehen.
– Bist du betrunken, Marie?
– Bis heute Abend musst du tot sein. Und ich werde dafür sorgen, dass du das auch bist.
– Ich denke, es reicht, Marie. Du machst mir Angst.
– Du wirst jetzt in dein verdammtes Boot steigen und raussegeln, so weit du kannst, Tino. Und ich werde mich hier um alles kümmern.
– Du sagst mir sofort, was das soll, Marie. Was ist mit den Kindern, wo sind sie? Was passiert hier? Was redest du da nur?
– Ich habe einen Fehler gemacht, Tino, und den muss ich wiedergutmachen. Mehr willst du nicht wissen, glaub mir.
– Warum sollte jemand wollen, dass du mich umbringst?
– Bitte hör auf zu fragen, ich flehe dich an.
– Ich möchte dir helfen.
– Du hilfst mir, wenn du jetzt tust, worum ich dich bitte.
– Das klingt alles sehr verrückt, Marie. Erwartest du wirklich, dass ich mich damit zufriedengebe?
– Ja.

Sie zieht ihn ganz nah zu sich heran und küsst ihn. Auf den Mund. Ein kurzer Kuss, der ihn dazu bringen soll aufzustehen und zu tun, was sie von ihm will. Wie ein Zauberspruch ist es, der aus ihrem Mund in seinen kommt. Kein weiteres Wort von ihr braucht es, wie ein Versprechen ist es, das sie ihm gibt. Ihre Lippen auf seinen, ein schönes Gefühl ist es, das sie ihm schenkt. Dass es ein Morgen geben wird, heißt es. Dass sie ihn in ihr Leben lassen wird, wenn er aufhört zu fragen. Wenn er geht. Dass sie ihm gibt, wonach er sich sehnt, sobald er zurückkommt. Ein Kuss, der alles leichter macht. Ihn beschützt. Ihn am Leben hält.

21

Sie ist im Versorgungsraum. Johann hat sie allein gelassen. Er war dankbar, dass sie gekommen ist, dass sie ihm gesagt hat, dass sie sich noch heute um die beiden Verstorbenen im Kühlraum kümmern wird. Eine vierundachtzigjährige Frau, die sich umgebracht hat, und dieser Mann im richtigen Alter. Er liegt immer noch da, Johann hat ihn noch nicht eingesargt. Vor zwei Tagen ist er gestorben, ein Herzinfarkt war es, auf offener Straße ist er umgefallen. Ein Obdachloser, der am Rathausplatz bettelte, ein einsamer Mann ohne Angehörige, Todesursache geklärt, der Leichnam freigegeben, eine Erdbestattung, die von der Stadt bezahlt wird. Keine Verabschiedung, niemand, der ihn noch einmal sehen will.

Aber zuerst die Frau. Sie ausziehen, waschen und wieder anziehen, den Mund für immer schließen, ihre Hände falten. Blum muss den Leichnam mit dem Flaschenzug hochheben, die Gurte unter ihrem alten Leib durchschieben, sie ohne Hilfe in den Sarg heben. Sie ist schwer, doch es funktioniert. Was sie normalerweise zu zweit tun, macht sie jetzt allein. Liebevoll passiert alles, auch wenn sie weiß, dass sie nur wenig Zeit hat, dass das Schwierigste noch vor ihr liegt. *Gute Reise*, sagt sie und schiebt die Verstorbene auf dem Rolltisch zurück in den Kühlraum. Johann wird den Sarg am nächsten Tag in den Abschiednahmeraum bringen, er wird den Deckel abnehmen und die Angehörigen mit ihr allein lassen. Sie werden sie noch einmal berühren, sie küssen vielleicht, sie anschauen. Ein letztes Mal. Ein friedliches Bild, die alte Dame, die am Ende angekommen ist. Abschied. Tränen.

Doch nicht für den Obdachlosen. Um den abgemagerten Körper, den sie aus dem Kühlraum schiebt, wird niemand weinen. Keine Kinder, keine Freunde, da sind nur er und Blum. *Alfons Brammer* steht neben dem Sterbedatum auf einem kleinen Zettel. Wie sie auf ihn hinunterschaut und wie es aus ihrem Mund kommt. *Ich hoffe, dass du mir verzeihst, aber es geht nicht anders. Ich muss das jetzt tun, Alfons.* So als hätten sie sich gekannt. Dankbarkeit in ihrer Stimme. Dann zerrt sie an ihm, rollt ihn zur Seite und lässt ihn nach unten fallen. Ein dumpfes Geräusch, als er am Boden ankommt. Eine Leiche, die sie an den Händen nimmt und quer durch den Raum zieht. Blum öffnet die Tür und schleift ihn durch den Gang zum Hintereingang. Sie hat Tinos Wagen genommen, der Schlüssel hatte an seinem Schreibtisch gelegen, ganz nah bei der Tür hat sie geparkt. Es ist bereits dunkel, niemand sieht es, wie sie den Kofferraumdeckel öffnet und den Körper in den Wagen hebt. Blum zerrt und schiebt, es muss schnell gehen, sie darf nicht zögern, sie muss den Kofferraumdeckel so schnell wie möglich wieder schließen, die Decke über ihn legen.

Dann die Kartoffeln aus Tinos Keller. Sein Onkel hat sie angebaut, sieben Säcke sind es. Sie nimmt sie vom Rücksitz und schleppt sie in den Versorgungsraum. Sack für Sack, der Sarg darf nicht zu leicht sein, nicht zu schwer, die Träger, die ihn abholen, dürfen nichts merken. Nur ein weiterer Sarg wird es sein, den sie zum Friedhof bringen, ein Armenbegräbnis wird es sein, niemand wird reden, niemand wird da sein, keine Blumen, man wird die Kartoffeln einfach eingraben. Und Alfons wird mit Blum mitkommen. Nachdem sie die Säcke in den Sarg gepackt hat, nachdem sie sie mit Klebeband zusammengeschnürt und zugedeckt hat, nachdem sie den Deckel geschlossen und verschraubt hat. Den kleinen Zettel mit dem Namen sichtbar angebracht. Alles wird gutgehen, niemandem wird etwas auffallen, es wird für niemanden einen Grund geben, den Sarg noch einmal zu öffnen. Blum muss nur noch saubermachen, dann schließt sie ab.

Alfons im Kofferraum. So als wäre es ein ganz normaler Abend, fährt sie durch Blankenese, sie lenkt das Auto in Tinos Einfahrt und parkt ganz nah am Schuppen. Nur noch ein kurzer Weg ist es, ungesehen zerrt sie den Körper aus dem Kofferraum. So schnell sie kann, lässt sie ihn im Schuppen verschwinden. Sie macht Licht an, schließt leise die Tür. Für die Nachbarn sieht alles so aus wie immer. Tino bastelt wieder. Er renoviert alte Möbel, schleift sie ab, ölt sie ein. Blum nimmt den Leinölkanister aus dem Regal und stellt ihn neben die kleine Jugendstilkommode, die er für sie restauriert. Vom Flohmarkt hat er sie geholt, mit Begeisterung hat er daran gearbeitet, nur noch ölen muss er das schöne Stück an diesem Abend. Tino wird Wein dabei trinken. Viel Wein, drei leere Flaschen stellt Blum auf seinen Arbeitstisch, ein Glas daneben.

Tino wird sich nach getaner Arbeit gemütlich auf sein Sofa legen. Betrunken und glücklich, weil die Kommode fertig ist, unbedacht, weil er vergisst, die ölgetränkten Lappen im Freien zu entsorgen. Tino wird einschlafen, und die Lappen werden sich entzünden. Ein Anfängerfehler wird ihm das Leben nehmen, das Feuer wird rasend schnell um sich greifen. Überall ist Holz, Unmengen an sehr leicht entzündlichen Dingen, er wird keine Chance haben, sich rechtzeitig in Sicherheit zu bringen. Er wird erst aufwachen, wenn die Rauchentwicklung bereits zu stark ist, vielleicht wird er bei dem Versuch aus dem Schuppen stürzen, auf dem Boden liegen bleiben und verbrennen. Genau an der Stelle, an der Alfons jetzt liegt. Tino wird sterben. In einer halben Stunde wird der Schuppen in Flammen aufgehen. Die Feuerwehr wird zu spät kommen, sie wird verhindern, dass das Feuer auf das Wohnhaus und die umliegenden Häuser übergreift, aber sie wird nichts mehr für den armen Bootsbauer tun können. Nur eine verkohlte Leiche werden sie finden.

Blum legt alles an seinen Platz. Geduldig und gelassen macht sie Feuer. Sie wartet noch kurz, bis der Lappen brennt, bis die Flammen auf die Sägespäne und das herumliegende Holz übergreifen. Dann geht sie. Leise drückt sie die Tür ins Schloss und schleicht davon. Ungesehen nach Hause. Schnell, weil es bereits brennt. Niemand kommt ihr entgegen, drei Minuten noch, dann ist sie da. Sie schließt sich ein, geht nach oben in ihr Schlafzimmer und legt sich ins Bett. Hat kein Licht gemacht. Liegt nur da und wartet. Denkt an ihre Kinder. Bald wird sie die Sirenen hören. Bald wird sie mit Uma und Nela telefonieren. Bald.

22

Die ganze Nacht lang hat sie darauf gewartet, dass es wieder Tag wird. Sie hat auf jedes Geräusch gehört, hat damit gerechnet, dass jemand an ihre Tür klopft. Auch wenn sie wusste, dass sie alles richtig gemacht hat, war da die Angst, dass sie doch jemand gesehen hat. Dass sie kommen würden, um sie abzuholen. Angst und Sehnsucht zugleich. Endlich die vertrauten Stimmen zu hören, ihnen sagen zu können, dass alles gut wird. Sie wollte Schiele anrufen, ihm mitteilen, dass sie getan hat, was er von ihr wollte. Ihn dazu bringen, sein Versprechen einzulösen. *Tino ist tot. Ich will jetzt mit ihnen reden.* Die ganze Nacht lang dieser Wunsch. Doch sie musste warten, musste wissen, was passiert ist, nachdem sie gegangen ist. Ob alles so gekommen ist, wie sie es sich ausgedacht hat.

Mit Gewalt wollte sie wach bleiben, immer nur kurz driftete sie weg. Immer wieder stand sie auf und ging ans Fenster. Sie sah das Licht am Himmel, Alfons, der für sie brannte. Sie nahm ihren Verband ab und versorgte ihre Wunde mit Brandsalbe, sie nahm Schmerztabletten, drehte sich hin und her, versuchte ihre Gedanken zu ordnen. Sie überlegte, was als Nächstes anstand. Wie es weitergehen würde, der zweite Name auf der Liste, der Richter. Was sie tun würde und was nicht. Ob sie Schiele dazu überreden könnte, dass jetzt

Schluss sei. Wenn er sehen würde, dass sie ihr Opfer gebracht hat. Dass sie tatsächlich für ihn getötet hatte. Stundenlang zwischen Hoffnung und Angst. Bis sie ihre Augen nicht mehr offenhalten konnte. Und einschlief.

Kurz war alles dunkel. Bis sie wieder aufwachte und den Fernseher anstellte. Blum sitzt gebannt vor dem Bildschirm. In den Nachrichten die Bilder von den Löscharbeiten. Den Brand haben sie in den Griff bekommen, bevor das Feuer auf die reetgedeckten Nachbarhäuser übergreifen konnte, heißt es. Ein Opfer ist zu beklagen. Die Brandermittler sind vor Ort, man geht von einem Unfall aus, von Selbstentzündung, eine tragische Fügung des Schicksals soll es gewesen sein, der Bootsbauer sei bei der Arbeit eingeschlafen und zu Tode gekommen. Zu schnell sei alles gegangen. Ein Wunder, dass nicht mehr passiert sei in dem dicht besiedelten Gebiet. Ein betroffener Reporter im Vordergrund, im Hintergrund sichern Feuerwehrmänner den Brandherd. Noch ist es nur ein Unfallort, kein Tatort. Keiner verschwendet einen Gedanken daran, dass es mehr sein könnte als das. Dass der Tote nicht Tino sein könnte. Niemand kommt auf die Idee, dass etwas nicht stimmt, ein unbescholtener Bürger sei er gewesen, ein freundlicher Nachbar, der vor kurzem seine Mutter verloren hat. Nur Kummer sei es gewesen, den er mit Alkohol gestillt hat. Nur ein Feuer, das gelöscht wurde. Ein Unglück, mehr nicht.

Mindestens eine Woche lang wird es dauern, bis sie herausfinden werden, wer der Tote wirklich ist. Die Polizei muss die Leiche eindeutig identifizieren, sie werden einen Zahnabgleich machen, DNA-Untersuchungen vornehmen. Es wird dauern, bis offiziell wegen eines Verbrechens ermittelt wird, bis sie es in die Welt hinausschreien, dass es nicht Tino ist, der da verbrannt ist. Blum hat sich Zeit verschafft. Zeit, um ihre Kinder zu finden. Zeit, um Schiele bei Laune zu halten, ihm vorzuspielen, dass sie weiterhin bereit ist, alles für ihn zu tun.

Blum drückt den Knopf. Schaltet den Fernseher aus. Sie duscht, trinkt Kaffee, isst etwas. Den Anruf der Lehrerin beantwortet sie freundlich. Die Frage, warum die Kinder nicht in die Schule gekommen sind. Ob alles in Ordnung ist. *Den Kindern geht es gut*, sagt sie. Und dann entschuldigt sie sich noch für ihr Verhalten, sie bittet um Verzeihung und verspricht, dass so etwas nicht mehr vorkommen wird. *Ich weiß auch nicht, was mit mir los war. Die Kinder kommen bald wieder in die Schule.* Sie bittet um Verständnis, sagt, dass sie ein paar Tage mit ihnen wegfahren will, sich erholen will. Dass es keine Probleme mit der Schulleitung geben wird, hofft sie. *Nehmen Sie sich Zeit, Frau Müller*, hört sie die Stimme am anderen Ende der Leitung sagen. *Wenn die Kinder ein paar Tage zu Hause sind, wird das bestimmt kein Problem sein.* Blum bedankt sich und legt auf.

Sie wartet ab. *Ruf mich an*, hat sie ihm geschrieben, nachdem sie mehrmals versucht hat, ihn zu erreichen. Schiele. Sie muss mit ihm reden. Ungeduldig ist sie, auf Nadeln sitzt sie, bis ihr Telefon endlich vibriert. Eine Kurznachricht ist es, die er ihr schickt. *Eine kleine Belohnung für dich.* Ein Video, das sie gierig öffnet. Dreizehn Sekunden lang Uma und Nela.

Sie schauen direkt in die Kamera. Stehen nebeneinander. Sie reden durcheinander, sind aufgeregt. *Es ist toll hier, Mama. Egon hat uns ganz viele Spielsachen gekauft. Ich habe die Puppe bekommen, die ich mir so lange gewünscht habe. Sie kann sprechen, Mama. Und ich muss sie füttern, sonst weint sie. Es geht uns gut, Mama. Wir vermissen dich. Wenn du dann kommst, zeigen wir dir alles. Es gibt hier auch eine tolle Rutsche, Mama. So eine Rutsche wollen wir auch. Sie ist rot, Mama. Und groß und lang.* Dann bricht es ab. Dann sind sie wieder weg, ihre Gesichter, das Strahlen in ihren Augen. Von einer Sekunde zur anderen ist es wieder dunkel, Blum ist wieder allein. Nur das Play-Zeichen auf dem kleinen Bildschirm, auf das sie noch einmal drückt, damit es wieder von vorne beginnt.

Wieder und wieder schaut sie sich das Video an. Da ist Freude in ihren Gesichtern, es geht ihnen gut, sie weinen nicht, sie lachen. Blum kann es nicht glauben. Sie hat nicht damit gerechnet, dass Schiele fair spielt, dass er den Kindern Wünsche erfüllt, anstatt ihnen Angst einzujagen. Dass er sie irgendwohin gebracht hat, wo sie sich wohlfühlen. Keine Sorge in ihren Stimmen, kein Gedanke daran, dass sie ihre Mutter nicht wiedersehen könnten, sie vertrauen darauf, dass er es gut mit ihnen meint. Der Mann, der sie besucht, seit sie hier wohnen, der gute Geist, der ihnen dieses neue Leben ermöglicht hat. Er hat sie abholen lassen und sie an einen schönen Ort gebracht. Die Hölle sieht nur sie, nur sie spürt die Ausweglosigkeit, nur sie weiß, dass es anders enden kann. Wenn sie nicht tut, was er sagt. Nur eine kleine Belohnung ist es, der versprochene Zucker, den das Pferdchen bekommt, weil es gut und schnell gelaufen ist. *Bis jetzt hast du alles richtig gemacht. Wenn du willst, dass es so bleibt, dann mach weiter, Marie.* Sein Grinsen, seine Stimme. Und wie er ihr gratuliert.

– Das war die richtige Entscheidung, Marie.
– Du hast gesagt, dass ich mit ihnen reden darf.
– Zu gefährlich, Marie, das musst du einsehen. Aber ich denke, das hübsche Video, das ich dir geschickt habe, beantwortet ohnehin all deine Fragen, nicht wahr? Wie du siehst, geht es ihnen prächtig. Sie genießen den kleinen Ausflug. Ist das nicht toll?
– Du hast bekommen, was du wolltest.
– Stimmt. Dieser ungebildete Handwerker wird nie wieder auf meinem Sofa sitzen, das freut mich sehr. Auch dass du so schlau warst, alles so hübsch zu inszenieren. Ich bin beeindruckt, Marie. Großartig hast du das hinbekommen, du hast nicht nur die richtige Entscheidung getroffen, sondern glücklicherweise auch eingesehen, dass dieser Bauer nicht zu dir gepasst hat. Niemand wird ihn vermissen, Marie. Deshalb auf zu neuen Aufgaben, du weißt ja, das war erst der Anfang.
– Wir können das immer noch anders lösen.
– Können wir nicht, Marie, das weißt du. Ich habe großen Respekt davor, dass du dieses Opfer für mich gebracht hast, aber unsere Vereinbarung lautet anders. Es geht weiter.
– Bitte lass mich kurz mit ihnen reden. Ihnen sagen, dass sie sich keine Sorgen machen müssen.
– Tut mir leid, meine Liebe, aber das kann ich leider nicht zulassen. Sie könnten dir ja verraten, wo ich sie hingebracht habe. Das würde alles durcheinanderbringen. Das verstehst du doch sicher, oder? Ich habe mir das alles so

schön ausgedacht, und ich möchte, dass es auch alles so zu Ende geht, wie ich es vorgesehen habe. Keine Überraschungen, keine Planänderungen, du wirst dich jetzt um den guten Richter kümmern, so wie wir das vereinbart haben, und um die beiden anderen. Dann wird alles gut, Marie. Ich verspreche es dir, du kannst dich darauf verlassen. Wir werden gemütlich eine Flasche Wein zusammen trinken, und die Kinder werden unbeschwert im Garten spielen. Ist doch eine herrliche Vorstellung, nicht wahr?

– Versprich mir, dass du ihnen nichts antust.

– Warum sollte ich das? Wir sind doch eine Familie, Marie. Wenn du alles richtig machst, werden wir noch sehr glücklich miteinander. Ich habe da ein gutes Gefühl. Die Kinder mögen mich nämlich. Auch wenn es mich wundert, sie hängen irgendwie an mir. Und ich finde, das sollte auch so bleiben, wenn wir eine Zukunft miteinander haben wollen, findest du nicht auch?

– Ja.

– Der Richter, Marie. Ich würde sagen, das solltest du bis morgen Abend erledigt haben. Bedeutet, du hast beinahe zwei ganze Tage Zeit dafür, das müsste doch zu schaffen sein, oder?

– Ich denke, ja.

– Brav, Marie.

13

Das Video mit den Kindern. Sie kann nicht erkennen, was im Hintergrund ist, wo es aufgenommen wurde. Ganz nah muss er mit der Kamera vor ihnen gestanden haben, da sind nur die Gesichter, sonst nichts. Eine weiße Hauswand. Nichts, das ihr einen Anhaltspunkt geben würde. Da ist nur diese rote Rutsche, von der die Kinder gesprochen haben. Groß und lang soll sie sein. Schiele wollte nicht, dass sie noch mehr sagen, er hatte Angst, dass Blum zu viel erfahren könnte, dass sie nach ihnen suchen könnte.

Eine rote Rutsche, irgendwo in Hamburg oder auch in einer anderen Stadt. Sie könnten überall sein, sie hat keine Ahnung, wo er sie hingebracht hat, sinnlos ist es also, was sie nun tut. Dass sie ihr Fahrrad nimmt und durch die Stadt fährt. Durch die Villenviertel, an den schönen Häusern vorbei, an den fremden Gärten. Blum hält Ausschau nach einer roten Rutsche, sie steht an den Zäunen und sucht. Sie fährt von Haus zu Haus, sie ist verzweifelt, sie träumt davon, dass sie Glück hat und sie findet. Dass die Kinder im nächsten Garten spielen und Blum sie mitnimmt. Sie in Sicherheit bringt. Wie schön das wäre. Wie aussichtslos es ist.

Das Einzige, das sie wirklich tun kann, ist, sich mit dem Richter zu beschäftigen. Die zweite Fliege zu erschlagen. Dann die dritte, dann die vierte. Bis Schiele hat, was er will, bis er darauf vertrauen kann, dass sie bei ihm bleibt, ihm gehorcht. Dann erst wird er sie in Ruhe lassen, wird ihr zurückgeben, was sie am meisten liebt. Erst wenn er spürt, dass sie ganz auf seiner Seite steht, wenn er sie gebrochen hat. Vorher wird sie die Kinder nicht wiedersehen, sosehr sie es sich auch wünscht, sie wird sie nicht finden, da sind zu viele Häuser, zu viele Gärten, sie hat zu wenige Augen, zu wenig Zeit. Eineinhalb Tage nur, um einen Weg zu finden, den Richter zu töten. Ihn nicht töten zu müssen. So wie Tino. Fieberhaft überlegt sie, während sie in die Pedale tritt, während sie weiter hinhört, ob da irgendwo die Stimmen ihrer Kinder sind.

Vor zwei Stunden hat er sie angerufen. Tino. Sie hat ihn noch einmal angefleht, nicht zurückzukommen, ihr zu vertrauen. Sie hat versucht, ihn zu beruhigen, ihm seine Angst zu nehmen. *Was hast du getan*, fragte er, und Blum sagte ihm die Wahrheit. Zumindest wieder einen Bruchteil davon. Alles darüber, warum er im Internet lesen konnte, dass man eine Leiche in seinem Schuppen gefunden hat. Dass man ihn für tot hielt. Sie erklärte ihm, wie sie es gemacht hat, sie erzählte ihm von Alfons, von den Kartoffeln, sie versicherte ihm, dass es der einzige Weg gewesen sei. *Bitte bleib weg*, sagte sie. *Ich kümmere mich darum, dass alles wieder gut wird.* Dann legte sie auf. Weil sie ihm nicht mehr sagen konnte, als dass sein Leben in Gefahr sein würde, seines und das der Kinder, wenn er zur Polizei ginge, wenn er auftauchte, bevor sie alles in Ordnung gebracht hatte.

Tino. Ein wunderbarer Mensch, der die Welt nicht mehr versteht. Irgendwo draußen auf dem Wasser, verstört, verängstigt. Blum sieht ihn vor sich. Wie er in sein Mobiltelefon starrt, nach einer Erklärung sucht für die Bilder aus seinem Garten. Für all das, was ihm Marie Müller gesagt hat. Er hat es in ihrer Stimme gehört. Sie meinte es ernst. Sie hat auf seinem Grundstück eine Lüge inszeniert, um ihn zu beschützen. Doch er will nicht stillsitzen, er will ihr helfen, er möchte ihr beistehen. *Das kannst du nicht*, hat sie gesagt. Blum zweifelt keine Sekunde daran, dass es erst vorbei ist, wenn Schiele nicht mehr atmet, wenn er aufhört, sich in ihr Leben einzumischen, wenn er verschwindet. Oder wenn diese drei Menschen tot sind und sie ihre Kinder wiederhat. Dann erst.

Blum fährt weiter. Auf seine Anrufe antwortet sie nicht. Nur die rote Rutsche ist wichtig. Solange es hell ist, wird sie nach ihr suchen, dann erst würde sie zum Haus des Richters fahren. Das Wunder, das sie sich herbeisehnt, kann noch eintreten, sie hat noch eine halbe Stunde Zeit, bis es dunkel wird, sie wird nicht aufhören, daran zu glauben, dass es noch eine andere Lösung gibt als jene, den Richter zu töten. Ihr Fahrrad in der Nähe seines Hauses abzustellen. Einzudringen und noch tiefer zu fallen. Den nächsten Schritt zu machen, der alles noch viel schlimmer machen würde.

Noch dreißig Minuten hoffen, träumen, nicht stehen bleiben, weiteratmen, weitersuchen. Noch einmal mit den Frauen auf der Straße reden, nicht aufhören, sie zu fragen, ob sie etwas wissen, ihnen Geld anbieten. Weil alle, mit denen sie redet, schweigen, weil sie Angst haben. Kein Wort darüber, wo er die Kinder hingebracht haben könnte, wer die Frau war, die sie abgeholt hat. Nichts. Da ist nur Kopfschütteln, als sie erneut am Kiez auftaucht, nur ahnungsloses Schweigen. *Lass uns in Ruhe*, sagen sie. *Wir haben keine Ahnung, wovon du sprichst.* Weil sie wissen, dass sie bestraft werden, wenn sie den Mund aufmachen. Weil sie wissen, wer sie ist, dass sie Schieles Spielzeug ist. Weil sie eifersüchtig sind, dass sie in einem schönen Haus wohnt und nicht in einem dreckigen Zimmer. *Verschwinde, du Schlampe*, sagen sie. *Wir haben unsere eigenen Probleme, Prinzessin.* Und Blum fährt weiter. *Ich komme wieder*, sagt sie. Weil sie weitersuchen muss, weil es ihre einzige Chance ist, die Kinder vorher zu finden. Bevor wirklich jemand stirbt.

24

Durch einen kleinen Spalt zwischen den Flügeltüren kann sie ihn sehen. Sie steht zwischen Wintermänteln und Putzmitteln, sie rührt sich nicht, gibt keinen Laut von sich. Sie muss warten, bis er einschläft, bis ihm die Fernbedienung aus der Hand fällt. Nicht bewegen, flach atmen, im Verborgenen bleiben, ihre Tränen hinunterschlucken. Er darf nicht aufstehen, die Schranktür nicht öffnen, er muss liegen bleiben, weiter in den Fernseher starren, während Blum daran denkt, wie die Kinder Krebse gefangen haben in Norwegen. Uma begann plötzlich zu schreien damals. Der Krebs hatte sie gezwickt. Uma weinte, versuchte ihn abzuschütteln, doch er hielt sich verzweifelt an ihr fest. Blum rannte zu ihr hin und half ihr, versuchte sie zu beruhigen, befreite sie von dem Krebs und warf ihn ins Meer. Dann nahm sie Uma in den Arm und drückte den kleinen Kopf an ihre Brust. Blum erinnert sich. Und weint geräuschlos im Schrank.

Vor zwei Stunden ist sie eingedrungen. Blum hat eine Fensterscheibe eingeschlagen und ist durch den Keller ins Haus. Keine Alarmanlage, keine Nachbarn, die sie gesehen haben, keine Spuren, die sie hinterlassen hat. Sie trägt Handschuhe, sie wird sich einen Seidenschal um ihr Gesicht wickeln, er wird nur ihre Stimme hören. Er wird sie nicht beschreiben können, nur dass es eine Frau war, wird er mit Gewissheit sagen können. In aller Ruhe hat sie sich alles angesehen, das Licht der Straßenlaternen fiel auf sein Leben, seine Möbel, seine Ordnung. Sie sah, wie er wohnt, der alleinstehende Mann, sein Wohnzimmer, sein Arbeitszimmer, die Küche, das Esszimmer, dann die Treppen nach oben, das Badezimmer, das Schlafzimmer. Sie saß lange in einem alten Schaukelstuhl, bevor sie sich in dem Wandschrank versteckte. Sie rechnete damit, dass er bald nach Hause kommen würde, sie wartete geduldig im Dunkeln, bis die Haustüre aufging. Sie hörte, wie er sich unten in der Küche etwas zu essen machte, wie Geschirr klapperte, wie er ein Lied pfiff. Nach einem langen Arbeitstag ein Glas Wein, Musik aus dem Arbeitszimmer. Dann ging er nach oben. Zog sich aus, wusch sich, kam zu ihr ins Schlafzimmer.

Jetzt liegt er da. Der Richter. Ein Mann um die sechzig, zu dick für sein Alter, er schläft nackt. Kein Pyjama, nur die Decke, unter der er sich versteckt, nur diese kleinen Bewegungen, von denen sie erahnt, was sie bedeuten. Der Richter hüpft von einem Kanal zum anderen, dann findet er, was er sucht, und die Bewegungen werden von einem Moment zum anderen heftiger. Plötzlich Stöhnen aus dem Fernseher, schweres Atmen aus dem Bett, er onaniert, er reißt an seinem Glied herum. *Fick mich*, schreit eine Frau. *Fick mich härter. In den Arsch. Fick mich in den Arsch.*

Nein. Blum will den Richter und die Frau im Fernseher nicht sehen, sie will ihre eigenen Bilder im Kopf behalten, das Meer, Uma, die sich an sie schmiegt. *Danke, Mama*, sagt sie. *Du bist stärker als der Krebs.* Mama, die angewidert ist von dem dicken grunzenden Mann, der verzweifelt versucht, zu einem Ende zu kommen. Ein intimer Moment, den sie mit ihm teilen muss, Blum schließt ihre Augen. Sie muss es beenden. Jetzt gleich. Die Tür aufreißen und ihn demütigen. Sie will es. Weil diese Idee noch schöner ist als jene, mit der sie hergekommen ist. Blum hat ihn aus dem Schlaf holen wollen, ihm den Lauf der Pistole in den Mund stecken wollen, ihm Angst einjagen, ihn zu Tode erschrecken, ihn weichmachen, ihn eindrucksvoll dazu bringen wollen, ihr zuzuhören.

Sie wird stattdessen dafür sorgen, dass sich der Raum mit Scham füllt, sie wird ihm die Decke wegziehen, und er wird nackt vor ihr liegen bleiben. Schockiert, kleinlaut. Erst dann wird Blum mit ihm reden, sie wird versuchen, es ihm zu erklären. Noch bevor die Frau im Fernseher das nächste Mal die Stellung wechselt, wird die Schranktür aufgehen, Blum wird auf ihn zielen. Mit der Pistole, die Schiele in einem kleinen Geschenkkarton in ihre Küche gelegt hat. *Es wird dir damit um einiges leichter fallen* stand auf einem Zettel. *Dieses Mal ist die Waffe geladen, du musst nur noch abdrücken. Nur noch abdrücken, Marie.*

Oder doch warten und einen schlafenden Mann erschießen. Es wäre das Einfachste, ein Kinderspiel. Sie müsste nur ein Kissen nehmen, es auf seine schlafende Brust legen und auf sein Herz zielen. Er würde sofort tot sein, sie würde verschwinden und Schiele anrufen. Nur ein Schuss wäre es, kein Bitten, kein Flehen, kein Risiko. Blum überlegt, sie zögert, sie weiß nicht mehr, was richtig ist. Was sie tun soll. Was sie nicht tun soll. *Fick mich*, schreit die Frau im Fernseher. *Ja, ich ficke dich*, murmelt der Richter. Da öffnet Blum die Schranktür und schießt.

15

– Ausschalten.
– Bitte nicht.
– Du sollst den Fernseher ausschalten.
– Um Gottes willen, was tun Sie da?
– Nicht bewegen.
– Bitte nicht noch einmal schießen, hören Sie auf damit. Bitte.
– Wenn du dich rührst, bist du tot. Ich verspreche dir, das nächste Mal treffe ich.
– Geben Sie mir bitte die Decke.
– Das geht leider nicht.
– Wer sind Sie? Was machen Sie in meinem Haus? Was wollen Sie von mir?
– Ich will, dass du mir zuhörst.
– Ich bin nackt.
– Ja, und ich habe dir zugesehen. Ein jämmerliches Schauspiel war das.
– Wollen Sie Geld? Ich kann Ihnen alles geben, was ich im Haus habe, und das ist nicht wenig, glauben Sie mir.
– Ich will kein Geld von dir.
– Was dann?
– Ich werde dir von unserem kleinen Problem erzählen, und du wirst mir helfen. Dann passiert dir nichts.
– Ich habe keine Ahnung, wer Sie sind, ich habe Ihnen nichts

getan. Bitte hören Sie auf damit. Es muss sich um einen Irrtum handeln.

– Tut es nicht.

– Sie haben auf mich geschossen.

– Wenn ich das hätte, wärst du jetzt tot.

– Ich will mich anziehen, bitte.

– Es gibt Leute da draußen, die wollen, dass ich dich umbringe.

– Wer?

– Schiele.

– Wie bitte?

– Er hat meine Kinder. Wenn ich dich nicht töte, werde ich sie nicht wiedersehen. Wir beide sollten uns also ganz schnell etwas überlegen.

– Dieser schmierige Zuhälter?

– Genau der.

– Es geht um seinen Vater, richtig?

– Richtig.

– Sie dringen in mein Haus ein, Sie zielen mit einer Waffe auf mich, und Sie wollen, dass ich Ihnen helfe? Das kann nicht Ihr Ernst sein, oder?

– Doch, das ist es. Sie müssen mir helfen, meine Kinder zu finden.

– Langsam, langsam. Er hat Sie geschickt, um mich zu töten, aber Sie haben sich dagegen entschieden?

– Ich bin mir noch nicht sicher, was ich tun soll.

– Was soll dieser Schal? Warum zeigen Sie mir Ihr Gesicht nicht? Haben Sie Angst, dass ich Sie wiedererkennen würde?

– Ja.

– Aber das ist doch Unsinn, ich weiß doch, woher der Wind weht. Sie sind eine seiner Nutten, stimmt's?
– Nein.
– Er hat nicht die Eier, selbst zu mir zu kommen, und schickt mir eines seiner durchgefickten Mädchen, das kann nicht sein Ernst sein.
– Sei still.
– Eine kleine geile Schlampe kommt in mein Haus und bittet mich um Hilfe, das gefällt mir.
– Halt dein Maul.
– Sonst erschießt du mich, oder was? Aber das willst du doch nicht, wenn ich das alles richtig verstanden habe. Ich soll dir doch helfen, oder?
– Du sollst dafür sorgen, dass sie meine Kinder suchen. Die Polizei, alles, was zur Verfügung steht, du wirst das organisieren, du wirst die ganze Stadt auf den Kopf stellen lassen. Und dafür wirst du überleben.
– Das ist reizend.
– Du begreifst den Ernst der Lage nicht.
– Doch, doch, das tue ich. Ich soll dich aus dem Dreck ziehen. Du bist nicht die Erste, die mich darum bittet, glaub mir. Ich habe genug von euch billigen Drecksfotzen durchgefickt, ich weiß, wovon ihr träumt, was ihr wollt, wie einfach ihr es euch machen wollt. Die Beine breitmachen und vom großen Glück träumen, so läuft das aber nicht. Im richtigen Leben muss man hart arbeiten, um etwas zu erreichen. Harte Arbeit, verstehst du? Mit einer Waffe hier aufzutauchen und mich anzubetteln, das funktioniert nicht.
– Du hast keine Angst zu sterben, oder?

– Nein.
– Solltest du aber.
– Ach, komm schon, jetzt wird es doch erst interessant. Ich bin nackt, und er steht quasi immer noch, wir könnten es richtig schön miteinander treiben. Und dann werde ich darüber nachdenken, was ich für dich tun kann. Also leg die Waffe weg und zieh dich aus.
– Liegen bleiben, Dreckschwein.
– Das macht mich an. Ich muss zugeben, das Ganze entwickelt sich zu einem sehr interessanten Spiel, ich mag das. Mehr noch, ich bin erregt, wie du siehst. Du kannst dir ja vorstellen, dass das Leben eines Richters nicht besonders aufregend ist, deshalb suche ich nach Abwechslung. Und wie es scheint, habe ich diese Abwechslung heute in meinem eigenen Schlafzimmer gefunden.
– Du sollst liegen bleiben, sonst schieße ich.
– Das wirst du nicht tun, das weiß ich. Das traust du dich nicht. Der gute Schiele hat mir offensichtlich die falsche Schlampe geschickt.
– Leg dich wieder hin.
– Zu spät, du kleine Drecksau.

Als der Richter aufspringt, kann Blum kaum reagieren. Sie ist zu langsam, damit hat sie nicht gerechnet, dass er so schnell sein kann. Dass der dicke alte Mann es tatsächlich wagt, sich zu wehren, dass er sie zu Boden reißt, ihr die Waffe aus der Hand schlägt. Da waren nur ein oder zwei Sekunden, in denen sie hätte abdrücken können, doch sie hat gezögert, zu lange überlegt, jetzt liegt die Waffe zu weit weg, der Fleischberg hat sie überrollt, dieses geile, sabbernde Schwein, der angesehene Richter, der zu Prostituierten geht, er liegt auf ihr, reißt ihr den Schal vom Gesicht, er versucht sie festzuhalten, ihre Arme, die Beine, weil sie sich wehrt, um sich schlägt, weil sie um jeden Preis die Kontrolle zurückwill. Sie will ihn keine Sekunde länger auf sich spüren, seine Haut, seinen Schwanz, sie tritt ihn, kratzt ihn, schreit. Und er schlägt sie. Weil er will, dass sie damit aufhört. Blum brüllt. Irgendwelche Laute, verzweifelt kommen sie aus ihrem Mund.

Doch er ist stärker. Überall ist seine Faust, mit seinem ganzen Gewicht liegt er auf ihrer Wunde, es brennt, kurz glaubt sie, dass sie das Bewusstsein verliert. Weil es so wehtut, weil er nicht aufhört. Weil er sie verhöhnt, anstatt ihr zu helfen. Weil er sie wie Fleisch behandelt, wie etwas, das man benutzt und wegwirft. *Du scharfe, geile Wildkatze*, stöhnt er. *Ich werde dich zähmen*, sagt er. Dann beißt sie zu. Weil nichts anderes mehr hilft. Ihr Kopf, der ihm plötzlich ganz nah ist, sein Ohr, an dem sie zerrt. So fest sie kann, presst sie ihre Kiefer zusammen, der Richter brüllt auf vor Schmerz und reißt seine Arme nach oben, er begreift, dass ein Stück von ihm fehlt, er hat zu spät reagiert.

Jetzt muss es schnell gehen, weil sie ihn nicht abwerfen kann, weil er wütend ist und ihr noch mehr wehtun wird, in wenigen Sekunden schon. Deshalb nimmt sie die Lampe in die Hand, an die Pistole kommt sie nicht. Ohne zu zögern, schlägt sie das Messinggestell gegen seinen Kopf. Schlägt und schlägt. So lange, bis er von ihr herunterfällt. Bis er sich nicht mehr rührt. Bis es ganz still ist.

26

Blum lässt sich Zeit. Sie versucht zu begreifen, was gerade passiert ist. Warum im Schlafzimmer nebenan ein toter nackter Mann liegt. Sie schaut in dieses Gesicht im Spiegel und fragt sich, wer sie ist. Warum sie wieder jemanden getötet hat, warum nicht alles einfacher sein kann, warum sie am Ende immer allein ist, hilflos wie ein Kind, das sich nur wünscht, in den Arm genommen zu werden. *Ich will nicht mehr*, sagt sie. *Bitte hilf mir. Bitte sag mir, was ich tun soll.* Aber da ist niemand, der antwortet, niemand im Badezimmer des Richters, der ihr sagt, wie es weitergeht. Was noch kommt. Blum. Sie weiß nichts mehr.

Ihr Gesicht, das sie mehrfach abgewaschen hat. Ihr Mund, den sie ausgespült hat mit Seife, weil sie den Geschmack nicht ertragen konnte, sein Ohr, sein Blut. Und was er zu ihr gesagt hat. Beleidigungen statt Hilfe, er hat sie nichts gefragt, er wollte nichts wissen von ihr, nichts über die Kinder, nicht warum Schiele sie gezwungen hat, das alles zu tun. Nur Dreck, in dem er sich gesuhlt hat, nur die Vorstellung in seinem Kopf, dass Blum nicht mehr war als eine Prostituierte, die alles getan hätte, um ihren Zuhälter glücklich zu machen. Eine Schlampe, die aber nicht den Mut gehabt hätte, es zu Ende zu bringen. Blum. Das Letzte, das er in seinem Leben gesehen hat. Sein Ohr in ihrem Mund, das sie ausgespuckt hat.

Wie ferngesteuert beginnt sie zu putzen. Sie darf nichts übersehen, muss alles abwischen, den Wasserhahn, das Waschbecken, sie desinfiziert alles. Sie findet, was sie dazu braucht, in dem Schrank, in dem sie sich versteckt hat. Alles, was sie berührt hat, wird steril, sie sucht jeden Ort, an dem ihr Speichel liegen geblieben sein könnte, sie reinigt ihn. Im Badezimmer, im Schlafzimmer, auf der Leiche. Ohne Rührung kniet sie neben ihm und gießt Ammoniak über seinen Kopf, auf sein Ohr, auf das, was davon übrig ist. Seine Hände, die Finger, mit einer Feile holt sie alles unter seinen Nägeln hervor, wischt es in ein Stück Toilettenpapier und spült es weg, man wird nichts von ihr in diesem Haus finden, kein Stück Haut, keine Körperflüssigkeiten, nichts.

Auch wenn Blum völlig durcheinander ist, sie macht Ordnung, sie weiß, was auf dem Spiel steht. Man wird die Leiche untersuchen und sich fragen, was passiert ist, sie werden die Kugel im Kopfteil seines Bettes finden, sie werden die Tat rekonstruieren, aber sie werden es nicht verstehen. Genauso wenig, wie sie selbst es tut. Jemand ist in sein Haus eingedrungen, eine Fensterscheibe wurde eingeschlagen, jemand hat auf ihn geschossen, ihn aber nicht getroffen. Der Richter wurde erschlagen, es gab einen Kampf, aber da sind keine Spuren. Ein Rätsel wird es sein, das sie nicht lösen werden. Blum wird ihnen nicht dabei helfen, stattdessen tut sie alles, um noch mehr Fragen aufzuwerfen. Warum er nackt ist. Warum der Täter ihn nicht erschossen hat. Wo die Waffe geblieben ist und warum der Fernseher an war, als er gefunden wurde. Blum schaltet ihn wieder ein, bevor sie geht. Der Pornokanal des Richters. Man wird davon ausgehen, dass es sich um ein Sexualverbrechen handelt, dass eine Prostituierte im Haus war. Vielleicht wird man von zwei Tätern ausgehen, man wird zumindest darüber nachdenken. Eine Prostituierte und ihr Zuhälter. Da werden viele Fragen sein, aber keine Antworten.

Wie ein Geist streicht sie durch die Räume und überlegt, was sie vielleicht vergessen haben könnte. Dann leert sie noch mehr Bleichmittel auf den Richter und fängt von vorne an. Nur sein Blut werden sie finden am Boden, den Teppich hat sie gesaugt, die Lampe poliert, niemand wird einen Zusammenhang zwischen diesem Mord und den Morden in Österreich herstellen. Keine DNA von Brünhilde Blum, sie ist niemals hier gewesen, sie hat den Toten nicht gekannt. Keiner wird darauf kommen, dass es Marie Müller war. Blum hat alles richtig gemacht, sie weiß es. Schiele wird zufrieden sein.

Sie holt das Handy heraus, fotografiert die Leiche, dann geht sie. Zurück in den Garten. Sie steigt auf ihr Fahrrad und verschwindet. Langsam fährt sie die Straßen entlang. Da ist nur eine Frau auf einem Fahrrad, eine Frau, die aus Versehen einen Mann umgebracht hat. Eine Frau, die in die Pedale tritt und immer weiterfährt. Die Alster entlang. Kurz bleibt sie stehen und wirft die Waffe ins Wasser, an einer Stelle, an der niemand sie je finden wird. Keine Fingerabdrücke, keine Passanten, die sie beobachten. Dann fährt sie weiter. In irgendeine Bar, schnell, weil sie etwas trinken, sich betäuben will. Weil es kaum noch zu ertragen ist. Das alles.

27

Kurz vor Mitternacht wird es besser. Die Gedanken verschwimmen, da sind nur noch Blum und das Handy in ihrer Hand. Das Foto, das sie von ihm gemacht hat. Nur eine Leiche auf einem teuren Holzboden, nur das Mittel zum Zweck. Der tote Richter. Blum drückt auf Senden. *Erledigt*, schreibt sie. *Ich sitze in der Pony-Alm und warte auf dich. Ich gehe zur Polizei, wenn du nicht kommst.* Dann winkt sie dem Barmann. Ein Mal noch soll er das Glas vollmachen. Bevor Schiele kommt.

An irgendeiner Theke, an der niemand sie kennt, leckt sie ihre Wunden. An einem Ort, an dem niemand sie anspricht, weil alles an ihr sagt, dass sie in Ruhe gelassen werden will. Da ist nur der Blick hinunter in ihr Glas. Und der Barmann, der es wieder vollmacht, wenn es leer ist. Nur Blum, die darauf wartet, dass es erträglicher wird, dass der Alkohol alles wiedergutmacht, sie vergessen lässt. Nur ein gutes Gefühl wünscht sie sich, einen Augenblick lang. Trinken, nicht daran denken, nicht an die Kinder, nicht an den Richter, nicht an Schiele. Noch nicht. Kurz nur stillstehen, den Rausch spüren. Was er mit ihr macht. Und weitertrinken, weil es noch nicht reicht, weil sie immer noch an sein Ohr in ihrem Mund denkt.

Laute Musik. Der Raum füllt sich, und niemand beachtet sie. Eine unglückliche Frau, mit der man nichts zu tun haben möchte. Sie wird mit Schiele reden, sie wird ihm sagen, dass er bekommt, was er will, dass sie aber mit den Kindern reden möchte. Sobald es hell ist, möchte sie ihre Stimmen hören, wenn sie wieder nüchtern ist. Dann erst. Jetzt will sie nur noch eines. Schiele. Wenn er kommt, die Bar betritt, sich zu ihr setzt. Dann ist es so weit. Sie wird sich auf ihn stürzen und ihn totbeißen.

Sie stellt es sich vor, während sie dem Barmann dabei zusieht, wie er seine Drinks mixt. Wie ein Tier ist sie, da ist keine Achtung mehr vor sich selbst, sie will ihn nur töten, ihn ausschalten wie eine Lampe, sie will, dass er im Dunkel verschwindet, dass sie ohne ihn aufwacht in dieser Stadt. Schiele, sie wird so lange auf ihn einprügeln, bis er ihr sagt, wo ihre Kinder sind. Sie wird seinen Körper mit dem Brandzeichen übersäen, sie wird sein Schreien ignorieren und so lange weitermachen, bis er ihr sagt, was sie wissen will. Sie wird ihn zum Reden bringen. Doch er kommt nicht.

Ihr lächerlicher Plan, ihn aufzuscheuchen, funktioniert nicht. *Ich gehe zur Polizei, wenn du nicht kommst.* Sie ist allein, trinkt weiter, sie spürt den Schwindel, kämpft dagegen an, weil langsam alles zu verschwimmen beginnt. Sie drückt ihre Verzweiflung weg, sie darf nicht einschlafen auf diesem Barhocker, nicht hinunterfallen, sie muss sitzen bleiben, warten. Weil er vielleicht doch noch kommt. Weil er nicht dumm ist, weil er jetzt weiß, wozu sie fähig ist. Weil sie ihm dieses Foto geschickt hat. Er weiß, dass sie bereit ist, noch weiter zu gehen, um ihre Kinder wiederzusehen. Er weiß es. Deshalb wird er kommen, Blum will daran glauben. Sie rührt sich nicht vom Fleck, auch wenn sie am liebsten gehen würde, sich in ein Taxi setzen und nach Hause fahren würde. Sie bleibt, anstatt sich hinzulegen, die Augen zuzumachen, einen Schlussstrich zu ziehen unter diese Nacht.

Immer wieder der Blick zur Tür. Der Wunsch, dass er kommt und ihr sagt, dass es vorbei ist. Dass er sie zu den Kindern bringt, weil sie getan hat, was er von ihr wollte. *Gut gemacht, Marie. Wir holen jetzt die Kinder ab, und dann bringe ich euch nach Hause. Ich werde dich ins Bett legen, Marie. Du musst schlafen. Du hast genug für mich getan, Marie.* Das wünscht sie sich. Dass er das zu ihr sagt. Schiele. Sein selbstgefälliges Grinsen, das sie sich herbeisehnt. *Ich weiß jetzt, dass ich auf dich zählen kann.* Schiele in ihren Gedanken. Schiele, der sie erlöst. Nicht Gonzo.

Sein Bluthund, der durch die Tür kommt. Er setzt sich neben sie und bestellt. Blum starrt ihn an, sie sagt nichts. Sie wird ruhig bleiben, sie will sich anhören, was er zu sagen hat. Sie wird neben ihm sitzen bleiben und mit ihm reden. Egal, was ihr Bauch sagt, sie wird vernünftig sein, egal wie mutig der Alkohol sie macht. Sie wird so tun, als würde sie dazugehören, ihm keine Flasche über den Kopf schlagen. Sie wird ihm sagen, dass Schiele sich keine Sorgen machen muss, dass alles nach Plan läuft. Freundlich wird sie mit ihm sein, auch wenn sie nichts lieber täte, als auch ihm den Schädel einzuschlagen. *Schön, dass du hier bist*, sagt sie. Dem dummen Affen Honig ums Maul schmieren. *Trink mit mir, Gonzo.* So lange, bis er redet. Egal, wie lange es dauert. Egal, was sie noch tun muss. *Prost, Gonzo.*

28

– Du bist betrunken, Mädchen.
– Na und?
– Unser gemeinsamer Freund ist sehr aufgebracht. Er sagt, ich soll mich um dich kümmern. Und wie du dir vorstellen kannst, bedeutet das nichts Gutes.
– Ich wollte nur nicht allein sein.
– Du hast ihm gedroht, das mag er nicht.
– Unsinn, ich wollte nur mit jemandem darüber reden.
– Dass du den Richter erschlagen hast?
– Ja.
– Und was ist mit der Waffe, die dir Schiele gegeben hat?
– Liegt in der Alster.
– Warum hast du ihn nicht erschossen?
– Weil er sich gewehrt hat. Beinahe wäre es anders ausgegangen.
– Ist es aber nicht, du hast ein sehr schönes Foto gemacht. *Ein nackter, toter Richter ist ein guter Richter*, sagt Schiele.
– Ja.
– Wenn du in dem Tempo weitermachst, wirst du deine Kinder bald wiedersehen.
– Das hoffe ich.
– Wenn ich ehrlich sein soll, niemand von uns hätte dir das zugetraut. Zuerst dieser Bootsbauer, dann der Richter. Respekt, Mädchen.

– Darauf sollten wir einen trinken, oder?
– Ich denke, du hast genug.
– Hab ich nicht, glaube mir.
– Aber keinen Schnaps mehr, ich habe etwas Besseres für dich. Das wird dir den Kopf richtig durchblasen, komm mit auf die Toilette.
– Ich soll mit dir auf die Toilette?
– Ja, komm mit.

Gonzo nimmt ihre Hand. Er legt den Zeigefinger auf seine Lippen und zieht sie hinter sich her. Blum lässt es zu. Dass er sie in eine Kabine schiebt, die Tür verriegelt und ihr befiehlt, den Mund zu halten. Kein Wort, während er das Kokain aus seiner Tasche holt und es liebevoll auf dem Spülkasten zu Linien formt. *Du zuerst*, sagen seine Augen. Sie zieht es, ohne zu zögern, nach oben. Mit einem Geldschein, den er zusammengerollt hat. Alles ist so, wie sie es schon oft in Filmen gesehen hat, zwei tiefe Atemzüge und das weiße Pulver, das sie durch ihre Nasenlöcher saugt. Alles schaut so aus, als hätte sie es schon oft getan, als wäre es nicht das erste Mal. Alles scheint friedlich, nur zwei Partypeople, die sich ausklinken und koksen. Gonzo und Blum.

Auf dem Weg zurück ins Lokal spürt sie es. *Ich will tanzen*, sagt sie. Es geht schneller, als sie gedacht hat. Was der Schnaps mit ihr gemacht hat, es verschwindet, dieses Gefühl, sie spürt, wie sie wieder wach wird, wie das Träge von ihr abfällt, das Schwere. Sie fühlt sich so, als würde sie plötzlich in einem schnellen Auto sitzen, alle Fenster geöffnet, der Fahrtwind im Gesicht. Blum gibt Vollgas, weil sie nichts mehr zu verlieren hat, weil sie nur noch gewinnen kann in dieser Nacht. Sie geht auf die Tanzfläche, bewegt sich, dreht sich. Gonzo setzt sich, er schaut ihr zu. Seine gierigen Augen bleiben auf ihr liegen. Wie er grinst und wartet, bis sie zu ihm zurückkommt. Sich wieder brav neben ihn setzt. Ihn anlächelt. *Das gefällt mir*, sagt sie. *Weiß ich doch*, sagt er.

– Und jetzt?
– Ich will feiern, Gonzo.
– Mit mir?
– Warum nicht?
– Tut es noch weh?
– Was meinst du?
– Das Brandzeichen.
– Im Moment tut gar nichts weh, im Moment will ich nur durch die Straßen tanzen. Lass uns spazieren gehen, Gonzo.
– Spazieren?
– Ja. Lass uns sehen, was passiert. Die Nacht hat doch gerade erst begonnen.
– Du gehörst ihm. Ich soll meine Finger von dir lassen, hat er gesagt.
– Und du tust immer, was er sagt?
– Meistens.
– Du bist hier, nicht er. Ich denke, du hast es dir verdient, oder? Den ersten Stich zu machen. Was meinst du?
– Machst du mich an? Du musst doch wütend auf mich sein.
– Entweder kommst du jetzt mit, oder du bleibst hier. Ist deine Entscheidung, Gonzo.
– Du willst wissen, wo deine Kinder sind, stimmt's?
– Stimmt.

– Das kann ich dir aber leider nicht sagen.
– Wenn du mir hilfst, darfst du mich ficken.
– Keine gute Idee.
– Wie gesagt, deine Entscheidung, Gonzo.
– Warte.
– Was?
– Ich komme mit.

Draußen auf der Straße. Ausgelassen, sie zieht ihn hinter sich her, sie singt. Hinunter zur Elbe will sie, an den Strand. *Mit dir im Sand liegen*, sagt sie. Ein frischverliebtes Paar, das durch die Stadt tanzt. Ohne darüber nachzudenken, malt Blum dieses Bild in die Nacht, wie ausgewechselt ist sie, da ist kein Schmerz mehr, keine Sorge, keine Wut. Wie ein lautes Lied ist sie, das ihn mit sich reißt. Gonzo. Er tut, was sie von ihm will, er läuft neben ihr her, ist geduldig, weil er spürt, dass sie es ernst meint. Dass sie ihm gehört in dieser Nacht. Ihm, und nicht Schiele.

Ich will noch mehr von diesem Zeug, sagt sie. Und er gibt es ihr. In einem Hauseingang bleiben sie stehen, das weiße Pulver auf einer Mülltonne, und wie es in ihr ankommt. Blum will mehr, sie will sich nicht mehr erinnern, nicht mehr an den Richter denken, an die Kinder. Sie will nur, dass er ihre Zunge spürt. Langsam über seinen Hals, ganz nah kommt sie ihm, sie leckt ihn ab. *Danke*, flüstert sie, dann rennt sie weiter. Immer schneller, weil sie das Gefühl hat, dass alles möglich ist. Sie hat keine Angst, sie denkt nicht nach, sie rennt über eine dreispurige Straße, durch einen Park. Ein Kran, der da plötzlich steht, ein Bauzaun, über den sie klettert. *Komm schon, Gonzo. Fick mich.* Laut lacht sie, schreit. *Lass es uns da oben treiben. In der Kabine, Gonzo. Auf die Plätze, fertig, los.*

Ganz leicht geht es. Dunkel ist es, niemand sieht sie. Wie sie nach oben steigt, einen Fuß vor den anderen setzt, sich festhält. Blum schaut nicht nach unten, immer weiter klettert sie nach oben, Gonzo unter ihr. *Du kleine geile Sau*, sagt er. Zwanzig Meter über dem Boden, eine Einbahnstraße ist es, Meter für Meter ihr Lachen, doch niemand hört sie. Dreißig Meter, und noch weiter nach oben. Sie ist schneller als er, wendiger, sie denkt nicht daran, dass sie fallen könnte, dass ein falscher Schritt alles beenden könnte. Ihre Arme halten sich fest, lassen los, halten sich wieder fest. Eine Frau, die ungesichert auf einen Kran klettert, berauscht. Ein Mann, der hinter ihr her ist, ein Mann, der ihr sagen soll, wo ihre Kinder sind. Ein Mann, den sie hasst. Gonzo. Schieles rechte Hand, ein widerwärtiges Stück Scheiße, das sie dazu gebracht hat, ihr nachzulaufen. Ihre Zunge, die ihn angetrieben hat, ihr nach oben zu folgen. Wie ein Spiel ist es, das sie inszeniert, ein Spiel, das er verlieren wird. Weil sie oben ist und er unten.

29

Da ist nur die Nacht. Die Lichter der Stadt. Und Blum, wie sie dasitzt und schweigt. Zwischen Metallstangen, wie in einem Käfig. Weil die Kabine versperrt war, weil sie die Tür nicht öffnen konnte, weil sie nicht mehr weiter wollte, konnte. Nicht vor, nicht zurück, nur stillstehen, ausatmen, sich verstecken ganz oben.

Über eine Stunde ohne Rührung. Fünfzig Meter über dem Boden, niemand sieht sie, keiner hat gehört, wie er geschrien hat. Wie er nach unten gefallen ist. Keine Sirenen, keine Polizei, keine Rettung, nur diese Nacht, die nicht aufhört. Der Richter, der mit eingeschlagenem Schädel vor ihr lag, der Barmann, der ihr Glas vollmachte, und Gonzo, der sie beschimpfte. *Ich bring dich um, du Schlampe. Verdammte Drecksfotze.* Und wie er nach unten fiel. Drei Sekunden lang noch seine Wut, seine Verzweiflung, dann wie er am Boden aufschlug. Ein kleines Geräusch, kaum hörbar, nur ein Körper, der irgendwo unten im Dunkel zerbrochen ist.

Blum hat es gehört. Was er gesagt hat. Kurz bevor sie ihn getreten hat. *Wo sind die Kinder*, hat sie ihn gefragt. *In Hamburg*, hat er geantwortet. *Wo in Hamburg*, wollte sie wissen. *Erst wenn ich dich gefickt habe.* Und dann war da noch ein Satz zwischen seiner Geilheit und ihrer Angst, ein kleiner

Satz, der ihr sagte, dass sie es zu Ende bringen kann. *Mach dir keine Sorgen, seine Schwester passt gut auf die Kinder auf.* Mehr war da nicht, mehr musste er nicht sagen. Er wollte sie nur beruhigen, wollte, dass sie aufhört zu fragen, er wollte endlich oben ankommen und ihre Hose nach unten ziehen.

Sie kletterte noch weiter. Sie wollte einen guten Stand finden, sich festhalten. Dann wartete sie auf ihn. Als er nah genug war, trat sie zu. Gegen seinen Kopf, aus dem Nichts heraus. Ihr Hass, ihre Verzweiflung, diese Wut, die sie am Leben hielt. Schnell musste es gehen. Er brüllte, wehrte sich, klammerte sich an ihrem Bein fest. Immer weiter trat sie auf ihn ein, wie Ungeziefer schüttelte sie ihn von sich ab. Bis er taumelte. Und fiel.

Gonzo. Schieles rechte Hand, sein Lieblingskampfhund. Nun sagt er nichts mehr. Man wird ihn finden, wenn es Tag wird. Wenn die Arbeiter auf die Baustelle kommen, werden sie sich die Hände vor ihre Münder schlagen, sie werden ihn anstarren, den aufgeplatzten Leib, seinen zertrümmerten Kopf, das viele Blut. Sie werden die Polizei rufen. Und die wird den Bestatter holen. Sie werden Gonzo entsorgen. Genauso wie Blum es schon hundertmal gemacht hat, so viele hat sie schon abgeholt. Selbstmörder, Unfallopfer, Stürze aus großer Höhe. Auf den Untergrund kommt es an, hat sie immer gesagt, wenn jemand gestaunt hat, weil da ein Toter im Gras lag, so als würde er schlafen. Völlig unversehrt, obwohl er von einer hohen Brücke gestürzt war. Nur verbogene Gliedmaßen sind es manchmal, aber da ist kein Blut. Weil der Boden nachgibt. Gras, Erde. Gonzo aber ist auf Beton gefallen. Alles ist kaputt.

Fleisch, Haut, Knochen. Blum sieht es vor sich, obwohl es immer noch dunkel ist, obwohl da nur ein schwarzes Loch ist, in dem er verschwunden ist. Auch viele solche Tote hat sie eingesammelt, Leichenteile zusammengesucht, sie in einem Transportsarg verschwinden lassen. Dann zur Gerichtsmedizin, Autopsie, dann in den Versorgungsraum. Sie anziehen und einbetten. Egal, was sie getan hatten, egal ob sie gut oder böse gewesen waren, Blum hat sie eingegraben. Nicht nachgefragt. Das Schicksal war es, das das Leben beendet hat. So wie das jetzt von Gonzo.

Nur ein Betrunkener wird er gewesen sein. Er muss völlig berauscht auf den Kran geklettert sein, irgendwann konnte er sich nicht mehr festhalten. Ist gefallen. Ein bekannter Türsteher in der Stadt, ein Gesicht, das die Beamten sofort wiedererkennen, das sie veranlassen wird, genauer hinzuschauen, den Fundort zu untersuchen. Sie werden auf den Kran steigen und die Spuren eines Kampfes suchen, Spuren einer zweiten Person, sie werden von Fremdeinwirkung ausgehen, von einer Hinrichtung vielleicht, sie werden genau sein, aber sie werden nichts finden. Weil der Regen alles wegwaschen wird. Die Tropfen, die plötzlich auf sie herunterfallen. Wie ein Geschenk ist der Regen, ganz leicht fühlt er sich an.

Blum rührt sich noch immer nicht, sie spürt die nassen Kleider, die Kälte. Ganz oben ist sie, nur noch der Himmel ist über ihr. Und Karl vielleicht, der auf sie herunterschaut und den Kopf schüttelt. *Was machst du nur, Blum? Du musst von hier verschwinden, es wird bald hell, Blum.* Doch sie bleibt. Kurz noch über die Stadt schauen. Darüber nachdenken, was sie als Nächstes machen wird. Seine Schwester suchen. Gonzo hat nicht gelogen, er hat ihr diesen Knochen hingeworfen, weil er nicht nachgedacht hat. Blum ist sich sicher, irgendwo da unten wohnt sie, hinter irgendeinem dieser Fenster sind ihre Kinder. Und Blum wird sie finden. Sie in die Arme nehmen. *Mama hat alles in Ordnung gebracht*, wird sie sagen. *Mama hat sie alle umgebracht.*

Die Frau, die da oben kauert, die Frau, die Gonzo getötet hat. Gleich wird sie hinunterklettern. Blum wird ihren Pullover zerreißen und sich Stoffstücke um die Hände wickeln, vorsichtig wird sie nach unten steigen und jede einzelne Eisenstange abwischen, die sie berührt hat. Meter für Meter alles verschwinden lassen, was der Regen nicht ohnehin schon weggespült hat. Sie wird noch einen letzten Blick auf ihn werfen, und sie wird ihm das Handy wegnehmen. Niemand soll das Foto des Richters sehen, niemand soll die Nachrichten sehen, die Schiele ihm geschrieben hat, Spuren, die zu ihr führen. Blum wird es aus seiner Tasche ziehen, sie wird die SIM-Karte entfernen und sie zerstören, das Telefon wird sie zertrümmern und anschließend versenken. Niemand wird es orten, es wird verschwunden bleiben.

Dann wird sie nach Hause fahren. Sie wird neben irgendwelchen Leuten sitzen, die auf dem Weg zur Arbeit sind. Ganz normal wird alles sein, sie wird nicht auffallen, niemand wird sich nach ihr umdrehen. Sie wird dasitzen und aus dem Fenster schauen. Nur eine Frau, die nass geworden ist. Nur der Regen, der immer weiter fällt.

30

Blum hat sich nur kurz hingelegt, an Schlaf ist nicht zu denken. Sie darf keine Zeit verlieren, sie packt ihr Fahrrad, sie muss jetzt schnell sein. Bevor irgendjemand auf die Idee kommt, dass sie etwas mit Gonzos Tod zu tun haben könnte, muss sie seine Schwester suchen, herausfinden, wo sie wohnt. Bevor Schiele sie fragen wird, was passiert ist in der Nacht. Warum sein Hündchen tot ist, ob sie mit ihm auf dieser Baustelle war. Weil er wissen wird, dass sie es war. Weil es nicht anders sein kann, weil der Zufall zu groß wäre. Weil sie auch imstande war, den Richter zu töten.

Spätestens in den Mittagsstunden wird sein Gesicht über die Bildschirme flimmern, die Hausangestellten werden ihn in seinem Schlafzimmer finden, erschlagen, nackt, mit einem abgebissenen Ohr. Blum hat es die Toilette hinuntergespült. Sie denkt an Schiele, denkt daran, dass er bekommen hat, was er wollte. Und dass er noch nicht weiß, dass Gonzo tot ist. Bestimmt hat er ihn schon mehrmals angerufen, um zu fragen, was mit ihr ist, ob er sie unter Kontrolle hat. Aber Gonzos Telefon läutet nicht, er erstattet nicht Bericht. Schiele weiß noch nicht, was passiert ist. Noch einige Stunden kann sie in Ruhe nach den Kindern suchen.

Blum fragt alle, die sie kennengelernt hat in den letzten Monaten, alle, die etwas wissen könnten. Die Mädchen, die Kellner, alle, die noch wach sind, alle, von denen sie annimmt, dass sie nicht sofort zu Schiele rennen und ihm sagen werden, dass jemand herumschnüffelt. Beiläufig fragt sie, unaufgeregt, so als wäre ihr der Gedanke gerade eben erst gekommen. *Hat er noch mehr Familie? Jetzt wo sein Vater im Gefängnis ist, ist er ganz allein, oder?* Sie tut so, als würde sie dazugehören, den Verband, der ihr Brandzeichen verdeckte, hat sie abgenommen, jeder soll sehen, dass sie eines seiner Mädchen ist. Unterwegs auf dem Kiez. Die immer selben Fragen stellt sie. *Hat er einen Bruder? Eine Schwester?* Doch nichts. Niemand weiß etwas, es gibt nur Vater und Sohn. Seine Mutter ist gestorben, mehr Familie gibt es nicht. Keine Schwester. Keine.

Blum will es nicht glauben. Es nicht wahrhaben, dass Gonzo gelogen hat, dass er irgendetwas gesagt haben soll, damit sie aufhört zu fragen, damit sie still ist und endlich ihre Beine breitmacht. Nur eine Lüge, ein bisschen Hoffnung zwischen all den Leichen. Nur ein Wunsch, der nicht in Erfüllung geht. Egal wie oft sie noch fragt, es wird sich nichts ändern, auch der Kellner in der dunklen Kneipe wird ihr nichts anderes sagen. Erneut an einen Ort, an dem immer noch Nacht ist, verschwindet sie, Blum lässt den Tag vor der Tür, sie verkriecht sich, setzt sich an die Bar. Schummrig alles, eine Dreckskneipe. Blum lächelt gequält. *Das war eine harte Nacht. Ich brauche etwas zu trinken*, sagt sie.

Marie Müller, die dem Kellner ihr Brandzeichen zeigt, so als wäre es eine Eintrittskarte in diese Welt. Sie spielt die Neue, die dazugehören will, Schieles Lieblingspferdchen gesellt sich zum Fußvolk. Sie trinkt. Sie muss wach bleiben, weitersuchen, auch wenn sie spürt, dass die Kraft sie verlässt. *Etwas, das mich wieder aufweckt*, hat sie zu dem Kellner gesagt. Wodka in ihrem Mund, gemixt mit irgendetwas, das süß schmeckt. Sie schluckt es einfach. Weil sie es nicht akzeptieren will, dass es eine Sackgasse ist, in die sie gelaufen ist. Dass sie nirgendwo mehr hinführt. Dass es keine Schwester gibt.

Trotzdem sitzt sie da und scannt ihre Umgebung, wägt ab, mit wem sie noch reden kann, mit wem nicht, wen sie fragen kann. Einsame Trinker, gestrandete Seelen, Männer. Sie ist die einzige Frau im Raum, sie wird angestarrt, einige schütteln den Kopf. Auch wenn sie freundlich ist, wenn sie versucht, charmant zu sein, sie ist wie ein Fremdkörper, sie weiß nicht, wie lange sie noch geduldet wird, wie lange es noch dauert, bis sie hinausgeworfen wird. *Seit wann haben Nutten hier Zutritt*, fragt einer. *Halt die Schnauze*, sagt der Kellner. Dann geht die Tür auf.

Sie sieht ihn nicht, sie hört ihn nur. Sie hat nicht damit gerechnet, dass er hier auftaucht. Dann dreht sie sich um. Sieht, wie er dem anderen Mann am Tisch mit einem Nicken zu verstehen gibt, dass er verschwinden soll. Wie er sich ihr nähert, sich hinunterbeugt und ihr ins Ohr flüstert. *Schön, dich zu sehen, Marie.* Schiele.

– Aber warum schaust du denn so entsetzt? Freust du dich denn nicht, dass ich gekommen bin? Ich habe mich sofort auf den Weg gemacht, als ich gehört habe, dass du hier eingekehrt bist.
– Was machst du hier?
– Wie du vielleicht richtig angenommen hast, gehört dieses hübsche Lokal mir, ich dachte mir also, ich schaue mal nach dem Rechten.
– Was willst du von mir?
– Die Frage ist doch, was du von mir willst, oder?
– Ich habe getan, was du von mir wolltest. Wir könnten jetzt mit den Spielchen aufhören, findest du nicht auch?
– Nein, das finde ich nicht, Marie. Mir gefällt sehr, wie sich das alles entwickelt. Das Foto, das du mir geschickt hast, hat mich sehr glücklich gemacht. Wirklich gute Arbeit. Ich wusste ja, dass du das kannst. Bravo.
– Ich will meine Kinder zurück, Schiele.
– Bald, Marie, bald. Es fehlen nur noch zwei klitzekleine Negerlein, dann hast du es geschafft.
– Und wenn ich *Nein* sage?
– Du hast ja keine Ahnung, wie viele Kinder pro Jahr in Deutschland verschwinden. Das ist beängstigend, Marie, glaub mir.
– Du musst mir nicht drohen, Schiele.
– Muss ich nicht?
– Nein. Ich habe getan, was du wolltest, ich habe in den letzten sechsunddreißig Stunden zwei Menschen für dich umgebracht.
– Nur zwei?
– Wovon sprichst du?

– Gonzo ist tot. Aber das weißt du ja bestimmt.
– Was redest du da?
– Sie haben ihn heute Morgen gefunden. Sie sagen, er ist von einem Kran gestürzt.
– Von einem Kran? Ich habe keine Ahnung, wovon du sprichst.
– Unglaublich, oder? Er ist da einfach hinaufgestiegen. Und dann ist er hinuntergefallen. Mitten in der Nacht, dieser verrückte Kerl.
– Warum sollte er auf einen Kran steigen?
– Das frage ich mich auch. Vielleicht kannst du mir da ja weiterhelfen. Mir die Fragen beantworten, die mir auf der Zunge brennen.
– Ich weiß nicht, was er gemacht hat, nachdem ich ihm gesagt habe, dass er mich in Ruhe lassen soll, dass ich nach Hause will. Ich habe ihm gesagt, dass ich mit dir reden möchte, und nicht mit dem Vorzimmerhund.
– Er hat also noch gelebt, als du ihn das letzte Mal gesehen hast?
– Ja, das hat er. Ich habe mich geärgert, dass du ihn geschickt hast, anstatt selbst zu kommen. Dann wollte ich nur noch schlafen, ich wollte in mein Bett. Ich schwöre dir, ich weiß nicht, warum dein Affe tot ist.
– Bist du dir da sicher?
– Ich hatte wirklich andere Sorgen gestern. Du erinnerst dich, das Foto, das ich dir geschickt habe? Ein Toter reicht doch für eine Nacht, oder?
– Es fällt mir schwer, dir das zu glauben, Marie. Sehr schwer. Nach allem, was passiert ist, ist das beinahe ein Ding der Unmöglichkeit für mich.

– Du kannst mir vertrauen, Schiele.

– Das kann ich leider nicht. Weil du falsch gespielt hast, Marie. Ich bin wirklich sehr enttäuscht von dir.

– Was meinst du damit?

– Dein Freund, der Bootsbauer.

– Was ist mit ihm?

– Dein Plan war gut, aber leider nicht gut genug.

– Ich habe ihn angezündet, er ist verbrannt. Was willst du denn noch?

– Keine Ahnung, wen du da verbrannt hast, aber es war definitiv nicht dein jämmerlicher kleiner Freund.

– Was soll das schon wieder heißen?

– Er war nicht wirklich tot, Marie.

– War er nicht?

– Nein, Marie. Aber du kannst beruhigt sein. Jetzt ist er es.

31

Tino. Wie oft Blum in den letzten Tagen versucht hat, ihn anzurufen, ihn noch einmal zu bitten wegzubleiben, nicht zurückzukommen. Sie hat auf seine Mobilbox gesprochen, hat versucht, ihn zu beruhigen, ihn dazu zu bringen, ihr weiterhin zu vertrauen, Hamburg zu meiden. Sie hat ihm das Blaue vom Himmel versprochen, ihm Hoffnung auf ein gemeinsames Leben gemacht. *Wenn alles vorbei ist*, hat sie gesagt. Weil sie gespürt hat, dass etwas passieren wird, dass er da draußen auf dem Meer ist und es nicht akzeptieren kann. Dass Schiele wachsam ist und nur darauf wartet, zuschlagen zu können. *Ich habe es für dich wieder in Ordnung gebracht*, hat er gesagt. *Es wäre bestimmt zum Problem geworden, wenn dein kleiner Tino auf einmal wieder aufgetaucht wäre.*

Blum steht am Hafen und trauert. Sie müssen Tino hier entdeckt haben, wahrscheinlich haben sie überprüft, ob sein Boot da ist. Wahrscheinlich hat Schiele von Anfang an daran gezweifelt, dass sie wirklich bereit ist, es zu tun. Vielleicht haben sie Tino beschattet, sein Telefon abgehört. *Er war nicht wirklich tot, Marie.* Schiele hat es mit einem Lächeln im Gesicht gesagt. *Jetzt ist er es.* Mit einem zufriedenen Grinsen hat er es vor einer Stunde ausgesprochen. Er hat ihr gezeigt, dass er es ist, der alles unter Kontrolle hat. Nicht sie. Immer noch hört sie seine Stimme, jedes Wort ist ein Schlag, ein Schnitt.

– Ich habe mich persönlich um ihn gekümmert.
– Was hast du mit ihm gemacht?
– Wie gesagt, ich habe es für dich wieder in Ordnung gebracht. Stell dir vor, was passiert wäre, wenn ein Toter durch Blankenese gelaufen wäre. Die Polizei wäre schneller zu dir gekommen, als du dir vorstellen kannst. In gewisser Weise habe ich dich also davor beschützt, für immer eingesperrt zu werden. Eine hässliche Vorstellung wäre das gewesen, nicht wahr?
– Er hat dir nichts getan.
– Er wollte dasselbe wie ich, Marie. Dich. Und das hat noch nie funktioniert, glaub mir. Ein Pferd und zwei Reiter. Es ist besser so. Für uns alle.
– Wo ist er?
– Im Himmel vielleicht? Oder doch in der Hölle, ich kann es dir nicht sagen. Wer weiß, was der Gute so getrieben hat zu Lebzeiten. Man kann ja nur schwer hinter die Fassade der Menschen blicken. Was sie wirklich denken. Was sie wirklich getan haben. Oder was sie nicht getan haben.
– Hör auf damit, Schiele.
– Du hast mich belogen, Marie. Betrogen. Egal, was du jetzt sagst, ich denke nicht, dass ich dir jemals wieder vertrauen kann. Oder wirst du nun die Wahrheit sagen? Wirst du mich noch einmal enttäuschen? Werde ich herausfinden, dass du doch etwas mit Gonzos Tod zu tun hast? Vielleicht sollte eines deiner Kinder sterben, das wäre doch nur fair, oder?
– Aufhören.
– Du darfst entscheiden, Marie. Von wem trennst du dich leichter? Emma oder Katrin? Ein Kind hat man doch

immer lieber als das andere, nicht wahr? Sag es einfach, dann weiß ich Bescheid, falls sich herausstellen sollte, dass du mich doch angelogen hast.

– Ich lüge nicht.

– Gonzo war wie ein Bruder für mich, sein Tod macht mich sehr traurig.

– Das tut mir leid, aber wie gesagt, ich habe nichts damit zu tun. Ich will nur meine Kinder zurück, und ich werde alles dafür tun, das musst du mir glauben.

– Ich versuche dir zu glauben, Marie. Und ich werde dir auch die kleine Schwindelei mit dem Bootsbauer verzeihen. Wir wollen mal nicht zu streng sein, nicht wahr? Deshalb auf zu neuen Ufern, Marie. Lass uns das zu Ende bringen, damit wir alle gemeinsam neu anfangen können. Ich freue mich darauf, glaub mir. Wir könnten einen schönen Ausflug zusammen machen. Du, die Kinder und ich. Vielleicht an die Ostsee. Es ist so schön dort im Sommer.

Sein Gesicht. Seine Augen in dieser Kneipe. Und was dahinter ist. Blum sieht es immer noch vor sich. Kein Spiel ist es, keine Übung, Schiele schießt mit scharfer Munition. Und er trifft. Tino ist tot. Tino hebt sein Telefon nicht mehr ab, er wird sie nicht mehr in den Arm nehmen können, nicht mehr mit den Kindern spielen, kein Lachen wird mehr aus seinem Mund kommen, keine seiner Verrücktheiten, nichts. Nur eine weitere Leiche auf ihrem Weg, nur noch eine weitere Erinnerung, die wehtut, Trauer. Vorwürfe, die sie sich macht. *Du hast ihn umgebracht, Blum. Du bist dafür verantwortlich. Du hast ihn auf dem Gewissen.*

Tino. Sie haben ihn irgendwo entsorgt, ihn verschwinden lassen. *Alles ist in bester Ordnung*, hat Schiele gesagt. *Du kannst dich nun in Ruhe um den Polizisten kümmern. Und du wirst keinen Fehler mehr machen, Marie. Keinen, verstehst du?* Er hat keinen Zweifel daran gelassen, dass es ihre letzte Chance ist, dass jeder weitere Versuch, ihn zu täuschen das Leben der Kinder tatsächlich beenden wird. *Marie, Marie. Du machst alles kaputt, wenn du so weitermachst. Du fährst den Wagen mit Vollgas an die Wand. Willst du das?* Freundlich hat er sie gefragt. Fast vertraut in einer dreckigen Kiezkneipe. Blum und Schiele.

Blum konnte seine Gedanken lesen, es in seinen Augen sehen. Er verbarg es nicht vor ihr. Dass er sie nach wie vor begehrt. Nach wie vor die Kontrolle über sie will. Er möchte, dass sie sich ihm hingibt, freiwillig. Nicht nehmen will er sie sich, sie soll zu ihm kommen. Ihn anbetteln, dass er sie in den Arm nimmt. Sie küsst. Er scheint tatsächlich daran zu glauben, dass es noch werden kann, dass sie zusammen sein können nach allem, was passiert ist. Dass sie mit ihm leben wird, wenn alles vorbei ist, dass sein Wunsch Wirklichkeit wird. Blum. Wie eine Kröte ist sie, die er aus einem dreckigen Tümpel gezogen hat, ein Frosch, den er küssen will, weil er sich einbildet, dass sich eine Prinzessin unter der grünen Haut versteckt. Seine Marie. *Ich will dir nicht wehtun*, hat er gesagt. *Es wäre so schade um dein schönes Gesicht, Marie. Ich könnte mir wahrscheinlich nicht verzeihen, wenn ich dich schlagen müsste.*

Gewalt, damit sie endlich zur Vernunft kommt, seine Faust, die in Gedanken immer wieder auf ihr ankommt. Unter anderen Umständen hätte er es getan, doch Schiele hat sich auch in der Bar zurückgehalten, nicht nachgebohrt, er nagelte sie nicht an die Wand wegen Gonzo, aber er machte ihr Angst, schüchterte sie ein, zeigte ihr, dass es seine Regeln sind, nach denen gespielt wird. Weil er sich alles so ausgedacht hat. So und nicht anders. Nur noch ein leeres Boot bleibt. Tino. Wenn sie an ihn denkt, möchte sie sterben. Am Museumshafen steht sie und schaut zu, wie sein Schmuckstück hin und her schaukelt. Ohne ihn für immer. Wie liebevoll er war. Wie sehr sie sich wünscht, dass er aus dem Bauch des Bootes an Deck steigt und sie anlächelt. Ihn noch einmal berühren, ihm sagen, dass alles nur ein Missverständnis war, ein Irrtum. Mit ihm gemeinsam auf der Terrasse sitzen und Wein trinken, ihm zuhören, wie er von seinen Booten spricht. Tino. Er ist weg. Er kommt nie wieder zurück. Schiele hat es ihr erklärt. Ihr gesagt, was als Nächstes passieren wird. *Schau nach vorne, Marie. Der Nächste muss nun sterben.*

Der ermittelnde Beamte im Prozess gegen seinen Vater. Schiele hasst ihn. Als er von ihm sprach, verlor er beinahe die Fassung, er beschimpfte ihn, sagte ihr, dass dieser Mann den Tod von allen am meisten verdient hätte. Ein Geschwür sei er, Ungeziefer, das nicht totzukriegen sei, ein Schädling, der immer wieder aufgetaucht sei in den letzten Jahren, ein Besessener, der sich auf Schiele eingeschossen habe. Er ließ sich aus über ihn, schwor Blum auf ihn ein, in wenigen Minuten machte er aus dem Polizisten ein Monster, das es verdient hätte zu sterben.

Nur eine weitere Spielfigur, die umfallen soll, ein Leben, das sie auslöschen wird, damit ihr eigenes weitergeht. Ihres und das der Kinder. *Töte ihn*, sagte Schiele. *Was bist du nur für ein widerliches Arschloch*, dachte Blum. Als sie in ihr Spiegelbild schaute auf der Toilette, während Schiele draußen im Lokal auf sie wartete. Mit Gewalt wollte sie vergessen, alles ausblenden. Tino, den Richter, Gonzo. So gerne hätte Blum ein unbeschwertes Gesicht in diesem Spiegel gesehen, ein Lächeln, das ihr gesagt hätte, dass alles gut wird. Aber da war nur Verachtung. Jede Sekunde, in der sie sich anstarrte, mehr. Sie war ganz unten angekommen. Im Dreck.

Ein Leben ohne Ausweg und der Geschmack von Alkohol in ihrem Mund. Blum steigt in den Leichenwagen und fährt Richtung Norden, sie lässt Tinos Boot hinter sich. Wenn die Kinder überleben sollen, muss sie tun, was Schiele sagt, sie wird nicht darüber nachdenken, ob es richtig oder falsch ist. Nichts sehen, nichts hören, nichts mehr sagen müssen, Blum funktioniert wieder. Sie parkt den Wagen vor dem Block, in dem er wohnt. Blum wird so lange warten, bis er kommt, sie wird im Auto sitzen bleiben und seine Spur aufnehmen. Bei der ersten Gelegenheit wird sie es tun. Ohne zu zögern. Weil Schiele es so will, weil sie diese rote Rutsche nicht findet, weil es keine verdammte Schwester gibt, nach der sie suchen kann. Weil sie hilflos ist. Nicht mehr weiß, was sie sonst noch tun kann.

32

Daniel Lambert. Er wohnt im Erdgeschoss, scheint um die fünfzig zu sein. Sie sieht, wie er parkt und die Einkaufstüten aus dem Kofferraum holt, wie er ins Haus geht und wie eine Minute später die Lichter angehen. Die Vorhänge sind offen, Blum kann ihn durch das Küchenfenster sehen, sie beobachtet ihn, er schiebt Tiefkühlpizza in den Backofen, wäscht Salat, deckt den Tisch. Nicht nur für sich, er hat für jemanden Essen zubereitet, jemanden, den sie nicht sehen kann. Sie weiß nicht, wer noch in seiner Wohnung ist, die Vorhänge hinter den anderen Fenstern sind zu, kein Licht, Blum kann nicht sehen, ob es sich um eine Frau handelt, um ein Kind, einen Freund. Schiele hat ihr nichts gesagt, nur wo er wohnt, wie er aussieht. Sie muss selbst die wichtigsten Informationen zusammentragen, seine Gewohnheiten kennenlernen, seinen Tagesablauf, die Wege, die er geht, alles, was sich wiederholt in seinem Leben. Blum muss einen Platz finden, an dem sie es tun kann, und sie muss sichergehen, dass da niemand ist, der ihr in die Quere kommt, sie muss den richtigen Zeitpunkt finden, einen sicheren Weg, der sie ans Ziel bringt. Deshalb wartet sie wieder. Sie wird bleiben, bis die Sonne aufgeht, bis er aus dem Haus kommt. Bis er ihr zeigt, wer er ist.

Daniel Lambert. Ein schöner Name, denkt sie. Und auch an den zweiten Teller denkt sie. Wer da wohl noch in der Wohnung ist, wen er zurücklassen wird, wenn er stirbt. Daniel Lambert auf einem Hamburger Friedhof, vergraben oder verbrannt. Sie denkt darüber nach, wie es passieren wird, sie wird ihn überfahren, wenn es nötig ist bremsen, zurücksetzen und ihn ein zweites Mal überrollen. Damit er auch wirklich tot ist, damit sie Schiele mit Gewissheit sagen kann, dass sie ihre Hausaufgabe erledigt hat. Daniel Lambert wird tot auf der Straße liegen bleiben, irgendjemand wird ihn finden und die Polizei rufen.

Sie werden kommen und alles untersuchen, sie werden Zeugen befragen, und niemand wird etwas gesehen haben, sie werden ratlos die Köpfe schütteln und einen Bestatter rufen, damit er die Leiche wegbringt. Wenn das Schicksal verrücktspielt, wird es Johann sein, den sie anrufen, und Johann wird seine beste Kraft schicken. Marie Müller. Er wird sie anrufen und sie bitten, den Leichnam abzuholen. So als hätte sie ihn noch nie zuvor gesehen, wird sie den toten Polizisten vom Boden kratzen und ihn in einem Transportsarg zur Gerichtsmedizin bringen. Alles könnte genau so passieren, wenn Daniel Lambert jetzt gleich aus dem Haus kommt. Sie ist müde, versucht nicht einzunicken, den Moment zu verpassen, in dem die Tür aufgeht und er den Rollstuhl ins Freie schiebt.

Der zweite Teller. Eine junge Frau, mit der er spazieren fährt. Blum, die aus dem Wagen steigt und ihnen folgt. Mit gebührendem Abstand, Daniel Lambert sieht nicht, dass da jemand beobachtet, wie er die Frau im Rollstuhl durch die Straßen schiebt, Richtung Park. Er redet mit ihr, erzählt ihr etwas, es wirkt, als würden sie es jeden Tag tun, sie scheinen vertraut miteinander. Der Alltag zweier Menschen, eine Behinderung, ein junges schönes Gesicht, das Daniel Lambert liebevoll mit seiner Hand berührt. Sie bleiben stehen, vor ihnen plätschert ein Brunnen. Lange sagen sie nichts, schauen nur dem Wasser zu. Still ist es zwischen den beiden, traurig fühlt es sich an. Über eine halbe Stunde lang Schweigen, dann steht er wieder auf und schiebt sie zurück. Denselben Weg. Der Rollstuhl verschwindet wieder im Haus.

Auch wenn sie es nicht wissen sollte, Blum ist neugierig. Wer diese Frau ist, ob ihre Ahnung stimmt. Ob sie seine Tochter ist, warum sie im Rollstuhl sitzt, ob er mit ihr allein lebt. Wer es sonst sein könnte, um den er sich da kümmert. Eine junge Frau, die bei ihm wohnt, mit der er spazieren fährt, bevor er zur Arbeit geht, mit der er zu Abend isst, wenn er nach Hause kommt. Sie ist auf ihn angewiesen, hat vielleicht sonst niemanden. Blum verdrängt diese Gedanken, will sie aus ihrem Kopf haben, sie will nichts mit seiner Geschichte zu tun haben, nicht mehr als nötig über ihn erfahren. Sie will nur, dass er wieder aus dem Haus geht und irgendwo hinfährt. Sie wird ihm nacheilen, wird herausfinden, was er macht, bis er wieder zu ihr zurückkommt. Zu dieser Frau mit dem schönen Gesicht. Blum sieht es vor sich, während sie wartet. Ob sie will oder nicht. Weil die Frau behindert ist, krank, weil sie hilflos ist, nur ihre Arme bewegen kann, den Oberkörper, den Kopf. Blum fragt sich, was mit ihr passieren wird, wenn er weg ist. Ob sie alleine leben kann. Ohne ihn.

Blum wartet. So sehr sie sich wünscht, dass er gleich wieder aus dem Haus kommt, dass er sich von der Frau im Rollstuhl verabschiedet und zur Arbeit fährt, es passiert nicht. Sie muss Geduld haben, akzeptieren, dass sie nicht durch die Wände sehen kann, dass alles, was die beiden verbindet, hinter geschlossenen Vorhängen verborgen bleibt. Sie starrt das Haus an. Sie vertritt sich die Beine, darf die Haustüre aber nicht aus den Augen lassen, sich nicht zu weit vom Haus entfernen, niemandem auffallen. Trotzdem geht sie hinüber zu dem Baum und spricht den Mann an, der die Äste schneidet. Sie muss unbedingt wissen, wer die Frau ist. Blum will hören, dass es für niemanden ein Problem ist, wenn Daniel Lambert stirbt. Dass die junge Frau in der Lage sein wird, für sich allein zu sorgen. Blum will etwas hören, das sie beruhigt. Irgendetwas. *Darf ich Sie kurz stören? Sie etwas fragen?* Unter dem Apfelbaum stehen sie, freundlich schaut der fremde Mann sie an und antwortet. Ein gesprächiger älterer Herr, der sich über die Abwechslung freut. Er lächelt sie an.

– Wie kann ich Ihnen helfen, schöne Frau?
– Sie sind zu freundlich.
– Raus mit der Sprache, Sie wollen doch etwas von mir. Und darüber bin ich natürlich froh, denn ich komme nicht jeden Tag in den Genuss, eine so bezaubernde Frau kennenlernen zu dürfen.
– Sie machen mich verlegen.
– Was kann ich für Sie tun?
– Ich bin mir nicht sicher, ob es richtig ist, Sie das zu fragen. Ich bin normalerweise nicht so indiskret, das müssen Sie mir glauben.

– Jetzt bin ich aber gespannt.
– Ich war eben spazieren im Park und habe etwas Rührendes gesehen. Das beschäftigt mich, auch wenn es mich eigentlich gar nichts angeht. Aber ich bin nun mal so neugierig und rührselig, ist nicht immer ganz einfach, das können Sie mir glauben. Bei mir sitzen die Tränen locker.
– Worum geht es denn?
– Eigentlich schäme ich mich, dass ich Sie danach frage. Es geht mich wirklich nichts an.
– Ein bisschen Neugier ist doch gesund, meine Liebe.
– Diese junge Frau im Rollstuhl. Und der Mann, der sie spazieren fährt. Wie verbunden sie sind. Es war schön, ihnen zuzusehen.
– Daniel und seine Tochter Maja.
– Ach. Ich habe eben gesehen, wie sie in diesem Haus hier verschwunden sind, da dachte ich mir, ich frage Sie. Was ist denn passiert mit ihr?
– Das ist tragisch, sehr tragisch.
– Vielleicht sollte ich Sie weiterarbeiten lassen und Sie nicht zum Tratschen verführen.
– Verführen Sie mich ruhig, es spricht nichts dagegen, dass ich darüber rede. Das Leben ist oft grausam, aber das wissen Sie ja bestimmt selbst.
– Ja, das weiß ich.
– Ich bin Hausmeister hier. Seit fünfundzwanzig Jahren, ich kenne Maja, seit sie hier im Hof die ersten Schritte gemacht hat. Es ist wirklich schlimm, was passiert ist.
– Hatte sie einen Unfall?
– Nein.
– Was dann?

– Sie wollte sich umbringen.
– Das ist ja furchtbar.
– Vor sechs Jahren hat sie sich vor einen Zug geworfen. Das Schicksal hat es aber nicht gut mit ihr gemeint.
– Sie lebt, das ist doch gut, oder?
– Sie hat ihre Beine verloren.
– Wie schrecklich, das habe ich nicht gesehen. Da war eine Decke, ich dachte, sie ist querschnittsgelähmt.
– Sie war so ein wundervolles Mädchen, voller Lebensfreude, sie hatte alles noch vor sich. Jetzt sitzt sie im Rollstuhl und muss so weiterleben. Was ihr gar nicht schlecht gelingt, aber ohne Daniel nicht möglich wäre.
– Was ist mit ihrer Mutter?
– Krebs. Sie ist gestorben, als Maja sechzehn war. Da hat alles angefangen, ab da ist es abwärts gegangen.
– Das ist sehr traurig, was Sie mir da erzählen.
– Ja, das ist es. Aber ich gebe die Hoffnung nicht auf, dass sie ihr Lachen wiederfindet. Vielleicht hat sie zur Abwechslung ja mal Glück.
– Das wird sie bestimmt haben, ich drücke ihr die Daumen. Jetzt muss ich mich aber wieder auf den Weg machen, sonst komme ich noch zu spät zu meinem Termin.
– Sie schauen müde aus.
– Ich habe wenig geschlafen in letzter Zeit.
– Das klingt nicht gut.
– Da haben Sie Recht.

33

Keine Beine. Kein Vater mehr, der sie hochhebt, sie ins Bett bringt, mit ihr durch den Park spaziert. Maja Lambert. *Vielleicht hat sie zur Abwechslung ja mal Glück*, hat der Hausmeister gesagt. Das Glück, dass auch ihr Vater stirbt, dass sie allein auf dieser beschissenen Welt zurückbleibt. So wird es sein, und Blum wird nichts daran ändern können.

Sie bereut, dass sie nachgefragt hat. Sie will aus ihrem Kopf löschen, was sie gehört hat. Keine Beine mehr, die fehlen, kein Mädchen, das sich umbringen wollte. Blum will nichts damit zu tun haben, das ist nicht ihre Geschichte. *Du hast deine eigenen Probleme, Blum. Reiß dich zusammen. Du wirst es jetzt einfach tun, du kannst das. Du wirst aufhören darüber nachzudenken, ob es richtig ist oder falsch. Du wirst keinen Fehler mehr machen, Blum. Keinen. Denk an deine Kinder, du verdammte Kuh.* Blum schreit. Gebrochen im Leichenwagen ihre Stimme.

Verzweifelt ist sie und müde. Richtung Flughafen, sie hält den nötigen Abstand, parkt zwanzig Meter von ihm entfernt vor dem Landeskriminalamt. Blum bleibt sitzen und schaut zu, wie er die Treppen nach oben geht und verschwindet. Wieder wird sie warten, so wie sie es den ganzen Vormittag getan hat. Sie wird wieder an diese Bilder denken, die sie nicht mehr aus ihrem Kopf bekommt. Die Vorstellung, wie Lambert sich um seine Tochter kümmert, wie er sie wäscht. Wie er sie im Badezimmer auszieht und in die Wanne hebt. Ein Vater, der sich um sein Kind kümmert. So wie Mark es getan hat. Der Vater von Uma, von Nela, der liebevollste Mensch, dem Blum je in ihrem Leben begegnet ist. *Ich würde alles für die Kinder tun, Blum.* Sie erinnert sich, was er damals zu ihr gesagt hat, nebeneinander auf der Bank vor dem Haus. Weit weg ist es, doch sie hört es. Seine Stimme, die wehtut, kurz bevor sie einschlafen wird.

– Wir müssen sie beschützen.
– Wen meinst du?
– Die Kinder. Ich würde alles für sie tun, Blum.
– Das weiß ich doch.
– Ich würde es nicht ertragen, wenn ihnen etwas passieren würde.
– Was sollte ihnen denn passieren?
– Nichts, Blum. Ich ertrage nur die Vorstellung nicht, dass etwas sein könnte.
– Es wird nichts sein.
– Schau sie dir an. Wie hilflos und klein sie sind.
– Ja, das sind sie.
– Bitte halt mich fest, Blum.
– Was ist los mit dir?
– Ich habe Angst, dass es nicht so bleibt, wie es jetzt ist.
– Komm her zu mir.
– Mit dir ist alles leicht.

Sie hat ihn gehalten, ihn gestreichelt, ihn auf die Stirn geküsst. Und trotzdem ist es nicht so geblieben, wie es war. Seine Angst ist jetzt ihre. *Ich ertrage die Vorstellung nicht, dass etwas sein könnte.* Hilflos und klein sind sie. Uma und Nela. *Wir müssen alles tun, um sie zu beschützen, Blum.* Das ist das Letzte, woran sie denkt, bevor es dunkel wird. Sie ist nach hinten geklettert. Dort, wo normalerweise die Särge stehen, die Leichen liegen. Nur ein bisschen schlafen will sie, nur ein paar Minuten lang ausruhen, sie wird ihn schon nicht verpassen. Daniel Lambert wird in seinem Büro sitzen bleiben, sie wird wieder aufwachen, bevor er herauskommt. Nur eine halbe Stunde lang verschwinden, dann kann sie wieder klar denken. *Mach dir keine Sorgen, Blum. Du wirst sie bald wiedersehen. Bald, Blum. Alles wird gut.*

Immer wieder dieser vertraute Satz. Weit weg im Dunkeln hört sie ihn. Blum und die Kinder im Garten. Es ist Winter, Schnee fällt, die Kinder bauen einen Schneemann, sie lachen. Blum holt eine Karotte aus der Küche, einen alten Kochtopf, den sie dem Schneemann auf den Kopf setzt. Dicke Flocken fallen vom Himmel. Alles wird weiß. Keine Angst mehr, über vier Stunden lang wieder eine Art Glück. Dann öffnet sie ihre Augen. Innerhalb von Sekunden schmilzt der Schnee, die Kinder lösen sich auf, sie ist wieder allein. Alles ist so, wie es vorher war. Kein Mark, kein Karl, kein Tino, kein Reza, keine Uma, keine Nela. Gar nichts mehr. Nur Blum auf dem Parkplatz.

Sie schreckt auf. Blum hat Angst, dass er weg ist. Dass Daniel Lambert bereits gegangen ist. Dass sie kostbare Zeit verloren hat, vielleicht die perfekte Gelegenheit verpasst hat, es zu tun. Fast panisch klettert sie wieder nach vorne auf den Fahrersitz und sucht ihn, sein trauriges Gesicht, sein Auto. Es steht noch genau an dem Platz, an dem er es abgestellt hat. Lambert ist noch im Büro, Blum beruhigt sich, wartet weiter. Bis er die Treppen herunterkommt, bis er einsteigt und losfährt. Endlich. Sie folgt ihm, gibt Gas, wenn er Gas gibt, parkt, wenn er parkt. So als wäre nichts passiert, wach ist sie jetzt, hellwach. Sie wird ihn nicht verlieren. Sie wird mit ihren Kindern irgendwo im Winter einen Schneemann bauen. So muss es sein.

Daniel Lambert tankt. Blum schaut zu, wie er den Tankdeckel öffnet und schließt und wie er im Shop verschwindet. Wie er wieder herauskommt und in der Sonne steht und trinkt. Ein kleines Fläschchen. In einem Zug leert er es und wirft es weg. Ein paar Mal atmet er ein und aus, dann steigt er wieder in seinen Wagen und fährt weiter. Lambert mit dem Geschmack von Jägermeister in seinem Mund, weil er das Leben nicht mehr erträgt, weil es auch ihm zu schwer ist. Es muss so sein. Warum fällt er nicht um und ist tot? Warum fährt er nicht gegen einen Baum? *Stirb doch einfach*, denkt sie.

Es geht zum Kiez. Sie parken, Lambert geht voraus, Blum hinter ihm her. Ungesehen, nur eine Touristin ist sie, die über die Reeperbahn schlendert. Die Kapuze über den Kopf gezogen, bleibt sie immer wieder stehen, wartet, bis er weitergeht, bis er aus den Läden wieder herauskommt, in die er hineingeht. Alltag eines Kripobeamten, Abteilung Menschenhandel, Lambert hört sich bei seinen Informanten um, auch er will wissen, was in der Nacht passiert ist, warum Gonzo tot ist. Warum er auf einen Kran geklettert und heruntergefallen ist. Schieles rechte Hand, ein Grund, sich Sorgen zu machen, nachzubohren, zu schnüffeln. Lambert will wissen, ob Schiele etwas damit zu tun hat. Lambert will ihn ins Gefängnis bringen. *Seit Jahren will mir dieses Schwein an die Wäsche*, hat Schiele gesagt. *Er hat es verdient, Marie.*

Auf dem Weg Richtung Außenalster Schieles Stimme. *Du tust etwas Gutes, glaub mir.* Blum steht an einer Ampel und starrt auf ihr Brandzeichen, sie hat den Verband zur Seite geschoben, um zu sehen, ob es noch entzündet ist. Sein Name auf ihr, es tut immer noch weh. Seine Worte, die brennen in ihr. Was sie tun muss, damit er still ist, damit er aufhört, sich in ihr Leben einzumischen. Sie weiß es. Deshalb lässt sie Lambert nicht aus den Augen, ihr Fuß bleibt am Gaspedal. Bis Lambert wieder stehen bleibt. Dort, wo die Reichen wohnen, direkt am Ufer, an einem der schönsten Flecken Hamburgs steigt er aus und klingelt an einem Tor. Feudal ist das alles hier, eine prachtvolle Villa, ein Schloss fast, Blum fragt sich, was er hier will. Wer die Frau ist, die ihm öffnet. Warum Lambert durch den Vorgarten zur Eingangstür geht und in diesem Haus verschwindet.

Blum bleibt zurück. Wieder bleibt ihr nichts anderes übrig, als den Zeigern auf der Uhr zuzusehen, wie sie sich drehen. Sie kann nichts tun, um ihre Kinder zu retten. Nur das Haus beobachten, warten, bis Lambert wieder herauskommt. Sie weiß, dass sie sobald als möglich eine Entscheidung treffen muss. Es kann nicht ewig so weitergehen, Lambert fährt hierhin, Lambert fährt dorthin. Und ihre Kinder sind nicht dort, wo sie sein sollen. Bei ihr. In Sicherheit.

Zwanzig Minuten lang sitzt sie im Wagen. Dann steigt sie aus, geht am Zaun entlang und schaut in den Garten. Zeit totschlagen will sie, einen kurzen Blick auf die heile Welt hinter dem Zaun werfen. *Ich habe keine andere Wahl, Lambert.* Blum sagt es vor sich hin. Dann sieht sie es. Ganz plötzlich taucht dieses Bild vor ihr auf, der Ausweg, an den sie nicht mehr geglaubt hat. Wovon die Kinder gesprochen haben, wonach Blum verzweifelt gesucht hat. Ein Wunder aus Plastik. *Es gibt hier auch eine tolle Rutsche, Mama. So eine Rutsche wollen wir auch. Sie ist rot, Mama. Und groß und lang.* Ganz nah am Ufer steht sie. Blum kann sie sehen.

34

Lambert ist weg. Blum ist geblieben. Irgendwann kam er wieder nach draußen und ist in seinen Wagen gestiegen. Blum hat ihn fahren lassen, hat ihn nicht verfolgt. Sie ist vor dem Haus stehen geblieben und hat in den Garten gestarrt. Blum brennt. Sie will wissen, was es zu bedeuten hat. Ob das der Ort ist, an dem sie ihre Kinder finden wird. Es kann kein Zufall sein. Die Rutsche, dass Lambert hier gewesen ist. Dieses Haus muss mit Schiele zu tun haben. Vielleicht ist es die Frau, von der Gonzo gesprochen hat. Schieles Schwester, Blum will daran glauben. Auch wenn niemand von ihr weiß, es gibt sie, hier. Und die Kinder müssen ganz in der Nähe sein. *Wir wollen auch so eine Rutsche, Mama. Bitte fang uns auf, Mama. Wo warst du so lange, Mama?*

Doch es ist still. Da ist nichts, das ihr bestätigen würde, dass sie da sind. Niemand ist im Garten. Sie muss ins Haus, sie geht zum Tor. *Tierarztpraxis Zwischnovski* steht auf einem goldenen Schild. Blum klingelt und redet in die Gegensprechanlage. Sie setzt alles auf eine Karte, ein Bauchgefühl sagt ihr, dass es richtig ist. Dass die Tür aufgehen wird. Es ist so, als würde sie den richtigen Code in das Tastenfeld am Tresor drücken. *Ihr Bruder schickt mich*, sagt sie. Zwei Sekunden lang ist da Schweigen, dann öffnet sich das Tor.

Blum schließt die Augen. Ihr Herz schlägt wie wild, bleibt beinahe stehen. Sie hat sie gefunden. Uma und Nela. Ohne zu zögern geht sie zur Haustür und schüttelt der Fremden, die auf ihr Brandmal starrt, die Hand.

– Was will er denn jetzt schon wieder?
– Hätten Sie ein Glas Wasser für mich, ich fühle mich nicht so wohl.
– Ich sagte ihm doch, dass ich keine von euch hier sehen will.
– Bitte, ein Glas Wasser. Ich habe das Gefühl, dass ich mich übergeben muss.
– Wie bitte?
– Mir ist schlecht. Ich muss etwas trinken, dann geht es mir wieder besser.
– Wenn Sie mir meinen Teppich vollkotzen, bringe ich Sie um. Trinken Sie Ihr Wasser, und dann gehen Sie wieder. Ich will nicht, dass man Sie hier sieht, das ist mir peinlich. Das ist keine Gegend für Nutten, das werden selbst Sie einsehen, oder?
– Keine Gegend für Nutten?
– Nein. Und auch keine Gegend für irgendwelche windigen Polizisten, ich habe die Nase voll, sagen Sie meinem Bruder das. Ich will nicht, dass hier herumgeschnüffelt wird, ich will nicht, dass irgendeiner meiner Nachbarn auf die Idee kommen könnte, dass ich etwas mit diesem ganzen Dreck zu tun habe.
– Haben Sie das nicht?
– Nein, das habe ich nicht.
– Aber Sie wohnen doch in diesem schönen Haus hier, das haben Sie doch sicher nicht mit ehrlicher Arbeit finanziert.

– Ich bin Tierärztin, werde Ihnen aber garantiert nicht meinen finanziellen Hintergrund erläutern. Was ich aber tun werde, ist, Sie zu bitten, auf der Stelle mein Haus wieder zu verlassen.
– Sonst?
– Sagen Sie mir, was Sie von mir wollen, dann verschwinden Sie.
– Ich soll die Kinder abholen.
– Wie meinen Sie?
– Die Kinder, ich soll sie mitnehmen.
– Wer sind Sie?
– Wie Sie bereits richtig vermutet haben, ich bin eine Mitarbeiterin Ihres Bruders. Er hat mir gesagt, dass ich die Kinder hier abholen und zu ihm zurückbringen soll.
– Das hat er gesagt?
– Ja, das hat er gesagt.
– Ich habe keine Ahnung, wovon Sie reden.
– Doch, das haben Sie. Und deshalb sollten wir keine Zeit mehr verlieren. Geben Sie mir die Kinder, und ich werde sofort wieder verschwinden.
– Hier sind keine Kinder.
– Sie sagen mir jetzt sofort, wo sie sind.
– Ich sagte Ihnen doch, ich habe keine Ahnung, wovon Sie reden.
– Emma und Katrin.
– Ich kenne niemanden, der so heißt. Schon gar keine Kinder. Das können Sie mir glauben.
– Und was ist dann das da drüben?
– Was meinen Sie?
– Das pinke Federmäppchen.

– Das ist meines.
– Ist es nicht.
– Sie sollten jetzt wirklich verschwinden.
– Ich werde hier nicht ohne meine Kinder weggehen.
– *Ihre* Kinder?
– Ja, *meine* Kinder.
– Ich werde jetzt meinen Bruder anrufen.
– Das sollten Sie besser nicht tun.
– Doch, das werde ich.
– Nein, das werden Sie nicht.

Blum schlägt zu. Mit dem Glasaschenbecher. Vor zehn Sekunden sind noch Worte aus dem Mund dieser Frau gekommen, jetzt ist es still. Blum wollte, dass sie aufhört, die Tasten zu drücken. Das Mobiltelefon in ihrer Hand, Schieles Nummer, die sie wählen wollte. *Hier stimmt etwas nicht. Die Mutter der Kinder ist hier. Du solltest so schnell wie möglich herkommen und dich um sie kümmern.* Sie kann es ihm nicht mehr sagen. Bevor es bei ihm läuten konnte, ist sie umgefallen. Die Schwester liegt am Boden, wie ein Baum, den sie gefällt hat. Mitten im Wald. Dunkel ist es. Die dreckige Nutte hat das Licht ausgemacht.

35

Nichts. In keinem Zimmer des Hauses. Egal wie oft sie die Türen noch öffnet, wie sehr sie es sich wünscht. Keine Antwort auf ihr Rufen, keine Umarmung, keine Kinder. Nichts, in keinem Winkel des Hauses, keine Spur von ihnen. Nur Nelas Federmäppchen, das in der Küche neben der Kaffeemaschine liegt, nur die Gewissheit, dass sie hier waren, dass sie diese fremde Frau nicht umsonst niedergeschlagen hat. Die Buntstifte ihrer Tochter, die sie gefunden hat, sagen ihr, dass es richtig war. Der Spitzer, den Nela so liebt, die Füllfeder, die sie zu ihrem Geburtstag bekommen hat. Blum musste es tun. Sie hat sie gefesselt und geknebelt, ihr das Maul gestopft. Mit Klebeband zusammengeschnürt liegt sie in der Vorratskammer. Die Türe geschlossen, abgesperrt.

Blums Kinder waren hier. Und Schieles Schwester weiß, wo sie jetzt sind. Sie wird den Mund aufmachen, Blum wird dafür sorgen, dass die Frau ihr alles sagen, nichts für sich behalten wird. Weil Blum in der Küche steht und nach Werkzeugen sucht, nach Möglichkeiten, sie zum Reden zu bringen. Sie wird ihr so lange wehtun, bis Blum weiß, wo sie die Kinder finden wird. Sie wird erfahren, was Schiele vorhat, ob es den Kindern gutgeht, ob sie geweint haben. Sie schaut sich um. Hier haben sie die letzten Tage verbracht, so nahe ist Blum ihnen gekommen. Sie will die Luft aufsaugen, die sie geatmet haben, sie will wissen, wann Schiele sie weggebracht hat und wohin. Deshalb nimmt sie ein Nudelholz aus der Lade. Sie wird ihr damit die Fingerknochen brechen, die Zehenknochen, einen nach dem anderen, Blum wird so lange zuschlagen, bis Schieles Schwester alle Fragen beantwortet hat. Ohne Mitleid. Doch es kommt anders.

Blum will sich gerade umdrehen, als es an der Terrassentür klopft. Sie zuckt zusammen, fast gerät sie in Panik. Sie kennt den Mann, der ihr von draußen zuwinkt, sie weiß nicht, was sie machen soll, was sie sagen soll. Ob sie davonrennen, ob sie bleiben soll. Sie starrt nur in sein Gesicht, sieht seinen Mund, der auf- und zugeht. *Verzeihen Sie, ich hätte da noch eine Frage*, ruft er durch das Glas. So wie dieser liebenswerte, schusselige Kommissar aus dem Fernsehen, Columbo. Er kommt zurück. Daniel Lambert, der Mann, den sie umbringen muss, der Mann mit der kaputten Tochter. *Verdammt noch mal, denk nach, Blum. Was machst du jetzt? Was willst du sagen? Was will er hier?* Fragen, auf die Blum Antworten braucht, schnell, jetzt sofort. Weil er sich bereits wundert, warum sie nicht näher kommt, die Tür nicht öffnet. *Ich habe nur noch eine kleine Frage*, ruft er. *Dauert auch nicht lange.* Er zieht die Mundwinkel nach oben und grinst.

Lambert. Er will Schiele, nicht sie. Wegen ihm ist er hier, nicht wegen ihr. Lambert weiß nicht, wer sie ist, was sie hier macht, er hat keine Ahnung. Er ist nur hier, um zu schnüffeln. Lambert ist ungefährlich für sie. Wenn sie jetzt richtig reagiert, wird ihr nichts passieren, er wird einfach wieder gehen. Sie muss nur so tun, als wäre alles in Ordnung, er darf keinen Verdacht schöpfen. Alltag in der Villa ist es, sie ist nur eine Hausangestellte bei der Arbeit. *Ich komme*, ruft sie in seine Richtung und bindet sich die Schürze um, die auf der Anrichte liegt. Sie arbeitet hier. Sie kümmert sich um alles. Auch um ihn.

– Verzeihen Sie, das Tor stand offen. Ich habe geklingelt, aber Sie haben mich wohl nicht gehört.
– Sie haben mich erschreckt.
– Das wollte ich nicht, es tut mir leid.
– Ich dachte schon an einen Einbrecher.
– Ganz im Gegenteil, ich bin von der Polizei. Hier ist mein Ausweis. Ich war vorhin schon einmal hier, habe aber vergessen, Frau Zwischnovski noch etwas zu fragen. Könnte ich sie vielleicht sprechen?
– Das geht nicht.
– Ich weiß, dass Ihre Chefin keine große Lust hat, mit mir zu reden, aber ich muss leider darauf bestehen, sie noch einmal zu sehen. Sie muss wohl oder übel ein paar meiner Fragen beantworten, ansonsten muss ich darauf bestehen, dass sie auf die Dienststelle kommt.
– Es tut mir leid, aber sie ist nicht mehr da. Sie musste nach Frankfurt, wichtige Termine, sie wird heute nicht wiederkommen. Aber vielleicht kann ich Ihnen weiterhelfen?
– Sie arbeiten hier?
– Ja, seit kurzem.
– Und wie gefällt es Ihnen? Dieses Haus, der Garten, das muss ein Traum sein, oder? Hier zu arbeiten, meine ich.
– Es geht so. Meine Chefin ist nicht gerade ein Sonnenschein. Sie haben sie ja kennengelernt.
– Ich weiß, was Sie meinen. Sie wissen, wer sie ist, oder? Wie

ihr familiärer Background aussieht, wie diese Familie ihr Geld verdient?

– Ja, das weiß ich.
– Haben Sie auch ihren Bruder kennengelernt? Schiele?
– Oh ja, das habe ich. Er hat sich richtig eingebrannt in mir. Hier, schauen Sie sich das an. Wie liebevoll er sich um mich gekümmert hat. Hübsch, nicht wahr?
– Das tut mir sehr leid.
– Das soll mich immer daran erinnern, wo ich hingehöre. Ist doch praktisch, oder? Meine Familie kümmert sich um mich. Schiele passt auf mich auf.
– Schiele ist ein Schwein.
– Finden Sie?
– Ja, das finde ich.
– Dabei habe ich noch Glück. Ich darf hier arbeiten, muss nicht mehr anschaffen, Schiele hat mich quasi zu seinem Schmuckstück auserkoren. Niemand anderer soll mich angreifen. Ich sitze hier praktisch im goldenen Käfig und warte darauf, bis er Lust auf mich bekommt. Ist doch ein Glück, oder?
– Wie heißen Sie?
– Marie.
– Ich bin Daniel.
– Wollen Sie einen Eierlikör?
– Eierlikör?
– Ja, davon gibt es hier flaschenweise. Alles andere fällt auf. Sie kontrolliert mich.
– Na dann, Eierlikör.

Blum nimmt eine der vielen Flaschen, die auf dem Beistelltischchen stehen, und schenkt aus. Es ist so, wie sie es vermutet hat. Gierig nimmt er ihr Angebot an, zögert nicht, hebt das Glas und trinkt. *Prost*, sagt er. *Wollen Sie noch einen*, fragt Blum. Lambert nickt. Daniel und Marie nebeneinander in der fremden Küche. Sie siezen sich. Zwei Eindringlinge, die sich unterhalten, während Schieles Schwester hinten in der Vorratskammer stöhnt. *Das ist keine Gegend für Nutten, das werden selbst Sie einsehen, oder? Keine Gegend für irgendwelche windigen Polizisten.* Und doch sitzen sie hier und trinken selbstgemachten Likör. Liebevoll bemalte Etiketten, wahrscheinlich Preise für irgendeine Tombola, das gute Werk der reichen Dreckskuh. Schieles Schwester, die hier im Paradies lebt, die so tut, als hätte Schieles Sumpf nichts mit ihr zu tun.

Frau Doktor Zwischnovski. Kühl und distanziert. Blum überlegt, ob man sie hören kann. Wahrscheinlich nicht, die Eichentüren sind fast schalldicht, aus guter Qualität ist alles. Der Esstisch, die Böden, die weißen Designersofas im Wohnzimmer. *Kommen Sie mit*, sagt Blum. *Machen wir es uns gemütlich.* Lambert nickt. Er nützt die Chance, er lernt endlich jemanden kennen, der bereit ist zu reden. Jemanden aus Schieles Stall, der es wagt, den Mund aufzumachen, ihm etwas zu erzählen über ihn, über seine Schwester. Jemand, der keine Angst hat. Marie mit der Flasche Eierlikör in der Hand. Marie, die ihn anlächelt. Die weiter in ihrer Rolle aufgeht. Theater spielt. Weil es um ihr Leben geht, um ihre Kinder, um Informationen, die sie braucht. Die ihr helfen, Uma und Nela zu finden. Jeder Strohhalm ist ihr recht. Sie nimmt ihn. Egal wie gefährlich es ist.

Lambert. Wie er vor ihr sitzt und darauf wartet, dass sie sein Glas ein weiteres Mal füllt. Ein trauriger Mann, den sie mit Leichtigkeit erschlagen könnte. Mit dem gläsernen Aschenbecher, mit zehn anderen Gegenständen im Raum. Ihn töten, alle Spuren verwischen und verschwinden. Schiele würde sie dafür lieben, sie hätte einmal mehr nach seinen Regeln gespielt. Wenn da seine Schwester nicht wäre, die in der Vorratskammer ungeduldig auf sie wartet. Blum hat die Falsche niedergeschlagen, das war ein Foul, das ihr Schiele nicht verzeihen würde. Anstatt Lambert zu töten, sitzt sie also bei ihm. Dass er Polizist ist und sie eine gesuchte Mörderin, vergisst sie für einen Moment. Wie alte Freunde unterhalten sie sich gemütlich auf dem Sofa.

– Ich rede normalerweise nicht mit Polizisten.
– Danke, dass Sie es trotzdem tun.
– Das wird aber nichts bringen, Sie werden sehen.
– Wenn Sie gegen ihn aussagen, können wir ihn aus dem Verkehr ziehen.
– Sie können mir nicht helfen, glauben Sie mir.
– Wir könnten es doch versuchen, oder?
– Warum sollten Sie mir helfen wollen? Ich kann Ihnen doch völlig egal sein.
– Sind Sie aber nicht.
– Warum nicht?
– Weil ich weiß, wie demütigend das ist.
– Was?
– Das mit Ihrem Arm. Das tut mir wirklich sehr leid. Ich weiß, wie sich das anfühlt. Wie es Ihnen geht.
– Gar nichts wissen Sie. Sie haben keine Ahnung, wie das

ist. Wie sehr ich mir jeden Tag wünsche, dass es weggeht. Dass das alles nie passiert wäre. Dass ich diesem widerlichen Menschen niemals begegnet wäre. Keinen Schimmer haben Sie davon.

– Ich habe einige Frauen getroffen, mit denen er das Gleiche gemacht hat. Denen er wehgetan hat, denen er alles genommen hat. Schiele hat viele Leben zerstört.
– Und Sie sind der gute Samariter, oder was?
– Nein, ich bin Vater.
– Und deshalb wissen Sie, wie es mir geht?
– Ich habe eine Tochter, und ich würde alles für sie tun. Aber leider bin ich zu spät gekommen. Ich habe ihr nicht helfen können.
– Was ist mit ihr passiert?
– Sie konnte nicht mehr damit leben.
– Womit?
– Mit diesem Brandzeichen auf ihrer Haut.

36

Seine Tochter. Eine junge Frau, der Schiele das Leben genommen hat, das Recht auf Glück, auf Liebe. Ganz langsam hat er sie kaputtgemacht, sie verführt, entfremdet und am Ende weggeworfen. Lambert spricht darüber, wie seine Frau gestorben ist und dass da plötzlich ein großes Loch war, eine Trauer, mit der alles angefangen hat. *Maja hat nicht mehr geredet. Sie wollte nichts mehr mit mir zu tun haben.* Ein hübsches Mädchen, traurig, sie fühlte sich unverstanden, war einsam. Und so hat Schiele sie gefunden. Er sprach sie in einer Diskothek an, behandelte sie wie einen Schatz. Am Anfang trug er sie auf Händen, machte ihr Komplimente, kaufte ihr Blumen, er sagte ihr, dass er sich unsterblich in sie verliebt habe. Dass er endlich seine Traumfrau kennengelernt habe. Der schöne Schiele. Und kein Wort darüber, dass er Zuhälter ist, nichts davon, dass er sie einige Wochen später dazu überreden würde, für ihn auf den Strich zu gehen. Nur das Glück, in das sie sich für kurze Zeit flüchten konnte.

Schieles Alltag. Und Maja nur eines von vielen Mädchen, das den Weg auf den Strich fand. Schieles Aufgabe war es, für Nachschub zu sorgen, er war der Anposierer damals. Der Zuhälter, der den Stall mit frischen Hennen füllte. Schiele war charmant, großzügig und versprach ihnen immer die Liebe.

Was die Mädchen bekamen, schaute am Ende aber anders aus. Freier, um die sie sich kümmern mussten. Damit er zufrieden mit ihnen war, damit sie in seiner Gunst blieben. Abhängigkeit und Verletzungen. Jeden Tag kamen neue hinzu. *Lange Zeit habe ich nichts davon gewusst. Ich war zu sehr mit mir selbst beschäftigt. Ich habe Maja im Stich gelassen.*

Lambert weint, als er davon erzählt. *Ich arbeite in dieser Abteilung, es ist alles vor meinen Augen passiert, aber ich habe es nicht gesehen.* Dass Schiele ihm seine Tochter genommen hat. Dass sie sich für diesen Mann verkauft hat. Dass Freier sie bestiegen, sie wie Dreck behandelten, nur damit Schiele sie gern hatte. Lambert weiß, was seine Tochter durchgemacht hat, er kennt die Mädchen auf der Straße, es gehört zu seiner Arbeit, mit ihnen zu reden, hinzuhören. Maja war Schiele verfallen. So sehr, dass sie auch das mit dem Brandzeichen über sich hat ergehen lassen, sie wollte Schiele zeigen, dass sie es ernst meinte. Dass es keinen Grund gab, sie gegen ein neues Mädchen auszutauschen, dem er die Welt versprach. Schiele war Majas Traummann. Trotzdem hat er sie weggeworfen.

Sich zu erinnern, tut Lambert weh. Er quält sich, holt aber trotzdem alles von unten nach oben. *Sie ist damals ausgezogen von zu Hause, ich hatte sie nicht mehr im Blick, ich habe nicht mitbekommen, wie sie langsam zerbrach. Maja hat irgendwann einsehen müssen, dass sie keine Prinzessin war, die ihren Prinzen gefunden hat. Nichts anderes als seine Hure war sie. Eine Hure ohne Mutter, eine Hure, deren Vater mit sich selbst beschäftigt war. Eine Hure, die sich vor den Zug warf, weil sie es nicht mehr ausgehalten hat. Keinen Tag länger konnte sie dieses*

Leben ertragen, das keines war. Ein Zug sollte es beenden. Doch das hat nicht funktioniert.

Tränen laufen über Lamberts Wangen. Blum muss gar nicht nachfragen, er spricht einfach weiter. Von sich aus, es ist so, als wäre er froh, endlich darüber reden zu dürfen. Über sein schlechtes Gewissen. Darüber, dass er nicht auf Maja aufgepasst hat. Über seinen Schmerz, weil er durch seine Arbeit weiß, was sie durchgemacht hat. Seine kleine Maja. Eine junge Frau, die ihre Beine verloren hat, anstatt zu sterben. Jeden Tag aufwachen und sich erinnern. An all die Schwänze, die grunzenden Männer, die dreckigen Matratzen, auf denen sie wehrlos gelegen hat. Jeden Tag. *Es hört nicht auf*, sagt Lambert. *Ich sehe es immer vor mir. Stelle es mir vor. Was die Männer mit meinem kleinen Mädchen gemacht haben. Und deshalb hasse ich ihn. Schiele wird irgendwann dafür bezahlen. Und wenn es das Letzte ist, was ich tue.*

Hass in seinem Gesicht. Verzweiflung, Trauer, Wut. Und die Flasche Eierlikör in seiner Hand. Lambert schenkt sich nach und trinkt. *Wissen Sie, was das einzig Gute an der Sache mit dem Zug war*, fragt er. *Das Brandzeichen war auf ihrem Oberschenkel. Und den Oberschenkel gibt es jetzt nicht mehr.* Ein gequältes Lachen kommt aus seinem Mund.

Es ist so, als wäre es Lambert egal, was Blum denkt, was sie sagen wird, was sie von ihm hält. Dass er vor ihr zusammenbricht. Er nimmt in Kauf, dass die schöne Marie ihm Sätze entgegenwerfen könnte. *So ist das Leben, Lambert. Glaubst du, dass es mir anders geht? Dass dein kleines feines Töchter-*

chen die Einzige ist, die Schwänze lutschen musste in diesem Alter? Eine von Schieles Nutten sitzt ihm gegenüber. Das ist das, was er denkt. Eine, die aussteigen will. Das hat sie ihm gesagt. Eine, die ihm zuhört, die Schiele ebenfalls hasst. Deshalb redet er mit ihr, öffnet er sich, lässt sich gehen. *Was soll das alles noch*, fragt er. *Die Beine wachsen nicht mehr nach.* Blum nickt nur. Weil sie weiß, dass er Recht hat.

Je länger er spricht, desto näher kommen sie sich, sie haben denselben Feind. Es fühlt sich gut an, fast so, als wäre sie nicht allein. Doch Lambert ist Polizist. Sie spielen nicht in derselben Mannschaft, sie wird keinen Schritt weiter gehen, als sie es schon getan hat. Blum wird auf der Stelle damit aufhören. Keine Zeit mehr verlieren, sie muss ihn irgendwie loswerden, sich um ihre eigenen Kinder kümmern. Während Lambert beginnt, über Gonzo und den Richter zu sprechen, schwört sie sich, dass sie nicht zulassen wird, dass Uma und Nela etwas passiert. Schiele wird ihnen nichts antun, niemand wird mehr ein Bein verlieren, Blum wird sie rechtzeitig finden. Sie drängt zum Aufbruch. *Ich kann Ihnen leider nicht helfen*, sagt sie. *Und ich muss jetzt wieder meine Arbeit machen, sonst bekomme ich Probleme. Trinken Sie bitte aus, ich muss die Gläser abspülen.* Höflich ist sie. Sie bittet ihn zu gehen, schreibt sich seine Telefonnummer auf, verspricht ihm, sich zu melden, wenn sie etwas Ungewöhnliches beobachtet, wenn sie etwas in Erfahrung bringt. Etwas über den Tod von Schieles rechter Hand, eine Verbindung zu dem Richter, der Schieles Vater ins Gefängnis gebracht hat. Lambert bittet sie darum. Blum nickt und drückt seine Hand. *Vielen Dank, dass Sie mit mir geredet haben*, sagt er.

Ich werde mein Bestes geben, sagt sie. Dann geht er durch die Terrassentür hinaus in den Garten. Und Blum zurück in die Vorratskammer.

37

Ich weiß nicht, wo Ihre Kinder sind. Mein Bruder hat sie abgeholt. Er hat nicht gesagt, wohin er sie bringen würde. Wahrscheinlich hat er schon damit gerechnet, dass Sie sich auf die Suche nach Ihren verwöhnten Bälgern machen. Immer noch ist dieses Überhebliche in ihrer Stimme, das klare Signal an Blum, dass sie es ist, die bestimmt. Auch wenn sie gefesselt vor Blum am Boden liegt, Schieles Schwester versucht, die Kontrolle zu behalten. *Binden Sie mich sofort los, sonst wird mein Bruder sich nicht nur um Ihre Kinder kümmern, sondern auch um Sie. Und das wird für alle nicht gut ausgehen, das können Sie mir glauben.*

Auch wenn Blum nichts lieber tun würde, als so lange mit dem Nudelholz auf sie einzuschlagen, bis sie ihren verdammten Mund hält, sie tut es nicht. Sie schluckt ihre Wut hinunter und stellt ihre Fragen. *Haben sie nach mir gefragt? Geht es ihnen gut?* Blum will hören, dass alles in Ordnung ist. Dass sie unverletzt sind, dass die reiche Dreckskuh ihnen nichts getan hat. *Die Große hat geweint. Sie hat den ganzen Tag rumgeflennt, sie wollte sich nicht beruhigen lassen. Ein gestörtes Kind ist das.* Schieles Schwester macht weiter, sie hört nicht auf, Blum zu demütigen, sie will ihr klarmachen, dass es keinen Ausweg für sie gibt, dass sie ihre Kinder nur dann wiedersehen wird, wenn Schiele es will, wenn Blum sich wieder in die Reihe der folgsamen Nutten einreiht und tut, was ihr gesagt wird.

Ich denke, Sie müssen nicht allzu viel Angst haben, Ihre Bälger sind noch nicht alt genug zum Ficken. Mein Bruder wird sie wohl in Ruhe lassen. Aber nur, wenn Sie jetzt verschwinden. Wenn Sie mir die Fesseln abnehmen und die Tür hinter sich zumachen. Ich bin kein Unmensch, ich sehe, wie Sie sich für Ihre Kinder einsetzen. Obwohl ich ehrlicherweise nicht ganz verstehen kann, wie so jemand wie Sie überhaupt glaubt, Kinder in die Welt setzen zu müssen. So etwas wird mir immer ein Rätsel bleiben. Trotzdem werde ich ein Auge zudrücken, Sie können gehen, wenn Sie jetzt das Richtige tun. Schieles Schwester redet um ihr Leben. Aber Blum hat nicht vor, sie gehen zu lassen. Keine Sekunde lang.

Da ist so viel Wut in diesem Moment. So viel Hass, Blum will diese Frau ausschalten. Wie ein Radio, aus dem schlechte Musik kommt. Einfach einen Knopf drücken, immer wieder, so lange, bis sie tot ist. Off. Kein Wort mehr, das wehtut, keine Beleidigungen mehr, keine Verachtung, kein einziger Satz mehr über Uma und Nela. Blum will nichts mehr hören. Aber noch hält sie sich zurück. Sie schaut diese Frau an und überlegt, was als Nächstes zu tun ist. Schieles Schwester ist wie Geld in diesem Moment. Geld, mit dem Blum vermutlich ihre Schulden bezahlen würde, Geld, das Schiele um jeden Preis würde haben wollen. Ein Teil seiner Familie, jemand, der ihm wichtig ist, jemand, für den er alles tun würde. Ein Schatz, den sie behutsam verpacken und transportieren muss. So, dass es niemand mitbekommt. Von A nach B, ohne Aufsehen, kein Stöhnen, kein Schreien, keine Spuren.

Blum läuft durch das Haus, sie sucht die Praxis, eine andere Tür, die aufgehen würde, den Behandlungsraum, den Schrank mit den Medikamenten. Wonach sie gesucht hat, es ist da. Ketamin, Betäubungsmittel. Ampullen, fünfhundert Milligramm. Alles, was sie braucht, in einer Schublade. Sie zieht eine der Spritzen auf, nach Gefühl, weil sie keine Ahnung hat, wie viel es sein soll, wie viel davon einen Elefanten zum Umfallen bringen würde, wie viel ein Kaninchen. Behutsam verschließt sie wieder alles, sie bemüht sich, nichts zu berühren. Mit einem Tuch wischt sie alles ab, sie spült die Gläser, aus denen sie mit Lambert getrunken hat. Sie schafft Ordnung. Ganz langsam, geduldig, ohne etwas zu vergessen. Obwohl alles in ihr brennt, sie lässt sich Zeit, sie will nichts übersehen. Die aufgezogene Spritze auf der Kommode neben dem Bücherregal im Wohnzimmer. Dann geht sie zurück in die Vorratskammer.

Wo waren Sie? Was fällt Ihnen ein, mich hier allein zu lassen? Mein Bruder wird Sie umbringen für das hier. Das ist Ihnen doch klar, oder? Was sind Sie nur für eine dumme Kuh. Sie haben ja keine Ahnung, was er mit Ihnen machen wird. Was auch immer Sie jetzt vorhaben. Sie ahnt, dass etwas Schlimmes passieren wird, sie spürt, dass Blum es ernst meint. *Was um Himmels willen ist das? Sind Sie verrückt geworden? Das können Sie nicht tun.* Schieles Schwester schreit. In diesem Moment weiß sie, dass Blum sie auf keinen Fall gehen lassen wird. *Intramuskulär* steht auf der Ampulle. Blum sticht zu. In ihren Oberschenkel, alles, was in der kleinen Spritze ist. Frau Doktor Zwischnovski soll aufhören zu reden. Das Ketamin kommt in ihr an. Das Radio geht aus. Da ist kein Lied mehr.

Eine Frau am Boden. Wenn sich ihr Brustkorb nicht heben und senken würde, es wäre nur eine weitere Leiche, um die sich Blum kümmern müsste. Ein Stück Fleisch, das sie entsorgen, das sie irgendwohin bringen müsste, wo niemand es sehen und riechen kann. Vergraben, unter der Erde ablegen, die Lebenden von den Toten trennen, einen sauberen Strich ziehen, Alltag für Blum. Wie sie den Körper durch den Raum zerrt, wie sie die Biomülltonne im Garten ausleert und ins Haus rollt. Wie sie mit aller Kraft den Körper hochhebt und in die Tonne steckt. Ohne Rücksicht zu nehmen. Blum verbiegt sie, drückt, stopft, nur Müll ist es. Die kleine zierliche Frau und dieser Geruch nach vergammeltem Essen, nach Maden, die die Tonnenwand entlangkriechen. Und Deckel zu.

Schieles Schwester ist weg. Dort verborgen, wo niemand sie vermutet. In einer Mülltonne, wie es Tausende gibt in Hamburg. Blum parkt den Wagen ganz nah am Eingang und rollt die Tonne zum Auto, zerrt sie auf die Ladefläche. Ein Plastiksarg auf Rollen ist es, der Deckel mit Klebeband fixiert. Gelassen und ruhig fährt Blum quer durch Hamburg, nachdem sie alle Türen wieder verschlossen, alle Spuren verwischt hat. Schieles Schwester rührt sich nicht mehr. Einen kurzen Moment lang ist da so etwas wie Hoffnung.

38

– Mama, schau mal, was ich gemacht habe.
– Bitte etwas leiser, Katrin. Emma schläft.
– Ich heiße Nela, Mama. Nicht Katrin.
– Ich weiß, mein Schatz. Trotzdem ist es wichtig, dass wir uns daran gewöhnen, das weißt du doch. Emma, Katrin und Marie. Wir schaffen das, du wirst sehen.
– Ich mag diese Namen nicht mehr, ich will, dass wir wieder so heißen wie früher.
– Das geht leider nicht.
– Ich will endlich wieder nach Hause, Mama. Ich will, dass alles wieder so wird wie auf dem Bild, das ich gemalt habe.
– Zeig mal her.
– Das da auf der Bank vor dem Haus bist du. Das neben dir ist Reza. Weil Papa ja nicht mehr da ist. Ihr sitzt in der Sonne, so wie du es gerne magst, Mama. Und wir sind da drüben, Uma und ich. Wir sind auf den Kirschbaum geklettert, wir sitzen ganz oben und spucken die Kerne nach unten auf den Leichenwagen. Du und Reza, ihr könnt das aber nicht sehen. Ihr redet miteinander. Schau mal, wie du lachst, Mama. Das ist doch schön, oder?
– Ja, das ist es. Ein wunderschönes Bild hast du da gemalt.
– Und da oben auf der Wolke, das ist Opa. Er ist frisch im Himmel, deshalb sieht man ihn noch. Papa ist schon unsichtbar.

– Papa hat euch lieb, auch wenn er nicht mehr da ist. Das weißt du, oder?
– Papa ist tot, Mama.
– Trotzdem. Papa und Opa passen auf euch auf.
– Das ist Blödsinn. *Du* musst auf uns aufpassen, Mama. Sonst ist da keiner mehr. Kein Kirschbaum, kein Opa, kein Papa, kein Reza. Nur du und wir.
– Wir schaffen das.
– *Du*, Mama. *Du* musst das schaffen. Wir sind nur Kinder.
– Die besten Kinder der Welt.
– Vielleicht sollten wir auch sterben, Mama.
– Was redest du da? Wie kommst du nur auf solche Sachen?
– Dann wären wir alle wieder zusammen.
– Das ist Quatsch. Niemand wird hier sterben. Keine Toten mehr in dieser Familie, damit das klar ist.
– Versprochen?
– Ja, versprochen. Ich werde auf euch aufpassen. Auf uns alle. Ihr werdet sehen.

Blum erinnert sich. Die kleine Stimme, die vor ein paar Tagen noch ganz nah war. Die Zeichnung, die in der Mittelablage des Leichenwagens liegt. Die sie jetzt in ihrer Hand hält. Alles, was Nela gesagt hat, während Blum nur dasitzt und wartet. Sie will nicht aussteigen, sie will bleiben, sich noch länger erinnern, dieses Gefühl wieder herholen, die Umarmung, die da war. Wie sie Nela an sich gedrückt hat, wie sie ihre Haare gestreichelt hat. Ganz lang. Hin- und hergewiegt hat sie ihr kleines Mädchen. Angelogen hat sie es. *Ich werde auf euch aufpassen.* Das hat sie nicht getan. Nicht so, wie sie es hätte tun müssen. Sie hat alles falsch gemacht. Seit Mark tot ist. Alles. Ein Schritt nach dem anderen, immer tiefer in den Dreck, immer weiter nach unten. Kein Weg mehr zurück. Was Nela gemalt hat, ist nur ein Traum, nur Papier, das sie zusammenfaltet. Behutsam versteckt sie es in ihrer Tasche. Dann steigt sie aus.

Blankenese. Es ist wie immer. Und es tut weh. Der Blick zurück zur Elbe, bevor sie nach oben geht. Der Wunsch, mit den Kindern Hand in Hand über den Sand zu laufen, das Wasser, die Schiffe, die vorbeiziehen, große, kleine, wie sehr sie es vermisst. Das Kinderlachen an ihrer Seite. Wie weh es tut, sich daran zu erinnern, die Bilder in ihrem Kopf anzusehen, die sie erst vor knapp einer Woche aufgenommen hat. Uma und Nela. Sie sind nicht mehr da. Egal wie lange sie noch am Elbufer stehen bleibt, sie werden nicht hier entlanglaufen und in Blums Armen verschwinden. Deshalb öffnet sie den Laderaum und zerrt die Mülltonne nach draußen. Sie muss das Treppenviertel nach oben, zu dem kleinen Haus, das sie liebgewonnen hat, das irgendwann ihre Heimat hätte werden können. Blum muss die Tonne über die Treppen nach oben ziehen, schnell, bevor Schieles Schwester aufwacht, bevor jemand kommt und sie fragt, ob er helfen könne. Warum sie mit einer Mülltonne durch die Gegend laufe. Was denn in der Tonne sei. Warum sie sich nicht helfen lassen wolle. Fragen, die sie nicht hören will. Deshalb zieht sie sie mit aller Kraft nach oben, schneller. Nur zwei oder drei Minuten noch, dann ist sie am Ziel. Keiner kommt. Keiner sieht sie. Bis zum Gartentürchen muss sie es schaffen. Nur ein paar Meter noch.

Blum atmet schwer. Sie rollt die Tonne in den Garten. Sie hat es geschafft, Schieles Schwester ist immer noch still, sie hat nicht geschrien, die Nachbarschaft nicht alarmiert, alles läuft nach Plan. Dem Plan, den sie eigentlich nicht hat. Blum ist nur froh, dass sie angekommen ist, dass sie den Erdkeller öffnen und ihre Fracht dort abliefern kann. Ungesehen, einmal noch muss sie sich anstrengen, sie so schnell wie möglich aus der Tonne zerren, sie im Geheimversteck ihrer Kinder verschwinden lassen. Der perfekte Ort. Niemand weiß davon, auch Schiele nicht. Blum hat den Kindern irgendwann den Gefallen getan und die alte Holztür aufgebrochen, die sie hinter dem Gestrüpp am Hang entdeckt hatten. Blum hat nachgesehen, was sich dahinter verbarg. Eine Woche lang hat sie Gerümpel entsorgt, saubergemacht, tiefer gegraben, die Wände abgestützt. Der Erdkeller, den man früher wahrscheinlich für die Kühlung von Lebensmitteln genutzt hatte, wurde zum Abenteuerspielplatz für die Kinder. Ihr eigenes Reich haben sie bekommen, ihr kleines verborgenes Paradies, in dem Schieles Schwester jetzt ankommt.

Blum stößt den Körper nach unten, rollt ihn in eine Ecke, lässt ihn liegen. Dann geht sie wieder nach oben, ins Haus, zum Kühlschrank, sie nimmt eine Flasche und trinkt. Und obwohl sie eigentlich kaum noch stehen kann, geht sie wieder zurück. Anstatt sich hinzulegen und endlich zu schlafen, läuft sie wieder in den Garten, in den Erdkeller, zu Schieles Schwester. Weil etwas in ihr laut schreit, weil sie spürt, dass etwas nicht stimmt. Schieles Schwester wacht nicht auf, sie ist schon zu lange weg, Blum muss sie zurückholen, sich beeilen, schnell sein. Sie darf nicht sterben.

Blum schüttelt sie. Doch Schieles Schwester bewegt sich nicht. Sie atmet, aber sie rührt sich nicht. Blum schreit sie an, sie schlägt ihr ins Gesicht, sie hebt ihren Oberkörper hoch, zieht an den schlaffen Armen. Doch nichts. Die Tierärztin bleibt liegen. Blum googelt, sie fragt das Netz, wie man jemanden zurückholen kann. Aber keine Antworten. Nichts, das hilft. Nichts, das ihr die Angst nimmt, die von Minute zu Minute größer wird. Die Panik, die aufsteigt, weil der Gedanke, dass sie zur Mörderin von Schieles Schwester werden könnte, unerträglich ist. Was es bedeuten würde, wenn er es erfährt. Was er mit ihr machen würde, mit den Kindern. Nichts mehr wird übrig bleiben. Gar nichts mehr.

Blum legt sich neben sie. Ganz nah ist sie ihr. Sie hört auf das Atmen. Blum betet dafür, dass es nicht vorbei ist. Dass dieses verdammte Herz neben ihr weiterschlägt. Ganz still ist sie. Immer wieder hält Blum die Luft an. Kühl ist es. Und dunkel im Erdkeller. Nur einen Spalt hat sie die Tür offengelassen. Da ist nur ein kleiner Lichtstrahl. Der Rest vom Tag, bevor es dunkel wird.

39

So gerne würde Blum schlafen. Aber sie muss noch wach bleiben. Sie zwingt sich. In Gedanken schreit sie sich an. *Du wirst bei ihr bleiben, Blum. Sie hat dir nichts getan. Sie ist nicht verantwortlich für ihren Bruder. Du hast einen großen Fehler gemacht, Blum. Schon wieder.* Immer wieder diese Sätze, die wie Schnitte in ihre Haut sind, Sätze, die sie wieder zwei Stunden wachhalten. *Wenn sie stirbt, wird er dich töten, Blum. Und auch die Kinder.* Er wird keine Sekunde zögern. Wenn diese Frau neben ihr nicht endlich aufwacht, ihr diesen Wunsch nicht erfüllt. *Nicht sterben. Bitte nicht sterben.* Verzweifelt flüstert sie es. So lange, bis die Augen wieder aufgehen.

Woran sie nicht mehr geglaubt hat, es passiert. Schieles Schwester kommt zurück. Ein leises Stöhnen zuerst, dann ein lautes *Nein*, sie schreit. Um Hilfe zuerst, dann Blum an. Sie schimpft, sie brüllt, sie will, dass ihr jemand hilft, sie losbindet, sie versteht die Welt nicht mehr, schaut sich um, sie begreift nicht, wie sie hierhergekommen ist, warum Blum neben ihr sitzt und sie mit einem Lächeln im Gesicht anstarrt. Die gefesselte Frau krümmt sich. Sie will sich losreißen, davonrennen, aber sie kann nicht. Ihre Hilferufe kommen nirgendwo an, keiner hört sie, die Erde schluckt alles, jedes Wort. *Ich bin sehr froh, dass Sie das überlebt haben*, sagt Blum. Dann ist sie wieder still und wartet. Bis das Geschrei ein Ende nimmt. Bis nur noch Tränen aus den angsterfüllten Augen kommen. Schieles Schwester hat sich beruhigt. *Wasser*, sagt sie. *Bitte, etwas zu trinken.* Dann steht Blum auf und lässt sie allein. Kommt mit einer Flasche zurück. *Wir machen jetzt ein hübsches kleines Video*, sagt sie. *Dann gebe ich Ihnen zu trinken.*

– Was wollen Sie von mir? Ich habe Ihnen doch nichts getan. Warum machen Sie das?
– Sie können Ihrem Bruder gerne sagen, wie es Ihnen geht. Wir machen jetzt gleich eine kleine Aufnahme. Er wird sich bestimmt freuen, von Ihnen zu hören.
– Wollen Sie Geld?
– Ich will nur meine Kinder, sonst nichts.
– Bitte hören Sie auf damit. Wir können das anders lösen, glauben Sie mir. Ich kann Ihnen helfen.
– Das tun Sie bereits. Auf eins geht es los. Also nützen Sie Ihre Chance. Drei, zwei, eins, Aufnahme läuft.
– *Hermann, du musst mir helfen. Egal, was sie von dir will, gib es ihr. Gib ihr die Kinder, sonst bringt sie mich um. Sie hat mir irgendwas gespritzt, du musst mich hier rausholen.*
– Und stopp. Das müsste reichen.
– Ich habe Durst.
– Ihr beschissener Bruder heißt also Hermann?
– Ja.
– Hermann wollte also kein Hermann mehr sein, das verstehe ich. Egon Schiele klingt wesentlich besser.
– Es tut mir leid.
– Was?
– Dass er Ihnen die Kinder weggenommen hat. Das hätte

er nicht tun sollen. Ich kann wirklich verstehen, dass Sie wütend sind.

– Hoffen wir mal, dass er tut, worum Sie ihn gebeten haben. Dass er seine Schwester liebt, dass ihm Familie tatsächlich so wichtig ist. Ansonsten schaut es sehr schlecht für Sie aus.
– Ich kann verstehen, was Sie durchmachen.
– Nein, das können Sie nicht.
– Bitte geben Sie mir zu trinken, mein Kreislauf bricht zusammen. Ich muss mich bewegen, bitte, binden Sie mich los. Ich verspreche Ihnen, dass Hermann alles machen wird, um mich hier rauszuholen. Er wird Ihnen Ihre Kinder zurückgeben, das weiß ich. Er wird keine Sekunde lang zögern, glauben Sie mir. Wenn Sie ihm das Video schicken, wird er alles tun, was Sie von ihm wollen.
– Das hier geht nicht gegen Sie persönlich, aber ich kann nicht zulassen, dass meinen Kindern etwas passiert.
– Glauben Sie mir, Sie haben mein volles Mitgefühl. Ich werde alles tun, um Ihnen zu helfen.
– Ich werde jetzt gehen.
– Bitte nicht. Ich kann mich nicht bewegen. Ich habe Durst. Sie dürfen mich hier nicht alleine lassen, Sie wollen doch nicht, dass ich sterbe. Bitte binden Sie mich los. Die Hände wenigstens. Damit ich trinken kann. Sie sind doch kein Unmensch, oder?
– Gut, die Hände.
– Sie werden es nicht bereuen, wenn Sie mir helfen.
– Ich werde Ihnen zu trinken geben, aber mehr kann ich nicht für Sie tun. Ich werde Sie jetzt für einige Stunden alleine lassen, stellen Sie sich darauf ein. Es hängt ganz von Ihrem Bruder ab, wie lange das hier alles dauern wird.

– Ich weiß, wo wir sind. Wo Sie mich hingebracht haben.
– Trinken Sie. Und hören Sie auf zu reden.
– Hermann und ich haben als Kinder hier gespielt. Ich wusste gar nicht, dass der Keller noch existiert, ich dachte, hier ist alles zugewachsen und verschüttet.
– Genug geplaudert.
– Ein wunderbares Haus ist das, ich verstehe nicht, warum er Sie hier untergebracht hat. Ich konnte es kaum glauben, als er mir erzählt hat, dass er das kleine Paradies hier zum Personalhaus umfunktionieren will.
– Ich werde Sie jetzt wieder fesseln, und dann werde ich gehen. Mehr Zuwendung und Mitleid gibt es von mir nicht.
– Ich muss Ihnen aber noch etwas sagen, bevor Sie gehen.
– Was?
– Etwas, das sich niemals ändern wird. Etwas, das Leute wie Sie nicht verstehen wollen. Billige Nutten, die glauben, vom großen Kuchen naschen zu dürfen. Sie sollten endlich einsehen, dass das nicht funktionieren wird. Sie haben hier nichts verloren. Sie sind es, die hier untergehen wird, nicht ich.

Blum ist zu langsam. Hat es nicht verstanden. Nicht damit gerechnet. Zu schnell geht alles. Anstatt zu trinken schlägt Schieles Schwester die Glasflasche gegen die Wand, zerbricht sie. Der Flaschenhals in ihrer Hand. Wie sie ihn festhält und zusticht. Wie sie Blum trifft, ihre Schulter, nur knapp verfehlt sie Blums Kopf. Eine rasende Frau, die um ihr Überleben kämpft. Und Blum, die aufschreit. Da ist plötzlich ein brennender Schmerz, eine neue Wunde, die aufreißt, Blut. Und noch einmal sticht sie zu. Mit Gewalt will sie es beenden, Blum auslöschen. *Du dumme Nutte*, sagt sie noch einmal. Dann bohrt sie die Glassplitter in Blums Bauch.

40

Die Hautschicht war zu dick. Das Glas zu stumpf. Das ist noch nicht das Ende, sie verblutet nicht in einem Hamburger Erdkeller, nur oberflächliche Verletzungen sind es, Schnittwunden. Blum weiß, wie kräftig und tief man zustechen muss, um die Bauchdecke zu durchdringen, wie spitz und scharf das Werkzeug sein muss. Sie muss das Brennen ignorieren, die neuen Wunden auf ihrem Körper, Blum muss überleben, sich wehren, sie muss die Angriffe abwehren, verhindern, dass sie noch einmal getroffen wird. Weil die Furie auf sie losgeht, wie besessen versucht Schieles Schwester weiter auf sie einzustechen, sie darf nicht noch einmal getroffen werden. Deshalb nimmt Blum Anlauf und stürzt sich auf sie. Mit der rechten Schulter voraus, so als würde sie eine Tür einrennen wollen, einen Footballspieler umwerfen, einen großen schweren Mann. Augen zu und durch. Blum will, dass es aufhört.

Chaos, es ist laut, beide Frauen schreien. Und plötzlich ist es wieder still. Blums Mund schließt sich, Schieles Schwester lässt ihren Arm fallen, ihre Finger geben den Flaschenhals frei. Was gerade noch laut und bedrohlich war, ist jetzt stumm und ungefährlich. Die Furie rührt sich nicht mehr. Blum hat sie umgeworfen. Den fremden Leib mit dem ihren bedeckt, den Kopf mit dem Ellbogen nach unten gedrückt.

Ihn zu Boden geschlagen. Dass sie aufhört zu atmen, das wollte sie nicht. Dass sich die Bauchdecke nicht mehr hebt. Dass sie in diesem Kellerloch liegen bleibt. Sich nicht mehr bewegt. Nie wieder.

Schieles Schwester. Was sie über die Kinder gesagt hat. Wie sie Blum dazu gebracht hat, die Fesseln zu lösen, ihr die Flasche zu geben. Blum wollte nur, dass sie trinkt, dass ihr Kreislauf nicht zusammenbricht, dass sie bei Bewusstsein bleibt. Sie wollte nicht, dass ihr Kopf auf den Rechen fällt. Einen Gartenrechen, mit dem die Kinder die Spinnweben aus den Ecken geangelt haben. Die Zähne des Rechens in ihrem Hinterkopf. Einfach so.

Blum begreift. Steht auf, geht um sie herum. Sie will nicht, dass Schieles Schwester nichts mehr sagt. Sie nimmt den Kopf, hebt ihn hoch, schaut, wie tief die Zähne des Rechens in ihn eingedrungen sind. Ganz schnell ist es gegangen, aus Überlegenheit ist Sprachlosigkeit geworden, Blum weiß nicht mehr, was sie sagen soll. Zu wem sie etwas sagen soll. Sie weiß nicht, was sie tun soll, wie sie die letzten beiden Minuten ungeschehen machen kann. Wie es weitergeht. Sie weiß nichts mehr. Deshalb schließt sie die Kellertür zu und geht.

Zurück ins Haus. So als wäre nichts passiert. Unter die Dusche. Blum zieht sich aus. Nackt ist sie. Und da ist Blut. Sie muss es abwaschen. Sie will, dass es aufhört. Dass die Wunden auf ihr verschwinden. Das Brandmal auf ihrem Arm, die Platzwunde auf ihrer Stirn, die Schnittwunde an der Schulter, das Loch in ihrem Bauch. Noch mehr Wunden. Fleischwunden. Verbrannt, zerschnitten, aufgerissen. Blum. Und wie das Wasser nach unten fällt.

Seit einer Stunde ist Schieles Schwester jetzt tot. Oder länger schon. Blum weiß es nicht. Sie hat ihr Zeitgefühl verloren, sitzt auf ihrem Bett. Sie hat ihre Wunden gereinigt, sie verbunden, Blum spürt den Schmerz, das Brennen, das Pochen unter ihrer Haut. Es hört nicht auf. Seitdem Schiele sein Monogramm in sie hineingebrannt hat, tut es weh. Jeden Tag. Die Ampulle, die sie aus der Tierarztpraxis mitgenommen hat, Schmerzmittel. Sie schaut sie an, nimmt die Spritze aus der Verpackung. Nur noch schlafen will sie, nichts mehr entscheiden, ausruhen, die Augen zumachen. Gleich. Vorher muss sie noch anrufen, um Aufschub bitten. Kurz noch muss sie stark sein, dann wird sie die Spritze aufziehen und die Nadel in ihren Oberschenkel stechen. Die Schmerzen betäuben, sich hinlegen. Nur einmal noch kurz mit ihm reden. Schauen, ob alles gut ist. Weil es keinen anderen Weg mehr gibt.

– Ich wollte mich kurz bei dir melden.
– Marie, meine Schöne, was für eine Freude.
– Ich muss dich um etwas bitten.
– Worum geht es?
– Ich muss schlafen.
– Dann schlaf doch.
– Ich bin völlig erschöpft, krank, ich kann nicht mehr. Ich brauche eine kurze Auszeit, dann mache ich weiter, versprochen.
– Was willst du mir damit sagen, Marie?
– Dass ich alles tun werde, worum du mich gebeten hast.

Aber ich muss mich vorher hinlegen. Ich schaffe das sonst nicht mehr.

– Unser Freund von der Polizei lebt also noch?
– Ja, aber nicht mehr lange. Ich habe ihn drei Tage lang beobachtet, ich weiß alles über ihn, ich kenne seine Gewohnheiten, in spätestens drei Tagen wird er tot sein, glaub mir.
– Du willst also einen Aufschub?
– Ich bitte dich darum.
– Warum sollte ich meine eigenen Regeln brechen, Marie? Regeln sind wichtig. Speziell in einer Zeit, in der meine eigenen Mitarbeiter von Kränen fallen.
– Ich denke, du hast doch Recht.
– Womit?
– Dass wir gut zusammenpassen. Dass es vielleicht mehr als eine gute Idee wäre, dass wir uns zusammentun.
– Jetzt bin ich überrascht, Marie.
– Ich bin tatsächlich nicht besser als du. Im Gegenteil.
– Das freut mich, dass du das so siehst. Sehr sogar.
– Lass mich schlafen, dann kümmere ich mich um Lambert. Und um den Steuerberater. Sie werden alle sterben, alles wird so sein, wie du es willst.
– Alles?
– Ja, alles.
– Dann kurier dich aus. Du klingst tatsächlich sehr erschöpft, Marie. Komm wieder zu Kräften. Wir wollen ja nicht, dass du erwischt wirst, stimmt's?
– Nein, das wollen wir nicht.
– Deine Kinder freuen sich schon auf dich, Marie. Ich habe ihnen gesagt, dass es nicht mehr lange dauern wird, bis du zurückkommst.

– Danke.
– Bis auf ein paar Tränen ist alles in Ordnung, Marie. Ich passe gut auf sie auf, das verspreche ich dir. Ich weiß doch, wie sehr sie dir am Herzen liegen.
– Ich werde mich melden, wenn es mir besser geht.
– Eines noch, Marie. Ich werde dich jetzt ein letztes Mal danach fragen, dann werde ich nicht mehr darüber reden, versprochen. Aber ich muss es wissen.
– Was?
– Es ist wichtig, dass wir ehrlich zueinander sind, Marie. Und deshalb frage ich dich noch einmal, ob du etwas mit dem Tod meines lieben Freundes Gonzo zu tun hast.
– Nein, das habe ich nicht.
– Das ist gut, Marie. Du weißt gar nicht, wie glücklich du mich mit diesem Anruf gemacht hast.
– Trotzdem muss ich auflegen, ich kann kaum noch den Hörer halten. Verzeih mir bitte.
– Schlaf gut, meine Schöne.
– Ich werde etwas nehmen. Ich werde dich also nicht hören, wenn du anrufst.
– Wie gesagt, ruh dich aus, Marie. Dann gehst du wieder frisch und munter ans Werk, du bringst diese leidige Sache hinter dich, und anschließend können wir im Garten grillen.
– Grillen?
– Ja. Ich bringe Fleisch mit, wunderbare Steaks vom Bio-Hochlandrind. Und Champagner. Wir werden dieses Wiedersehen richtig feiern. Kindersekt und Konfetti, das wird richtig hübsch, Marie.
– Ja. Ich freue mich darauf.
– Und jetzt leg dich hin und ruh dich aus.

41

Wie lange sie geschlafen hat, sie weiß es nicht. Sie hat aufgelegt und ist verschwunden. Hat alles hinter sich gelassen. Seine Stimme, jedes Wort, das er gesagt hat. Unerträglich war es, keine Sekunde länger wollte sie wach sein, sie wollte nur noch, dass es aufhört. Alles. Nicht mehr an die tote Frau im Erdkeller denken, nicht mehr an den Steuerberater, an Lambert, an das hübsche Grillfest, das er für sie organisieren will, an seinen Mund, der danach brennt, sie zu berühren, seine Hände. Keinen Moment mehr den Gedanken an seine Finger, die über ihre Haare streichen wollen. Nichts davon. Deshalb hat sie sich betäubt. Und geschlafen.

Lange. Immer wieder ist sie aufgewacht und wieder weggedriftet. Tief und taub alles. Keine Erinnerung an einen Traum, nur ein Hämmern, das sie geweckt hat. Ein Klingeln, ein Klopfen. Weit weg war es. So als hätte es nichts mit ihr zu tun, nichts mit dem Haus, in dem sie sich verkriecht, nichts mit dem, was vorher war. Nur ein Geräusch, das von innen kam. Bedrohlich war es, minutenlang. Abwechselnd Klopfen, Klingeln. Immer noch. Weil es nicht aufhört, weil sie langsam begreift, dass es nicht in ihrem Kopf ist, dass es real ist. Dass da jemand ist, der ins Haus will, jemand, der möchte, dass sie aufwacht. Dass sie nach unten geht und die Tür öffnet.

Das Leben, das sie nicht in Ruhe lässt, die nächste Katastrophe, die sich vor ihr auftut, die Polizei, die nach Schieles Schwester sucht, Schiele, der sie im Erdkeller gefunden hat. Schiele, der kommt, um ihr die Haut abzuziehen. Die Vorstellung, wie er sie bestraft, während sie wach wird. Wie er ihr immer noch mehr wehtut, sich nicht zufriedengibt damit, dass sie bereits am Boden liegt. Er klopft weiter. An der Tür unten. Blum muss aufstehen, sie muss nachsehen. Vielleicht ist etwas mit den Kindern, oder er macht sich Sorgen. Der Blick auf die Uhr sagt ihr, dass sie zwanzig Stunden lang in diesem Bett gelegen hat. Erschöpfung, einen Tag lang hat sie sich ausgeklinkt, ihr Körper hat ihr gesagt, dass er nicht mehr kann. Immer noch schreit er sie an. *Leg dich wieder hin, Blum. Du bist noch nicht so weit. Du musst etwas trinken, Blum.* Weil sie schwach ist. So lange hat sie nichts getrunken, gegessen, so gerne würde sie wieder ihre Augen zumachen. Warten, bis das Taube aus ihr verschwindet. Doch es klopft weiter. Es hört nicht auf.

Blum steht auf. Sie wankt. Geht benommen nach unten. Jeder Schritt ist schwierig, ihre Beine wehren sich. Wie schwer es ihr fällt zurückzukommen. Doch sie weiß, dass sie zur Tür muss. Dass sie den Schaden nur begrenzen kann, wenn sie tut, was er will. Aufmachen, ihn nicht länger warten lassen, ihn hereinbitten, mit ihm reden, ihn weiter anlügen, ihm vormachen, dass alles so ist, wie er es sich wünscht. Seine Arme nehmen, sein Grinsen, sein Wollen. *Ich habe geschlafen, habe dich nicht gehört. Bin gekommen, so schnell ich konnte.* Beinahe stürzt sie, sie hält sich am Geländer fest. Bleibt stehen, atmet, schließt die Augen. Dann geht sie weiter. Weil sie muss. Bis zur Haustür.

Nur das Bettlaken, das sie sich herumgewickelt hat, das herunterfällt und das sie wieder hochhebt. Weiß ist alles. Die Verbände, ihr ausgetrockneter Mund, die Angst. Verschwommen das meiste, unschuldig alles. Weil ihr nichts passieren kann, weil es nicht noch schlimmer werden kann, weil sie keine andere Wahl mehr hat. *Mach mit mir, was du willst, Schiele. Fick mich doch endlich. Mach mich kaputt, Schiele.* Es ist ihr egal. *Gib ihm, was er will, Blum. Mach die verdammte Tür auf.* Egal, was passieren wird, Blum hat keine Kraft mehr. Keine. Sie will nur noch, dass es vorbei ist, sie will sich nicht mehr wehren. Nicht mehr lügen. Töten. Gar nichts mehr. Nur noch diese Tür öffnen, nur die Hand muss sie auf die Klinke legen, sie nach unten drücken. Dann wird endlich wieder alles still. Sie kann die Augen wieder schließen. Kein Klingeln mehr, kein Klopfen, Blum wird es tun. *Ich bin schon da*, ruft sie. Dann taumelt sie. Und fällt.

Sie kann nicht mehr aufstehen, sie will es nicht. Sie liegt nur da. Hört hin. Weil da plötzlich eine Stimme ist. Ganz nah, eine Stimme, die vertraut klingt. Nicht Schieles Stimme. Nicht er will zu ihr, sondern jemand anderer. Blum hört es, doch sie kann es nicht glauben, es nicht einordnen in ihrem Kopf, es nicht verstehen. Sie kennt diese Stimme. *Ich bin es, Blum. Mach bitte die Tür auf. Lass mich rein.* Es kann nicht sein, und doch hört sie ihn. Blum muss träumen, halluzinieren, das Ketamin spielt ihr einen Streich, es ist unmöglich. *Geht es dir gut, Blum? Bitte mach endlich die Tür auf.*

Sie richtet sich langsam auf, versucht aufzustehen. Sie will wissen, ob es nur ein Traum ist, ob sie Stimmen hört, die nicht da sind, ob sie sich alles nur einbildet. Nur die Klinke nach unten drücken, dann weiß sie, ob sie dabei ist durchzudrehen oder ob sie tatsächlich richtig hört. Diese Stimme, in Hamburg, zum Anfassen, Festhalten. Diese Stimme, die sie so vermisst hat, von der sie dachte, dass sie sie nie wieder hören würde. Von einem, der immer alles für sie getan hat, sie nie verurteilt hat, immer auf ihrer Seite stand.

Ein Freund. Wie sehr sie sich wünscht, dass es wahr ist. Dass er da ist. Wie sie die Klinke nach unten drückt und die Tür öffnet. Und wie alles mit einem Mal besser wird. Wie er dasteht und sie anlächelt. Wie Blum ihn anstarrt. Und er sie umarmt. *Ich bin wieder da*, sagt er. Blum sagt nichts. Sie weint nur. Und spürt ihn. Reza.

42

Reza fragt nicht nach, er kümmert sich einfach. So wie er es immer getan hat, Blum braucht Hilfe, und Reza gibt sie ihr. Genau im richtigen Moment ist er gekommen, wie Erlösung ist es, Blum lässt sich fallen. Sie fragt nicht, wie er sie gefunden hat, warum er nicht mehr im Gefängnis ist, was passiert ist. Sie lehnt sich nur an ihn und schweigt. Dass er sie hält, ist genug in den ersten Stunden. Dass ihre Wange auf seiner Brust liegen darf, dass er sie beschützt, dass er über ihre Haare streicht. Seine Finger wie Sonnenstrahlen. Diese Ruhe, die er in sich trägt. *Was auch immer ist*, sagt er. *Wir bekommen das hin.*

Reza. Dieser wortkarge Mann. Er fragt auch nicht, wo die Kinder sind, warum überall diese Wunden sind, die Tränen. Reza hält sich zurück. Reza schaut sich nur um, er sieht sich das Haus an, den Garten, die Dinge, die herumliegen, er versucht sich ein Bild zu machen, ihr Zeit zu lassen. Später erst beginnt sie zu erzählen, nachdem sie wieder aufgewacht ist und er für sie gekocht hat. Suppe, ein Huhn, das er vom Markt geholt hat, Gemüse, etwas Warmes, das in ihrem vergifteten Körper ankommt.

Nebeneinander am Küchentisch. Vergangenheit, die zwischen ihnen liegt, ein Rückblick auf die letzten Monate, im Schnelldurchlauf alles, was passiert ist. Blum bemüht sich, es zu ertragen, nichts auszulassen. Ihre Flucht. Wie sie bis nach Norwegen gekommen ist, die Lofoten. Der Lkw, der sie mit zurück nach Deutschland genommen hat. Schieles Büro, die Waffe, die er ihr in die Hand gedrückt hat, Gonzo. Das kleine Paradies, in das Schiele sie einziehen ließ. Tino, das unbeschwerte Leben, das da plötzlich war, die Arbeit beim Bestatter. Und wie Schiele dann irgendwann alles beendet hat.

Die Schuld, die sie einlösen muss, der Mord, den sie nicht begehen wollte, die Leiche, die sie verbrannt hat, um Tino zu schützen, der Steuerberater, den sie verschont hat, der Richter, das Brandmal, Gonzo am Kran, Tino, der dann doch gestorben ist. Und die Kinder, die er ihr weggenommen hat. Eine schreckliche Geschichte, die Blum erzählt, wild und unglaublich alles. *Ich weiß, das klingt verrückt, Reza. Aber es ist alles so passiert. Und ich weiß nicht, wie ich da wieder herauskommen soll. Ob ich die Kinder jemals wiedersehen werde.* Wieder weint sie. Vertraut und liebevoll hält er sie. Weil alles zu viel ist. Zu schwer. *Dafür werde ich ihn töten*, sagt Reza. *Das wirst du nicht*, sagt Blum. *Warum nicht*, fragt er. *Weil ich das selbst tun werde.*

Einen ganzen Tag lang Fragen und Antworten. Ein langes Update, ein Wiedersehen, an das Blum nicht mehr geglaubt hat. *Wie kann das sein, dass du hier bist? Dass sie dich haben gehen lassen? Dass du mich gefunden hast?* Nachdem sie lange von sich gesprochen hat, will sie nun auch alles über ihn wissen, über Innsbruck, alles von dem Moment an, in dem sie verschwunden ist. *Was haben sie mit dir gemacht, Reza? Wie bist du da rausgekommen? Haben sie dich verfolgt?* Plötzlich ist da diese Angst, dass er die Polizei mitgebracht hat, dass die Behörden davon ausgehen, dass Reza zu ihr will. Dass Blum Kontakt mit ihm aufgenommen hat. Angst, die Reza ihr aber sofort wieder nimmt. *Du musst dir keine Sorgen machen*, sagt er. *Niemand weiß, dass ich hier bin.*

– Wie kannst du dir da so sicher sein?
– Sie haben mich beschattet. Mindestens zwei Monate lang. Dann sind sie abgezogen. Ich bin nach Bosnien, nachdem sie mich haben gehen lassen. Ich habe dort bei einem Freund gearbeitet. Ich habe ihnen keinen Anlass gegeben, mich weiter im Auge zu behalten. Mein Leben in Österreich war zu Ende. Alle, die ich kannte, waren tot. Oder verschwunden.
– Es tut mir so leid, Reza.
– Das muss es nicht.
– Sie haben dich eingesperrt. Das wollte ich nicht.
– Das ist in Ordnung, Blum.
– Ist es nicht.
– Ich wusste, dass ich nicht lange bleiben würde.
– Warum?
– Weil ich nicht mit ihnen geredet habe. Du weißt ja, wie ich bin. Ich habe nur gesagt, dass ich keine Ahnung habe, was passiert ist. Dass ich nicht weiß, was du getan hast. Ich war nur dein Angestellter, nur ein bosnischer Flüchtling, der froh war, dass er Arbeit hatte.
– Das haben sie dir geglaubt?
– Nein.

– Aber?
– Es gab keine Beweise. Und da ich monatelang nichts erzählt habe, gab es auch nichts, das sie hätten herausfinden können.
– Es gab keine DNA von dir auf den Leichenteilen?
– Sie haben nichts Verwertbares gefunden.
– Und Karl?
– Er hat mich regelmäßig besucht.
– Das muss ihm alles sehr schwergefallen sein.
– Er hat bis zum Schluss geschwiegen. Du und die Kinder, er hat euch sehr geliebt.
– Ja.
– Ich war bei seiner Beerdigung. Es war schön, sehr viele Menschen haben sich von ihm verabschiedet.
– Ich habe zufällig seine Traueranzeige gesehen.
– Ich weiß.
– Wie meinst du das?
– So habe ich dich gefunden.
– Wie?
– Du hast im Netz eine Kerze angezündet.
– Viele haben das.
– Aber niemand so viele wie du. Über hundert waren es. Eine einzelne Person hat über hundert Mal geklickt. Wer außer dir hätte so etwas tun sollen?
– Und so hast du mich gefunden?
– Die IP-Adresse war aus Hamburg, ein bosnischer Freund hat mir in dieser Sache sehr geholfen. Er kennt sich gut aus mit Computern.
– Hamburg ist groß.
– Der Bestatter, bei dem du arbeitest, es war seine IP-Ad-

resse. Es war ohnehin völlig klar, dass du die Finger nicht von den Leichen lassen würdest.
– Du hast mit ihm geredet?
– Ja, ich war bei ihm. Ich habe ihm ein Foto von dir gezeigt. Er hat mir gesagt, wo du wohnst. Und so bin ich hergekommen.
– Das kann doch nicht sein, dass es so einfach ist, mich zu finden.
– Doch, das ist es, Blum.
– Gut, dass du nicht bei der Polizei bist, Reza.
– Die Traueranzeige im Internet habe ich löschen lassen. Da sind keine Kerzen mehr von dir, keine Spuren mehr, nichts.
– Es ist so schön, dass du da bist.
– Ja.
– Danke, Reza.

Er wollte sie finden. Und er hat sie gefunden. Genau im richtigen Moment war da seine vertraute Stimme, das letzte Stück Heimat, wie ein Geschenk ist es. Reza und Blum. Lange sind sie wach. Sitzen nebeneinander auf dem Sofa, ordnen alles. Es tut weh, darüber zu reden, trotzdem macht sie es. Über die Kinder, das Video, das sie ihm zeigt. Die Kinder, die von dieser Rutsche sprechen. Wie sie aufgeregt in die Kamera lachen. Reza sieht es. Was Blum sich in den letzten Tagen immer wieder angeschaut hat, die kleinen Gesichter, die er so vermisst hat, seine kleinen Prinzessinnen. *Wir werden sie finden*, tröstet er sie. Blum schweigt.

Dann sagt sie ihm, dass sie für all das verantwortlich ist. Ihre Schuld sei es, dass die Kinder jetzt allein sind, in der Obhut dieses Psychopathen, irgendwo in der Stadt. Blum weint. *Ich habe es versaut*, sagt sie. *Die letzte Möglichkeit, sie zurückzubekommen, habe ich vertan.* Blum erzählt, dass sie ihren Joker verspielt hat, dass sie alles nur noch schlimmer gemacht hat. Dass da eine tote Frau liegt unten im Erdkeller. Schieles Schwester mit einem Rechen in ihrem Kopf. Was passiert ist, es kommt alles hoch. Doch es ist leichter jetzt, nicht mehr so schwer. Weil da endlich jemand ist, der es mit ihr trägt. Reza.

43

Die Sonne ist aufgegangen. Reza liegt neben Blum. Er hat sie gehalten, in seinem Arm ist sie eingeschlafen irgendwann. *Ich werde dich nie wieder alleinlassen*, hat er gesagt. Und Blum hat es ihm geglaubt.

Blum hat geträumt, im Schlaf geredet, Reza hat sie immer wieder beruhigt. *Ich bin ja da*, hat er geflüstert. *Schlaf ruhig wieder ein.* Blum war klein, und Reza war groß. Er schiffte sie durch das Dunkel, blieb wach neben ihr liegen. Schaute sie an. Immer wenn Blum sich umdrehte und ihre Augen aufgingen, waren da seine. Warm und nah und stark. Nichts konnte ihr passieren. *Wir werden uns um alles kümmern, wenn es wieder hell ist*, sagte er. *Wenn du wieder bei Kräften bist.* Immer wieder Rezas Stimme. *Schlaf, Blum, schlaf.* Und sie schlief.

Bis gerade eben. Ihr Gesicht im Badezimmerspiegel. Sie starrt es an, während Reza sich um ihre Wunden kümmert. Nackt steht sie vor ihm. Lässt sich umsorgen. *Lass mich das machen*, sagt er. Reza kümmert sich um ihre Wunden, er reinigt sie, verbindet sie. Blum lässt es zu. Nicht nahe genug kann er ihr sein, hineinkriechen möchte sie in ihn, sich verstecken in ihm. *Bitte küss mich*, sagt sie. Und Reza küsst sie. Zärtlich sein Mund, seine Hände auf ihr, seine Finger. Wie er sie streichelt. Ganz langsam alles. Reza trägt sie zurück ins Bett, sie legen sich hin und verschwinden. Sie stehlen sich noch ein bisschen Zeit, tun so, als wäre da draußen nichts, das sie bedroht. Keine leeren Kinderstühle in der Küche. Kein Spielzeug, das im Wohnzimmer am Boden liegt. Nur Hände, die sich halten. Ein schöner Moment, den ihnen keiner mehr nehmen kann. Ein letzter Kuss noch. Dann zeigt sie ihm den Erdkeller.

Ungerührt schaut sich Reza alles an. Der hübsche Raum unter der Erde, in dem die Kinder so gerne gespielt haben, die Puppenküche, das bunte Spielzeug. Und die Leiche am Boden. Schieles Schwester, wie sie daliegt mit offenem Mund, die Augen aufgerissen, der letzte Moment in ihrem Leben eingefroren. Eine Spinne steigt über ihr Gesicht. Der Rechen steckt immer noch in ihrem Kopf. *Wir müssen sie von hier wegbringen*, sagt Blum.

– Wohin denn?
– Wir zerteilen sie und bestatten sie. Johann wird nichts merken. Wir verpacken die Leichenteile und legen sie zu irgendjemand anderem. Das funktioniert auch hier in Hamburg, vertrau mir.
– Das ist zu gefährlich.
– Zusammen schaffen wir das.
– Wir dürfen kein Risiko eingehen, Blum. So viele Dinge könnten schiefgehen, das viele Blut, wenn wir sie zerlegen, der Transport, dieser Johann. Er ist bestimmt nicht dumm. Irgendjemand könnte uns sehen, wenn wir mit der Leiche hier rausgehen. So eine Stadt hat viele Augen.
– Was dann?
– Wir werden sie hier vergraben.

– Bist du wahnsinnig? Wenn Schiele sie hier findet, sind wir alle tot. Wenn er mich nur irgendwie mit dem Verschwinden seiner Schwester in Verbindung bringt.
– Wir graben ganz tief und schütten es wieder zu.
– Du hast ja keine Ahnung, was das für ein Mensch ist, Reza. Er ist verrückt, glaub mir. Wenn er nur ein Haar seiner Schwester auf dem Grundstück entdeckt, wird er Amok laufen.
– Er wird nichts finden, vertrau mir. Sie wird für immer verschwinden, und wir werden nicht mehr über sie sprechen. Kein Wort zu niemandem, du bist ihr nie begegnet, du hast keine Ahnung, wer sie ist, wo sie gewohnt hat.
– Das geht nicht.
– Warum nicht?
– Der Polizist, von dem ich dir erzählt habe. Er war in ihrem Haus, als ich da war. Ich habe mich mit ihm unterhalten, er erkennt mich wieder. Er wird mich mit ihr in Verbindung bringen.
– Das wird er nicht.
– Wir können uns nicht sicher sein.
– Doch, das können wir. Wenn auch er stirbt. Er steht auf Schieles Liste, oder? Das bedeutet, dass er ohnehin verschwinden muss, wenn du die Kinder wiedersehen willst.
– Ich werde niemanden mehr töten, Reza.
– Dann werde ich es für dich tun.

Er nimmt sie in den Arm. Beide wissen, dass es keine andere Möglichkeit mehr gibt. Das Verschwinden von Schieles Schwester wird Staub aufwirbeln, es wird Ermittlungen geben. Lambert wird sich an dieses Gesicht erinnern, an die

Frau, mit der er im Haus der Vermissten Eierlikör getrunken hat. Er wird herausfinden, dass es nicht die Hausangestellte war, der er seine Lebensgeschichte erzählt hat, sondern eine Einbrecherin, jemand, der mehr über das Verschwinden der Tierärztin weiß, vielleicht sogar dafür verantwortlich ist. Lambert wird sie suchen, so lange, bis er sie gefunden hat. Er wird sich an ihr Gesicht erinnern, es zeichnen und veröffentlichen lassen. Einem Computer wird die Ähnlichkeit auffallen, irgendwo werden sie die DNA von ihr finden, sie werden mühelos herausfinden, wer sie wirklich ist. Wenn er am Leben bleibt. Wenn Daniel Lambert nicht stirbt.

Reza hat Recht, und Blum weiß es. Sie reden nicht mehr darüber, erledigen einfach ihre Arbeit. Als wäre es das Selbstverständlichste auf der Welt, rollen sie Schieles Schwester zur Seite und beginnen zu graben. Schaufel für Schaufel, stundenlang. Miteinander heben sie ein Grab aus, kein Spürhund wird die Leiche wittern, sie graben tief. Erde, die nach oben fällt. Dann geht Blum kurz in den Garten und wäscht die Mülltonne aus, putzt, schrubbt, alle Spuren von Schieles Schwester verschwinden. Sie werfen alles hinunter in das Loch, den Rechen, die zerbrochene Flasche, die Scherben. Und am Ende die Leiche. Harte körperliche Arbeit ist es. Aber es funktioniert. Reza und Blum schütten das Grab wieder zu, Erde fällt nach unten. Der Erdkeller verwandelt sich langsam wieder in einen unschuldigen Ort. Nach Stunden ist es so, als wäre nichts passiert. Gar nichts.

44

– Ich mache mir wirklich Sorgen um dich, Marie.
– Das musst du nicht. Es geht mir besser, ich bin wieder auf den Beinen.
– Es wird wohl langsam zur Angewohnheit, dass du meine Anrufe ignorierst. Das ist nicht besonders höflich, Marie.
– Es tut mir leid. Ich habe dir doch gesagt, dass ich schlafen muss. Ich hatte mein Telefon ausgeschaltet. Wollte nichts mehr wissen, einen Moment lang alles vergessen.
– Du hast zwei Tage lang geschlafen?
– Ja, ich habe ein starkes Beruhigungsmittel genommen. Es hat mir gutgetan, ich kann jetzt wieder weitermachen.
– Du sollst mich nicht anlügen, Marie.
– Wie meinst du das?
– Ich dachte, wir wollten beide etwas Gemeinsames, ein schönes Leben miteinander. Ich dachte, wir wollten endlich ehrlich miteinander sein.
– Ja, das tun wir doch auch.
– Einen Moment lang habe ich wirklich daran geglaubt, Marie.
– Das kannst du auch, Egon.
– Du hast mich noch nie so genannt.
– Soll ich Hermann sagen?
– Hermann?
– Ja. Eines der Mädchen hat mir erzählt, dass du so heißt.

– Wirklich?

– Das ist ein schöner Name, finde ich. Ist doch gar nicht schlecht, wenn wir beide wissen, wie wir wirklich heißen, oder? Wir wollten ja ehrlich miteinander sein.

– Irgendetwas stimmt hier nicht, Marie.

– Was sollte denn nicht stimmen? Du lässt mich das jetzt zu Ende bringen, dann grillen wir gemeinsam im Garten. Genauso wie du es vorgeschlagen hast.

– Ich habe ein anderes Problem, Marie.

– Welches?

– Meine Schwester ist verschwunden.

– Oh.

– Sie ist weg. Einfach nicht mehr da. Nicht in ihrem Haus, nicht mehr in der Stadt, niemand weiß, wo sie ist.

– Du hast eine Schwester?

– Ja. Und ich liebe sie. Du weißt ja, wie das ist bei mir, Familie ist das Wichtigste. Sie ist das Einzige, was ich noch habe, nachdem du meinen Vater ins Gefängnis gebracht hast.

– Wie oft soll ich dir denn noch sagen, dass mir das leidtut? Wenn ich die Uhr zurückdrehen könnte, würde ich es tun, ich würde keine Sekunde lang zögern. In diesem Moment habe ich falsch gehandelt. Was ich sehr bereue, glaube mir. Ich wollte dir deinen Vater nicht nehmen.

– Hast du aber. Und jetzt vermisse ich auch noch meine Schwester. All die lieben Menschen, die mich umgeben haben, sind fort. Mein Vater, der gute Gonzo, und jetzt auch noch sie. Das kann doch nicht mit rechten Dingen zugehen. Was meinst du, Marie? Ich habe doch allen Grund, mir Sorgen zu machen, nicht wahr?

– Ich weiß nicht, wie ich dir helfen kann. Wie ich es wiedergutmachen soll. Was ich noch tun kann, damit du mir glaubst.
– Ich frage mich, ob du etwas mit ihrem Verschwinden zu tun hast.
– Ich wusste doch nicht mal, dass du eine Schwester hast.
– Nein?
– Nein. Das sagte ich doch.
– Aber du hast dich nach ihr erkundigt.
– Wie kommst du darauf?
– Was denkst du wohl? Als sie sich nicht mehr gemeldet hat, bin ich unruhig geworden. Ich bin zu ihr nach Hause, habe überall nach ihr gesucht. Und wie du dir denken kannst, hat es mich sehr überrascht, als einer meiner treuen Mitarbeiter mir geflüstert hat, dass du sie gesucht hast. *Was will Marie von meiner Schwester*, habe ich mich gefragt. *Woher weiß sie überhaupt, dass ich eine Schwester habe? Kaum jemand weiß davon*, habe ich mir gedacht. Immer dieselbe Frage hat mich gequält. *Warum schnüffelt Marie hinter meinem Rücken herum?*
– Das tue ich nicht, es muss sich um ein Missverständnis handeln.
– Daran kann ich nicht glauben, Marie. Ich bin ratlos. Und deshalb frage ich dich, was da los ist. Was stimmt hier nicht, Marie? Was verbirgst du vor mir? Und die wichtigste Frage von allen: Wo ist meine Schwester geblieben?
– Ehrlich, du verrennst dich da in etwas. Ich habe keine Ahnung, warum du damit zu mir kommst.
– Das glaube ich dir nicht, Marie. So gerne ich dich auch mag, aber hier hört das Vergnügen auf. Ich muss darauf

achten, dass es zu keiner Meuterei kommt. Das verstehst du doch, oder?

– Du irrst dich, ehrlich. Ich weiß nicht, wo deine Schwester ist. Ich war nur in dieser Bar, jemand wollte mir weismachen, dass du eine Schwester hast. Ich weiß auch nicht, warum. Ich wollte das gar nicht wissen, es war nur Tratsch am Biertisch, das Gefasel eines Betrunkenen. Ich habe das alles nicht ernst genommen, das kannst du mir glauben, Egon.

– Nur meine Schwester nennt mich Hermann. Sonst niemand. Sie ist die Einzige, die darauf besteht. Weil sie sich nicht damit abfinden kann, dass ich mich beruflich in dieselbe Richtung entwickelt habe wie unser Vater.

– Du täuschst dich, sie tuscheln, sie reden über dich, sie wissen mehr, als du denkst, glaub mir.

– Ich heiße Egon Schiele. Und du heißt Marie Müller. Es wäre klug, daran festzuhalten.

– Ja, Egon.

– Gut, Marie. Trotzdem muss ich dich jetzt bestrafen. Schließlich trage ich Verantwortung. So wie du muss ich mich um meine Familie kümmern, ich muss herausfinden, wo meine Schwester geblieben ist. Und das kann ich nur, wenn ich die Wahrheit herausfinde. Und das wiederum geht nur, wenn du aufhörst, mich anzulügen.

– Wie oft denn noch? Ich lüge dich nicht an. Außerdem muss ich weiter, mein Zug kommt, ich muss gleich einsteigen. Ich bin auf dem Weg zu Lambert.

– Wo bist du, Marie?

– Am Hauptbahnhof.

– Und schon wieder tust du es.

– Es reicht jetzt. Ich kann nicht länger telefonieren. Wenn du willst, dass ich für dich Leute umbringe, dann lass mich in Ruhe. Der Zug fährt ein, ich muss auflegen.
– Ich kann dich sehen, Marie.
– Was soll das? Wo bist du?
– Du hast immer noch dein Nachthemd an. Du stehst im Wohnzimmer am Fenster und nicht am Bahnsteig.
– Du bist hier?
– Ja, Marie. Ich bin hier.
– Ich wollte doch nur, dass du aufhörst, mich zu verdächtigen. Ich will mich jetzt nur anziehen und zu Lambert fahren. Ich will nur meine Kinder zurück, verstehst du?
– Ich bin sehr traurig über das, was nun passieren muss.
– Was?
– Hörst du die Haustür, Marie? Wie sich der Schlüssel dreht, wie sie hereinkommen zu dir? Ich habe meinen Jungs vor zwanzig Sekunden das Okay gegeben, sie müssten eigentlich schon bei dir sein.
– Was tust du da? Ich habe nichts gemacht. Was um Himmels willen wollen die von mir?
– Wegrennen bringt nichts, Marie. Schon gar nicht in den Garten. Hier warte nämlich ich auf dich. Und mir willst du noch weniger begegnen als Dingo und Charles, das kannst du mir glauben. Ich könnte mich wahrscheinlich nicht zurückhalten. Dingo und Charles machen das bestimmt besser als ich, sie sind in dieser Sache nicht ganz so emotional wie ich.
– Bitte tu das nicht.
– Wenn du ihnen sagst, was ich wissen will, wird es nicht so lange dauern. Sie werden sich beeilen, versprochen. Dingo

und Charles, zwei meiner verlässlichsten Männer. Nach Gonzo natürlich.

– Sag ihnen, dass sie verschwinden sollen. Sie sollen weggehen. Mich in Ruhe lassen. Bitte.

– Solange wir telefonieren, bist du in Sicherheit.

– Ich werde alles tun, was du willst.

– Wo ist meine Schwester? Sag es mir, und ich pfeife die beiden zurück. Sie gehen, ich komme zu dir rein, und wir unterhalten uns in Ruhe.

– Ich weiß wirklich nicht, wo sie ist.

– Dann werde ich jetzt auflegen und gehen, Marie.

– Bitte nicht.

– Ich möchte nämlich nicht sehen, was jetzt kommt. Obwohl ich es ja gewöhnt bin, dass meine Freundinnen manchmal von anderen gefickt werden. Aber in deinem Fall kann ich es nicht ertragen. Die Vorstellung, dass Dingo und Charles dich vor mir bekommen, macht mich fast verrückt. Aber was soll's, sie haben sich ein bisschen Spaß verdient. Sie sind nämlich auch sehr traurig darüber, dass der gute Gonzo tot ist. Sie waren so niedergeschlagen in den letzten Tagen, ich habe ihnen gesagt, dass sie sich mal so richtig schön austoben dürfen.

– Bitte nicht, Egon.

– Ach, Marie, die Jungs freuen sich schon auf dich. Sag ihnen bitte, dass ich jetzt gehe.

– Nein, nein, nein, bitte bleib.

– Wir sehen uns, Marie.

45

Reza ist nicht da. Er ist im Supermarkt. So banal ist es. *Ich werde am Abend wieder für uns kochen,* hat er gesagt. *Ich komme gleich zurück.* Aber er kommt nicht. Sosehr sie es sich auch wünscht. Niemand hilft ihr. Es passiert einfach.

Noch ein Brandmal. Viel mehr als das. Zwei Männer, die sie überwältigen, ein Stromstoß, der sie wehrlos macht. Sie heben sie hoch, ziehen sie aus. Alle Versuche, es zu verhindern, scheitern. Kratzen, Beißen, Schreien. Sie hören nicht auf, verschwinden nicht wieder. Schiele kommt nicht und sagt, dass sie aufhören sollen. Sie zu schlagen. Sie anzufassen. Überall.

Die Augen fest geschlossen. Weil sie sich nicht mehr wehren kann, keine Kraft mehr hat. Blum lässt es geschehen. Zu stark sind die beiden Männer, zu gierig. Dingo und Charles. Sie reden darüber, wer als Erster in sie hineindarf. Sie knobeln, machen Witze, ziehen sie an den Haaren. *Du machst den ersten Stich, Dingo.* Wie aus weiter Ferne hört sie es. Wie Charles seinen Freund anfeuert. *Hose runter und rein damit, mein Alter.* Unerträglich ist es. *Auf die Plätze, fertig, los.* Was mit ihr passiert. *Komm schon, fick die Schlampe.* Alles fällt nach unten. Und zerbricht.

46

– Wie war das eigentlich, Reza?
– Was meinst du?
– Das mit dem Bosnienkrieg.
– Der Krieg ist vorbei, Blum.
– Du hast nie viel erzählt.
– Was hätte ich euch denn erzählen sollen?
– Wie das war.
– Das willst du nicht wissen, Blum.
– Doch, das will ich. Vielleicht verstehe ich dann, warum du so bist.
– Wie bin ich denn?
– Leise. Du hast so wenige Worte. Ich bin immer davon ausgegangen, dass du sie in diesem Krieg verloren hast.
– Ich weiß nicht.
– Du hast viel gesehen, stimmt's?
– Ja.
– Was war das Schlimmste?
– Warum fragst du mich so etwas?
– Weil ich wissen will, wie weit du gehen würdest. Was du ertragen kannst. Wie es sein kann, dass du mir hilfst. Ob es noch etwas Schlimmeres gegeben hat als das, was ich gemacht habe.
– Das hat es.
– Was?

– Vergewaltigung.
– Du warst dabei?
– Ich habe zusehen müssen, gefesselt. Sie haben uns gezwungen, wir konnten nichts tun. Den Frauen nicht helfen. Frauen, die wir kannten. Gut kannten. Sie haben uns zurückgelassen mit dem, was passiert ist. Mit diesen Bildern im Kopf. Das war schlimmer, als zu sterben.
– Weil man damit weiterleben muss?
– Ja.
– Kann man das? Damit weiterleben?
– Ja.
– Wie?
– Viele von den Frauen haben Kinder bekommen. Und sie ziehen diese Kinder jetzt groß. Jeden Tag werden sie daran erinnert, was ihnen passiert ist, und trotzdem schaffen sie es. Ich weiß nicht wie, Blum, aber es geht.
– Ich könnte das nicht.
– Doch, das könntest du, Blum. Aber so etwas wird dir ohnehin nicht passieren. Ich bin nämlich hier, um auf dich aufzupassen.
– Bist du das?
– Ja, Blum. Dir wird nichts passieren.

Er hat sie angelächelt damals. Vor zwei oder drei Jahren war das. Blum erinnert sich daran. Im Dunkel seine Stimme. Und jetzt sein Gesicht, als sie ihre Augen wieder öffnet. Plötzlich ist er wieder da. Reza. Wie ein Wunder ist es, für das sie gebetet hat. Ein Versprechen, das er ihr gegeben hat. Das er einlöst. *Ich bin hier, um auf dich aufzupassen, Blum.*

Dingo und Charles bemerken ihn nicht, sie schwelgen immer noch in Vorfreude, drehen sich nicht zu ihm um. *Jetzt mach endlich, Dingo. Sonst muss ich mich um die kleine trockene Fotze kümmern.* Charles lacht laut auf. Dingo schiebt seine Hose nach unten. Sie sehen ihn nicht. Die Axt, die Reza in seiner Hand hält, die er draußen vom Hackstock genommen haben muss. Wie ein Raubtier schleicht er sich an. Noch bevor sie reagieren können, springt er auf und schlägt zu. Mit voller Wucht. Weil er diese leeren Augen am Küchentisch sieht.

Zwei Bäume, die Reza fällt. Wie in Zeitlupe passiert alles. Blum sieht zu. Da ist Charles, der plötzlich zusammensackt, zu Boden geht mit aufgerissenem Mund. Mit Anlauf schlägt Reza in ihn hinein, in seinen Rücken. Ein tiefer Schnitt, eine Wunde, ein kurzer Aufschrei, dann ist er still. Charles stirbt, während Dingo sich zu Reza umdreht, seine Hände hochhebt, einen sinnlosen Versuch unternimmt, abzuwenden, was kommt. Doch Reza ist schneller. Die Axt kommt mit der stumpfen Seite auf seinem Kopf an. Dingo taumelt. Er lässt Blum los, kippt langsam um. Auch den zweiten Schlag kann er nicht abwehren. Dingo liegt am Boden. Er atmet noch, seine Bauchdecke hebt und senkt sich, aber er ist bewusstlos, wehrlos. Reza ist schnell. Er fesselt ihn mit einem Verlängerungskabel, er schnürt ihn zusammen. Lässt ihn liegen. Steht auf. Schaut nach Blum.

Bitte verzeih mir, flüstert er. Blum schweigt. Sie bedeckt sich. Schämt sich. Auch wenn es nur Reza ist, der sie sieht, sie will es verbergen. Die Wunden, die ihr Dingo und Charles beinahe zugefügt hätten. Ihre nackte Haut, die schmutzig ist. Blum will es abwaschen. Alles. Sofort. Den Schweiß, die Geilheit, jedes Wort, das die beiden über sie verloren haben. Duschen und weitermachen. Auch wenn es sich anders anfühlt. Wenn sie am liebsten sterben würde, weil immer noch Angst sie zerfrisst. Weil die Bedrohung immer noch da ist, die Männer, die sie benutzen wollten. *Wirf mal den Motor an, Prinzessin. Wir stoßen dir jetzt den Verstand aus dem Leib.*

Dingo. Blum hört ihn immer noch, obwohl Klebeband seinen Mund verschließt. *Ich schwöre dir, ich mach dich kaputt, du kleine Drecksau.* Blum tritt auf ihn ein. Spuckt ihn an. Sie will, dass er aufwacht, sie will, dass er sie anschaut, sie will ihn so lange treten, bis er stirbt. Aber Reza hält sie zurück. *Er darf nicht sterben, Blum. Noch nicht.*

47

Blum riecht nach Shampoo und Seife, ihre Haut, die Haare. Sauber alles. Gewaschen. Blum raucht. Zug für Zug. Sie sitzt in der Küche, die Beine am Tisch, das Schnapsglas in der Hand. *Lass mich das machen*, hat Reza gesagt. Er hat sie von Dingo weggezogen, er hat sie angefleht, damit aufzuhören, auf ihn einzutreten. *Glaub mir, er wird reden*, hat Reza gesagt. *Er wird uns sagen, wo die Kinder sind, vertrau mir.* Dann ist sie nach oben.

Reza ist sich sicher. *Jeder hat seine Grenze.* Dass er es ernst meint, hat sie in seinen Augen gesehen. Dass er nicht zögern würde, alles umzusetzen, was er ihm androht. Dingo, geknebelt, still vor ihm. Er tut, was Reza ihm gesagt hat. *Keinen Laut mehr. Du wirst jetzt ganz still sein. Weil ich dir erklären werde, was passieren wird, wenn du mir nicht sagst, was ich hören will. Ich werde dir erklären, was ich dir antun werde. Dann kannst du entscheiden. Ob du für Schiele leiden willst, ob du sterben willst. Oder reden und leben.* Reza ist ganz klar und ruhig. Dingo festgebunden am Tisch, am Boden Charles. Reza hat ihn mit der Axt erschlagen. Er meint es tatsächlich ernst. Dingo hat es begriffen. Dass es keinen Sinn hat, wenn er sich hin- und herwirft, wenn er stöhnt und schreit unter dem Klebeband. Er reißt sich zusammen. Ignoriert die Schmerzen, die Wunden an seinem Kopf.

Auch Reza nimmt ein Glas und trinkt. Dann beginnt er zu erzählen, detailgenau. Diese Geschichten vom Krieg, diese Dinge, die er gesehen hat, getan hat. Rezas Stimme ist kalt. Was er sagt, macht Angst. Glaubhaft ist alles, grausam worüber er spricht. Reza kündigt an, was gleich in dieser Küche passieren wird. Ausführlich und gelassen. Der Henker, der über seine Arbeit redet. Emotionslos beschreibt er Foltermethoden, Reza lässt keinen Zweifel daran, dass er imstande ist, all das zu tun, was er Dingo androht. Nur eine Frage der Zeit ist es, bis er es wahrmacht. Nur eine Frage der Vernunft, ob Dingo es zulässt.

Hast du mich verstanden, fragt Reza. Dingo nickt. *Du wirst mir jetzt die Wahrheit sagen.* Wieder nickt er. Dingos Augen sagen, dass er bereit ist zu reden, dass er um jeden Preis von hier wegwill. *Es liegt in deiner Hand*, sagt Reza. Dann reißt er ihm das Klebeband vom Mund.

– Ich sage dir alles, was du hören willst. Ich bin niemandem etwas schuldig, verstehst du? Frag mich einfach, das ist alles kein Problem. Du musst mir nichts tun. Ist nicht notwendig, alles ist cool. Was willst du von mir wissen?
– Wo sind die Kinder?
– Du lässt mich gehen, wenn ich dir sage, was ich weiß?
– Das kann ich nicht. Du würdest doch mit großer Wahrscheinlichkeit zu deinem Herrchen laufen und alles ausplaudern.
– Das werde ich nicht tun.
– Und warum sollte ich dir das glauben?
– Wenn ich dir sage, was du wissen willst, ist Schiele keine

Option mehr für mich. Er wird das alles nicht gut finden. Ich werde weit weg sein, wenn die Bombe platzt. Charles ist tot. Schiele wird ausrasten.

– Wo sind die Kinder?
– Du lässt mich dann gehen?
– O.k.
– Ich sollte das eigentlich gar nicht wissen. Ich habe nur durch Zufall erfahren, dass da zwei Kinder sind, dass er so ein Geheimnis daraus macht. Eine der Nutten hat es mir erzählt.
– Wo sind sie?
– Auf seinem Boot.
– Welches Boot?
– Er hat eine Yacht. Da hat er sie hingebracht. Er hat sich wohl Sorgen gemacht, dass die kleine Schlampe ihre Bälger finden könnte.
– Wo liegt das Boot?
– Das weiß ich nicht genau. Ich weiß nur, dass das Boot *Marie* heißt und dass es ein Vermögen gekostet hat. Ein österreichisches Modell, Dominator 800, ein Mörderteil. Ich wusste gar nicht, dass diese Bergmenschen Boote bauen können, haben ja kein Wasser.
– Wo es liegt, will ich wissen.
– Im Yachthafen wahrscheinlich.
– Wo genau?
– Das weiß ich nicht, das musst du mir glauben. Es sollte aber nicht allzu schwierig sein, das Boot zu finden. Von dieser Art gibt es nicht so viele in Hamburg.
– Das ist gut.
– Du lässt mich jetzt gehen?

– Nein.
– Ich habe dir doch gesagt, was du wissen wolltest.
– Du hast ihr wehgetan.
– Komm schon, es ist ja nichts passiert, die Kleine wird das überleben.
– *Kleine Schlampe* hast du sie genannt.
– Und? Bringst du mich deshalb um, oder was? Die kleine Drecksfotze muss dir ganz schön den Kopf verdreht haben.
– Ihr hättet das nicht tun sollen. Hättet nicht hierherkommen sollen.
– Ich hätte das kleine Miststück ficken sollen. So lange ficken sollen, bis sie auseinanderbricht. Das kleine geile Luder braucht es doch. Schau sie dir an. Wie scharf sie ist. Schiele hat sie wohl nicht hart genug rangenommen.
– Es reicht.
– Es reicht noch lange nicht. Wir werden euch beiden den Arsch aufreißen. Ihr habt euch mit den Falschen angelegt, Schiele wird euch die Haut abziehen, er wird euch so lange jagen, bis ihr tot seid.
– Gar nichts wird er.

Dingo schreit, droht. Reza setzt sich. Er nimmt die Flasche und schenkt sich ein. Blum spürt, wie sehr es ihm leidtut, dass er nicht da war, nicht auf sie aufgepasst hat. Wie hilflos es ihn macht. Reza möchte ihre Wunden schließen. Damit alles wieder gut wird, damit Blum endlich wieder lachen kann, ihre Kinder umarmen und mit ihnen herumalbern kann. Irgendwo auf der Welt an einem Ort, an dem sie niemand finden wird. Reza wünscht es sich. Er schaut sie an und trinkt. Blum macht die Zigarette aus und steht auf.

Ganz langsam passiert alles. Mit Bedacht jede Bewegung, weil nichts mehr von dem übrig bleiben soll, was passiert ist. Blum bückt sich und hebt die Axt vom Boden auf. Sie hört nicht mehr, was Dingo sagt. Wie er herumbrüllt, sie beschimpft. Kurz noch bleibt sie vor ihm stehen und starrt ihn an. Sie sieht nur, wie sich sein Mund bewegt, seine Lippen. Wie er seine Augen weit aufreißt, versucht sich zu befreien, sich hin- und herwirft. Doch nichts nützt. Blum hebt ihren Arm, holt aus und schlägt zu. So lange, bis es wieder still ist in der Küche.

48

– Wir müssen weitersuchen, Reza.
– Nein, wir müssen zurück zum Haus. Wir müssen uns um die beiden kümmern, wir müssen aufräumen, Blum.
– Ich werde so lange nach diesem Scheißboot suchen, bis ich es gefunden habe.
– Es ist nicht da, Blum. Es sollte genau hier liegen, aber das tut es nicht. Er kann es überall hingebracht haben.
– Reza.
– Was?
– Die Kinder.
– Ich weiß. Trotzdem müssen wir jetzt zurück, Blum. Schiele wird seine Schläger vermissen, er hat bestimmt schon versucht, sie zu erreichen. Er wird sie suchen, Blum. Und dort, wo er sie zuletzt gesehen hat, wird er damit anfangen. Verstehst du? Er darf die beiden nicht finden, solange wir die Kinder nicht haben.
– Ich bleibe hier.
– Bitte, Blum. Er wird nicht aufhören, dir wehzutun. Dieser Mann ist gefährlich. Alles, was du mir über ihn erzählt hast. Er ist wütend, weil er die Kontrolle verliert. Drei seiner Leute sind tot, und seine Schwester ist verschwunden, er wird nicht mehr zimperlich sein mit den Kindern, wenn er herausfindet, was passiert ist.
– Eben deshalb müssen wir raus aufs Wasser. Sie sind schon

zu lange allein, Reza. Bitte hilf mir, sie zu finden. Es ist das Einzige, das noch Sinn macht, Schiele hat die Kontrolle nämlich schon längst verloren. Er hat zwei Männer geschickt, um mich zu vergewaltigen, er hat sich nicht mehr im Griff, Reza, er wird ihnen wehtun, wenn wir sie nicht bald finden.

– Aber die Leichen, Blum. Das Blutbad in deiner Küche, was ist, wenn es jemand entdeckt, ein Nachbar, der durch das Küchenfenster schaut, der Postbote, ein Lieferant? Dann werden sie herausfinden, wer du bist, sie werden dich einsperren, Blum. Und dann ist es vorbei. Alles, verstehst du? Dann wirst du Uma und Nela nie wiedersehen.

– Bitte, wir müssen sie finden.

– Aber wie?

– Wir wissen, dass sie auf einer Yacht sind, oder? Das heißt, sie sind auf dem Wasser und nicht an Land. Deshalb werden wir uns jetzt ein verdammtes Boot mieten und sie so lange suchen, bis wir sie gefunden haben.

– Ich kann dich nicht davon abbringen, oder?

– Nein.

Ob es richtig ist oder nicht, es spielt keine Rolle. Blum hat eine Entscheidung getroffen, sie will sich nicht mehr verstecken, nicht mehr spielen, nicht mehr lügen. Sie will wissen, wo dieses Boot ist, sie sucht es, sie rennt über den City-Sporthafen. Hier hat Schiele einen Liegeplatz, einen Anleger mitten in der Stadt, hier startet er seine Ausflüge mit den Mädchen, seine Vergnügungstouren, Partys auf der Elbe. *Er wird wohl wieder mal über die Stränge schlagen da draußen.* Der Hafenmeister wusste, von wem Blum und Reza sprachen, als sie nach ihm fragten. *Schiele, ein großzügiger Kunde, immer charmant, immer gutes Trinkgeld, immer freundlich. Und was für eine tolle Yacht.* Der Hafenmeister schwärmte, konnte ihnen aber nicht weiterhelfen. *Leider, ich weiß nicht, wo er hin ist, die Leute melden sich ja schließlich nicht bei mir ab. Kann ja jeder machen, was er will, nicht wahr? Außerdem muss Schiele seine Mitarbeiterinnen früher oder später ja wieder zurück an Land bringen, damit die Kasse klingelt.* Er lachte, verlegen, weil er die Verzweiflung in Blums Gesicht sah. *Es tut mir leid, aber ich kann Ihnen wirklich nicht weiterhelfen.* Dann drehte er sich um und ließ sie allein zurück.

Blum und Reza. Sie hat ihn überredet, die Elbe mit ihr abzusuchen, die anderen Yachthäfen abzuklappern, die Seitenkanäle. Sie zieht ihn mit sich, an prachtvollen Booten vorbei, an Menschen, die in einen schönen Abend aufbrechen. Hinüber zum Bootsverleih. *Wir nehmen das Motorschlauchboot*, sagt sie und gibt dem Vermieter Geld. Er kontrolliert Rezas Papiere und macht ihnen das Boot fertig. Rot ist es, wendig, es ist der einzige Weg. Ablegen und hinaus auf die Elbe. Nach Wedel zuerst. Am Sporthafen müssen sie suchen. *Am ehesten könnte er den Kahn dort geparkt haben*, hat der Hafenmeister gesagt. *Es wäre die beste Option. Schöner Platz. Guter Mann, der Kollege dort, grüßen Sie ihn von mir.*

Aus der Stadt hinaus, an Blankenese vorbei. Blum sieht das Haus, in dem sie gewohnt hat, das reetgedeckte Dach, ihr neues Leben, das keines mehr ist. Nur ein Friedhof ist übrig geblieben. Leichen, die in ihrer Küche herumliegen. Sie kann mit den Kindern nicht dorthin zurückgehen, sie will diese

Männer nicht wiedersehen, nicht aufräumen, wie Reza sagt. Sie nicht eingraben, gar nichts mehr will sie, was mit Schiele zu tun hat. Auch das Telefon nicht abheben, das schon wieder klingelt. Sie drückt ihn weg. Am liebsten würde sie es ins Wasser werfen, doch sie kann es nicht. Noch nicht. Sie weiß, dass sie mit ihm reden muss, sie zögert es nur hinaus. Seine Fragen, die nächste Demütigung, die nächste Bestrafung, das Unausweichliche. Die Sätze, die er zu ihr sagen wird. *Du hast es so gewollt, Marie. Du hast dich nicht an die Spielregeln gehalten. Deshalb werden sie jetzt sterben, Marie. Ins Wasser fallen werden sie, ertrinken. Zuerst Emma, dann Katrin. Weil Mama gedacht hat, sie wäre schlauer als der gute Egon. Deine süßen kleinen Kinder werden jetzt verrecken, Marie.*

Sie müssen sich beeilen. Nach Wedel, die Yacht suchen, die Kinder finden, bevor Schiele es aussprechen kann. Mit den anderen Eignern reden. Ob jemand ihn gesehen hat, sein Boot, Uma, Nela. Sie beeilen sich, Reza und Blum legen an, sie reden, suchen, laufen über Stege, schauen. Doch nichts. Schieles Yacht ist nicht zu finden. *Wir müssen weiter*, sagt Blum. *Zum Finkenwerder Rüschkanal. In irgendeinem Scheißhafen liegt das Boot, ich weiß es. Sie sind ganz in der Nähe.* Blum ist überzeugt davon, dass er sie nicht zu weit weggebracht hat. Dass er sein Druckmittel jederzeit verfügbar haben will. Deshalb muss seine Yacht hier sein. Irgendwo in Hamburg, eine andere Möglichkeit gibt es nicht.

Angespannt über das Wasser. Mit dem Schlauchboot wieder zurück zum Finkenwerder Flughafen. Ein Airbus landet. Ein weiterer Hafen, den sie anfahren. Alles strahlt, sauber und ordentlich, in Reih und Glied liegen die Boote im Wasser. Nur das von Schiele nicht. *Ich werde jetzt sicher nicht aufgeben*, sagt sie. *So viele Möglichkeiten gibt es doch nicht mehr. Er wird kaum auf der Elbe ankern, oder?* Blum sagt es und schweigt. Weil langsam auch in ihr Zweifel aufkommen. Weil sie Angst hat, dass sie Schiele falsch eingeschätzt hat. Weil es langsam dunkel wird.

Sie fahren weiter. *Zum Harburger Binnenhafen noch. Bitte, Reza.* Die Süderelbe entlang, Reza nickt nur. Er will Blum keinen Wunsch abschlagen, fährt mit ihr durch das Industriegebiet, er steuert. Überall nur Werften, Fabrikgebäude, immer unwahrscheinlicher wird es, dass sie mit ihrer Suche Erfolg haben werden. Das Motorengeräusch wird von Minute zu Minute unerträglicher. Es dämmert. Bald werden sie nichts mehr sehen, Schieles Yacht wird in der Dunkelheit abtauchen, eine ganze Nacht lang werden sie nichts tun können. Nicht, wenn es nicht hier ist.

Marie heißt das Boot. Das hat Dingo gesagt. Der Name seiner Mutter, der Name, den sie sich ausgesucht hat. *Wie schön*, hatte Schiele damals gesagt. *Was für ein wunderbarer Zufall.* Fünf Buchstaben, nach denen sie immer noch suchen, eine Zwanzig-Meter-Yacht, die eigentlich nicht zu übersehen ist. Außer jemand hat sie versteckt, hinter einem alten kaputten Kahn vielleicht. Im letzten Winkel des Hafens, das Luxusspielzeug verborgen, so als hätte Schiele tatsächlich damit gerechnet, dass sie kommen würde. Es finden könnte. Sein Boot. Auf dem ihr Name steht. Auf dem Licht brennt.

49

So lange hat Blum im Dreck gegraben. Sie hat die ganze Stadt nach ihnen abgesucht, sie ist außer sich. Will losrennen, die Kabinentür aufreißen, nach unten stürzen, sie in die Arme nehmen. Doch Reza hält sie zurück. Er fleht sie an. *Bitte nicht, Blum. Wir können nicht einfach so an Bord spazieren.* Er bremst sie. Überzeugt sie, dass es klug ist, was er sagt. Abwarten, das Boot beobachten, herausfinden, wie viele Leute an Bord sind. Ob sie wirklich da sind. Uma und Nela. Auf Schieles Yacht, die friedlich vor ihnen liegt.

Sie stellen den Motor ab, legen an, steigen aus dem Schlauchboot, schleichen sich an. Wie Diebe verstecken sie sich hinter einem Müllcontainer. Blum betet dafür, dass sie da sind, ganz leise ist sie. *Vielleicht können wir sie hören*, flüstert sie. Doch da ist nichts. Nur das Licht im Bauch der Yacht, immer wieder ein Schatten, aber kein Laut, der nach außen dringt. Nichts, das ihr sagt, dass sie am Ziel ist. Dass das Schwein, das sie beinahe vergewaltigt hat, tatsächlich die Wahrheit gesagt hat. Dingo. Vielleicht wollte er sich nur um Kopf und Kragen reden, vielleicht hat er gelogen, einfach irgendetwas erzählt, damit sie zufrieden sind. Blum will es herausfinden. Sie will nicht mehr warten. Doch Reza fleht sie an. *Wenn es dunkel ist, werfen wir einen Stein hinüber. Wir schauen, was passiert, wer an Deck kommt.* Blum brennt, doch sie weiß, dass er

Recht hat, sie dürfen jetzt nichts überstürzen. Sie haben nur diese eine Chance. Nur ein Strohhalm ist es, an den sie sich klammert, eine Möglichkeit, keine Gewissheit. Sie darf den Halm nicht abbrechen, diese Verbindung zwischen ihr und den Kindern, die da plötzlich ist.

Blums Kopf ist wieder voller Angst. Noch einmal ignoriert sie Schieles Anruf, zum dritten Mal spricht er auf ihre Mobilbox, hinterlässt seine Stimme in ihrem Kopf. Weil sie so tut, als hätte sie seine Aufforderung, sich zu melden, nicht gehört. *Umgehend*, wie er sagt. Seine Stimme, die sich langsam in sie hineinbohrt, diese Nachricht, die sie abhört. *Wie du dir denken kannst, mache ich mir schon wieder große Sorgen um dich. Ich würde gerne wissen, wie es dir geht, ob die Jungs lieb zu dir waren. Ob du es genossen hast.*

Innerlich schreit sie. Trotzdem bemüht sie sich, still zu sein, Schiele nicht mehr an sich heranzulassen. Nie wieder. Keine Demütigungen mehr, keine Gewalt, keine Drohungen. Blum will ihn nie wieder sehen, nie wieder mit ihm reden. Kein Wort mehr. Weil es nichts anderes mehr zu tun gibt, als hinüber auf dieses Boot zu gehen. Egal, ob es noch hell ist, sie kann nicht länger warten, sie ignoriert Rezas Einwände. *Ich muss es jetzt wissen*, sagt sie, steht auf und will losrennen, doch in diesem Moment geht eine Tür auf. Jemand kommt an Deck.

Eine junge Frau ist es, sie zündet sich eine Zigarette an, raucht. Sie ist allein, gelangweilt starrt sie ins Wasser, kaut Nägel. Eine der Frauen, die für Schiele anschaffen, er muss sie dazu abkommandiert haben, auf die Kinder aufzupassen.

Bestimmt liegen sie unten in den Betten und schlafen, nur deshalb kann sie sie nicht hören. *Ich werde mit ihr reden*, sagt sie. Doch wieder hält Reza sie zurück, er will nicht, dass Blum sich in Gefahr begibt. Schiele hat seine Mitarbeiterin am Boot bestimmt darauf vorbereitet, dass die Mutter der Kinder auftauchen könnte, Schieles neuer Fixstern, die kleine nichtsnutzige Schlampe, die er in seinem Haus in Blankenese wohnen lässt. Die Frau auf dem Boot hätte sofort zum Telefon gegriffen, Schiele angerufen, geschrien, die anderen an Deck gelotst, die vielleicht unten schlafen. Deshalb besteht Reza darauf, dass er zu ihr geht und mit ihr spricht. *Wir sind kurz vor dem Ziel, Blum. Wir werden jetzt alles richtig machen.* Er küsst sie auf die Stirn und geht.

Reza ist ein Fremder in der Stadt, nur ein Bootseigner, der am Abend im Hafen noch eine Runde dreht, sich die Beine vertritt. Sie kennt ihn nicht, er ist nur jemand, der freundlich *Hallo* sagt und plaudern will. Langsam nähert er sich dem Boot. Blum versteckt sich, sie ist ganz nah, sie kann alles hören, was Reza sagt. *Haben Sie eine Zigarette für mich*, fragt er. Bevor die Frau wieder unter Deck verschwindet, muss er sie in ein Gespräch verwickeln. Er will wissen, ob da noch jemand ist. Ob nur sie es ist, die sie ausschalten müssen, sollten die Kinder tatsächlich an Bord sein. *Eine Zigarette? Aber sicher*, sagt sie.

– Sehr nett von Ihnen.
– Nett bin ich immer.
– Ja?
– Sieht man doch, oder?
– Sie sind sehr hübsch, wenn Sie das meinen.

– Du bist von der schüchternen Sorte, stimmt's?
– Stimmt.
– Hast du ein Boot hier?
– Ja, so einen kleinen Pott, liegt da drüben. Aber nichts im Vergleich zu Ihrem Wunderwerk hier. Eine richtig schöne Motoryacht ist das.
– Ist nicht meine. Leider. Ich arbeite nur hier.
– Was machen Sie beruflich?
– Ficken.
– Sie meinen …?
– Ja, das meine ich. Hast du ein Problem damit?
– Nein, nein. Im Gegenteil.
– Das gefällt dir, oder? Jetzt taust du auf. Ein Mädchen, das du einfach haben könntest, vor deiner Nase, praktisch schon in deinem Hafen. Müsstest nur noch ein paar Scheinchen rausholen, dann könnte es losgehen. Hast dir nicht gedacht, dass es so einfach ist, oder?
– Nein.
– Ich bin richtig gut, das kannst du mir glauben.
– Das glaube ich dir.
– Und? Willst du mich jetzt oder nicht? Soll dir die kleine Lisa einen blasen?
– Warum nicht?
– Komm rauf zu mir, dann zieh ich dir die Hosen runter. Kannst dir die Sterne ansehen, während ich mich um deinen Schwanz kümmere.
– Es wäre mir lieber, wenn wir nach unten gehen würden.
– Das geht leider nicht.
– Warum nicht?
– Weil diese verdammten Kinder da unten schlafen und

ich sie nicht aufwecken will, jetzt wo sie endlich ihre verdammten Klappen halten.

– Du hast Kinder?
– Sind nicht meine. Gar nichts hier gehört mir. Nichts außer diesen schönen Möpsen. Also nimm sie oder lass es bleiben.
– Mein Boot wäre nur eine Minute weg von hier. Komm mit zu mir.
– Ich darf sie nicht allein lassen.
– Du bist ja gleich wieder zurück. Wird ja nicht lange dauern.
– Von mir aus. Eine schnelle Nummer. Fünfzig für dich.
– Einverstanden.
– Dann komm schon, Seemann, lass uns deinen Kahn zum Zittern bringen.

Blum hört es. Dass da ihre Kinder unter Deck sind und schlafen. Dass es tatsächlich wahr ist. Da ist Angst und Wut und Glück in ihr. Blum möchte aufschreien, lachen, losrennen, aber sie wartet noch. Sie schaut zu, wie die junge Frau mit ihren halb ausgepackten Brüsten an Land kommt, wie sie Reza umarmt, ihm folgt. Weg von der Yacht, damit Blum ungesehen an Bord gehen kann. Reza lotst sie außer Sichtweite, er hat alles richtig gemacht, die richtigen Tasten gedrückt. Und er wird dafür sorgen, dass diese Frau nicht Alarm schlägt, wahrscheinlich wird er sie mit irgendeinem Seil, das herumliegt, fesseln, er wird ein Stück Stoff in ihren Mund schieben und sie irgendwo anbinden. Erst am Morgen wird sie gefunden werden. Wenn Reza und Blum längst weg sind. Mit Schieles Boot weit draußen auf dem Meer. Mit den Kindern in ihren Armen.

50

Blum hört, wie er den Motor startet. Während sie unter Deck steht und die Kinder anschaut, steuert er Schieles Yacht durch die Schleuse. Wieder hinaus auf die Elbe, weg aus Hamburg, Richtung Cuxhaven. Reza ist oben und kümmert sich um alles, es muss jetzt schnell gehen, sie dürfen keine Zeit verlieren. Hinaus aufs offene Meer, verschwinden im großen Blau, bevor man die junge Frau findet, die Reza mit Gewalt in den Kofferraum ihres Wagens gesperrt hat. Er hat sie vom Boot weggelockt, hat herausgefunden, wo ihr Auto steht, hat ihr den Schlüssel abgenommen und sie so sanft wie möglich ausgeschaltet. Dann hat er ihr das Geld in die Tasche gesteckt und ist zurück zum Boot. Hat die Leinen losgemacht. Blum einen Blick zugeworfen. Ein Lächeln.

Aneinandergeschmiegt liegen sie jetzt da, die kleinen Hände halten einander. Schwestern, ängstlich, unter einer Decke verkrochen, ihre Kinder. Wie ein Wunder ist es, das in Erfüllung geht, die kleinen Körper, die sich leicht hin- und herbewegen, Uma und Nela. Wenn sie aufwachen, wird Mama da sein und sie in die Arme nehmen. Keine Minute mehr werden sie diese Ungewissheit ertragen müssen, dieses Gefühl, verlassen worden zu sein, hilflos, mit ihren Träumen allein. Deshalb streichen Blums Finger sanft über die Wangen und Haare, Blums Lippen berühren immer wieder die vertraute Haut. Blum riecht sie. Und weint. Ganz leise flüstert sie. *Mama ist wieder da. Ich liebe euch. Meine kleinen Zauberwesen. Es tut mir so leid, dass ich nicht besser auf euch aufgepasst habe. Aber jetzt ist alles wieder gut. Mama bleibt bei euch.* Dann legt sie sich zu ihnen. Sie deckt sie zu mit ihrer Liebe.

Mit dreißig Knoten über die Elbe. Bis es hell wird, bleiben sie nicht stehen. Reza fährt immer weiter, er wird nicht müde, er will sie an einen sicheren Ort bringen. Nur einmal stoppt er kurz, geht nach unten, sieht nach ihnen. Sein Blick auf das Bett, wie sie schlafen, zu dritt nebeneinander. Uma, Nela, Blum. Dann geht er wieder nach oben. Fährt weiter durch die Nacht. Da ist nur das Motorengeräusch unten in der Kabine. Nur Geborgenheit, Blums warmer Körper, der die Kinder langsam aus dem Schlaf holt. Eine Erinnerung, die sie weckt, ein schönes Gefühl, mit dem sie nicht rechnen. Das Licht, das in die Kabine kommt, und diese Überraschung, die neben ihnen liegt. Mama.

So als wäre sie vom Himmel gefallen, schauen sie sie an. Bevor sie laut schreien vor Freude, aufspringen, sich auf sie werfen, in sie hineinkriechen, sie mit Fragen überschütten. *Wo warst du, Mama? Warum bist du nicht früher gekommen? Wo ist die Frau, die auf uns aufgepasst hat? Warum hast du da einen Verband? Warum bist du verletzt? Geht es dir gut, Mama? Wir sind so froh, dass du wieder da bist. Wir hatten solche Angst, dass du nicht wiederkommst. Bitte halt uns fest. Nicht loslassen, Mama.*

Wie gut es tut. Jedes Wort, das sie sagen. Jede Bewegung, die sie machen, alles, was in ihren Augen leuchtet, diese Freude, diese Erleichterung. Einfach nur schön ist es. Dass sie leben, dass es plötzlich wieder hell ist, dass Blum mit den Kindern nach oben an Deck geht und ihnen zeigen kann, wer noch da ist. Reza. Wie sie auf ihn zurennen, auch ihn umarmen, es nicht glauben können. Ein Wiedersehen, das alles vergessen lässt. Das Meer, den Himmel, die Sonne.

Weit draußen sind sie, irgendwo vor Helgoland hat Reza den Motor abgestellt. Sie treiben im Meer. Außer ihnen ist da niemand. Einatmen. Es genießen. Einen Tag lang stillstehen. Kochen, miteinander essen, mit den Kindern ins Meer springen, schwimmen. So als gäbe es die Vergangenheit nicht, als würde sie nie wieder zurückkommen, sie einholen. Wie Urlaub ist es. So als hätten sie sich ein Boot gechartert und sich auf den Weg gemacht. Geschichten, die Blum erzählt, Märchen, die gut enden, die die Kinder glücklich machen. Heile Welt. Nela schläft glücklich und zufrieden ein in Blums Schatten. Und Uma stellt Fragen, sie lässt sich Zöpfe flechten von Blum, sie genießt es, dass sie sie eine Zeit lang nur für sich allein hat.

– Ich habe gewusst, dass du wiederkommst, Mama.
– Tapfere kleine Maus. Ihr habt das ganz toll gemacht, du und deine große Schwester. Ich bin so stolz auf euch.
– Nela hat die ganze Zeit geweint. Obwohl sie älter ist als ich. Sie hat nicht mehr daran geglaubt, dass wir dich wiedersehen.
– Ich würde euch doch niemals alleinlassen.

– Papa hat uns aber auch alleingelassen.
– Papa ist tot.
– Du hättest auch tot sein können, Mama.
– Nein. Eure Mama lebt. Und das noch ganz lange.
– So etwas kann man nicht wissen, Mama.
– Da hast du Recht, aber ganz tief in mir spüre ich, dass ich noch erleben werde, wie ihr beiden erwachsen werdet, wie ihr ebenfalls Kinder bekommt. Das werde ich mir auf keinen Fall entgehen lassen.
– Onkel Egon hat gesagt, dass du verreist bist.
– Das ist nicht euer Onkel. Und was er gesagt hat, stimmt nicht.
– Er hat gesagt, dass du uns nicht mehr lieb hast. Dass er jetzt auf uns aufpasst. Deshalb hat Nela geweint. Er hat gesagt, dass du froh bist, uns los zu sein.
– Das ist Unsinn, das weißt du doch, oder?
– Ja, Mama.
– Jetzt ist alles wieder gut.
– Wenn wir nicht brav sind, wird er uns an die Fische verfüttern, uns einfach ins Meer werfen. Er hat es ernst gemeint, Mama. Ganz laut geschrien hat er.
– Dieser Mann ist böse. So wie der Wolf in dem Märchen, das ich euch erzählt habe. Aber jetzt ist der Wolf tot, wir haben ihm den Bauch aufgeschnitten und euch herausgeholt.
– Er hat gesagt, dass er wiederkommt, Mama.
– Das wird er nicht.
– Und er hat gemeint, dass du eine Mörderin bist.
– Hat er das?
– Ja.

– Ach, meine Kleine, er wollte euch nur Angst machen.
– Ich weiß, was eine Mörderin macht. Eine Mörderin tötet Menschen. Das stimmt doch, oder?
– Ja, das stimmt.
– Tötest du auch Menschen, Mama?

Sie zwingt sich zu einem Lachen. Sie nimmt Uma in den Arm, drückt sie an sich und küsst sie. Blum tut so, als wäre es das Absurdeste auf der Welt, als wäre allein der Gedanke daran absolut lächerlich. *Mama tötet doch keine Menschen, mein Schatz.* Blum lügt. Sie schiebt alles unendlich weit weg von sich, nur noch im Jetzt will sie sein, die Kinder nicht mehr aus den Augen lassen. Sie bringt Uma zum Lachen. Kitzelt sie. Streicht Nela über die Haare. *Mama ist keine Mörderin.* In Gedanken wiederholt sie es. *Mama hat euch lieb*, sagt sie. Nur ein wunderschöner Tag am Meer ist es. Niemand mehr stirbt. Nur ein leichter Wind, der geht.

51

Blum will es hinauszögern. Die Entscheidung, die sie treffen muss. Seit drei Tagen schiebt sie es auf, mit Reza darüber zu reden, sie tut so, als wäre das alles für immer. *Lass uns noch ein bisschen treiben*, sagt sie. Weil sie nicht weiß, wo sie hinwill. Wie es weitergeht. Weil es einfach nur guttut jetzt. Hier am Wasser will sie sein. Nicht an Land gehen, nirgendwo ankommen. *Bitte, Reza.*

Blum genießt es. Sie heilt ihre Wunden. Das Brandzeichen auf ihrem Arm, das sie verbirgt. Ihre Schulter, der Bauch. Verbände, die sie wechselt. Sie tut so, als wäre alles in Ordnung. Still ist es. Nur schöne Tage mit den Kindern. Was Reza sagt, ignoriert sie. *Wir müssen von hier weg, Blum. Das Mädchen hat ihm längst gesagt, was passiert ist. Sie suchen das Boot, Blum. Wir können nicht länger bleiben.* Aber sie will es nicht hören. Sie will bleiben, im Meer vor Helgoland. Etwas in ihr sagt, dass sie noch nicht gehen kann, sie hält Reza davon ab, Gas zu geben, mit ihr und den Kindern weit wegzufahren. Nach England, Spanien, Marokko, irgendwohin, wo sie für immer sicher sind, wo niemand sie kennt.

Noch nicht. Sie flüstert es in sich hinein. Noch warten. Nicht einfach an Land gehen und den Kühlschrank füllen, Trinkwasser laden und verschwinden. Solange es geht, solange sie sich noch wehren kann gegen diesen Satz, der ihr bereits auf der Zunge liegt. Sie will die Enttäuschung der Kinder nicht sehen. *Mama muss noch einmal weg.* Es nicht aussprechen. *Ich muss noch einmal zurück. Ein paar Dinge in Ordnung bringen.* Blum spielt Uno mit den Kindern. In der Morgensonne tut sie noch einen Augenblick lang so, als wäre alles gut. Dann sagt sie es. Auch wenn es ihr fast das Herz bricht.

– Es geht nicht anders, Reza. Ich muss die Pässe holen. Ich will nicht schon wieder von vorne anfangen. Die Pässe sind im Haus, ohne Pässe können wir nirgendwohin.
– Wir finden eine Lösung.
– Wir haben kein Geld, Reza.
– Wir haben das Boot, wir verkaufen es und besorgen uns alles, was wir brauchen.
– Wenn das so einfach wäre, Reza. Das Boot hat er bestimmt als gestohlen gemeldet, niemand will es haben, glaub mir. Wir haben nichts, Reza. Gar nichts.
– Wir haben uns.
– Das ist leider zu wenig, um weiterzuleben.
– Wir bringen das Boot nach Kroatien, ich kenne dort Leute. Du musst nicht gehen.
– Doch, ich muss. Noch mehr Namen will ich den Kindern nicht zumuten. Das verstehen sie nicht. Sie haben sich gerade erst an alles gewöhnt. Aus Uma wurde Emma, und aus Nela wurde Katrin. Das muss so bleiben, verstehst du?
– Du hast ihnen gesagt, dass du sie nicht wieder alleinlässt. Dass du bei ihnen bleibst. Sie sind so glücklich, schau sie dir an. Mach das doch nicht wieder kaputt.

– Ich kann nicht anders, Reza. In zwei oder drei Tagen werden wir alle wieder zusammen sein und von hier weggehen. Für immer, Reza. Weit weg.
– Er wird dich umbringen, Blum.
– Das wird er nicht.
– Dann werde ich statt dir gehen.
– Nein. Du musst bei den Kindern bleiben. Du musst auf sie aufpassen. Ich habe nur dich, Reza. Nur bei dir sind sie sicher.
– Ich habe Angst um dich.
– Wenn wir eine Zukunft haben wollen, muss ich jetzt zurück. Schiele weiß, wie ich heiße. Wie die Kinder heißen. Er hat mir die Pässe besorgt, er ist der Einzige, der meine Vorgeschichte kennt. Nur er, verstehst du? Ich bin sein kleines Geheimnis.
– Und?
– Ich muss dafür sorgen, dass er dieses Geheimnis für sich behält.
– Wie?
– Irgendetwas wird mir einfallen.
– Bitte lass mich das für dich machen, Blum.
– Nein.
– Warum nicht?
– Weil das meine Wunden sind, nicht deine.
– Wir dürfen nichts überstürzen, wir müssen uns das gut überlegen, du kannst jetzt nicht mehr einfach so nach Hamburg zurück. Nicht in dein Haus, nicht zu ihm gehen. Wie stellst du dir das vor? Was um Himmels willen willst du denn tun?
– Ich werde ihn töten.

– Wie denn? Du wirst nicht einmal in seine Nähe kommen. Er wird auf dich warten, die Alarmanlage ist an, Blum. Seine Schwester ist verschwunden, sein Boot ist weg, die Kinder. Er ist wütend.
– Das bin ich auch.
– Bitte bleib, Blum.
– Ich kann nicht, Reza.

51

Sie muss es wieder tun. Das, was sie im Schlafzimmer des Richters getan hat. Nichts hinterlassen, keine Spuren, es soll so sein, als wäre sie niemals hier gewesen. Nicht in dem wunderschönen Häuschen an der Elbe. Nicht in dem kleinen Bestattungsinstitut in Blankenese. Blum wird saubermachen. So lange, bis alles von ihr verschwunden ist.

Reza hat sie an Land gebracht. Er hat in Cuxhaven Proviant geladen und sie von Bord gelassen. Sie wollte nicht, dass Reza mit dem Boot in Schieles Nähe kommt. *Ich werde dich anrufen, wenn alles vorbei ist*, hat Blum gesagt und ist gegangen. Hat sich nicht umgedreht. Sie wollte das Winken der Kinder nicht sehen, ihre enttäuschten Gesichter. Blum hat den Zug genommen, ist zurück nach Hamburg. Bei den Landungsbrücken ist sie in den Leichenwagen gestiegen. Sie muss zu Johann, ihm das Auto zurückbringen, sich bei ihm entschuldigen. Dafür, dass sie ihm nicht Bescheid gegeben hat, dass sie den Wagen einfach genommen hat, ohne ihn zu fragen. Er wird ihn früher oder später als gestohlen melden, deshalb muss sie sofort zu ihm. Ihn um Verzeihung bitten. Dafür, dass sie ihn seit zwei Wochen im Stich gelassen hat. Dass sie einfach verschwunden ist, seine Telefonate nicht beantwortet hat. *Es tut mir so leid, Johann. Ich hätte mich melden müssen. Du warst so freundlich zu mir, hast so viel für mich getan.*

Ich wollte dich wirklich nicht enttäuschen, Johann. Blum stammelt. Sie steht vor ihm und schämt sich. *Ist schon gut, meine Liebe*, sagt er.

Johann weiß, dass sie nicht wiederkommt. Es ist ein Abschied. Er lässt sie gehen, fragt nicht nach. Wo sie hinwill, warum sie so plötzlich wieder aus seinem Leben verschwindet, er nimmt es gelassen, hält sie nicht auf. Im Gegenteil, er fragt sie, ob sie noch etwas braucht, ob er noch etwas tun kann für sie. Es ist keine Neugier, die sie dazu bringen würde, ihn anlügen zu müssen. Er fragt nicht nach Reza, der bei ihm aufgetaucht ist und nach ihr gefragt hat. *Wer war dieser Mann, der mir das Foto von dir gezeigt hat? Bist du in Schwierigkeiten, Marie? Was wollte er von dir?* Johann hält sich zurück, er sagt ihr nur, dass sie sich an ihn wenden kann, wenn sie etwas braucht. *Du kannst mir ruhig sagen, wenn du in Schwierigkeiten steckst.* Er ist wie der liebevolle Großvater, den sie nie hatte. Er erinnert sie an Karl. Johann will sie beschützen, weil er spürt, dass etwas nicht stimmt. Fürsorglich ist er, bis zum Ende hilfsbereit. *Ich mache mir zwar Sorgen, aber du wirst das schon machen*, sagt er. *Und wenn du den Wagen noch brauchst, dann nimm ihn dir und sperr ab, wenn du fertig bist. Und leg den Schlüssel in den Blumentopf neben der Tür.* Blum umarmt ihn. Lange. *Danke*, sagt sie. Gefasst erwidert er ihre Umarmung. Dann geht er. Lässt sie im Institut allein zurück.

Blum beginnt mit ihrer Arbeit. Mit Einweghandschuhen und Desinfektionsmittel poliert sie den Versorgungsraum, den Abschiednahmeraum, die Kaffeeküche, sie lässt nichts aus. Sie geht sorgfältig vor. Jede Flasche, jede Nadel, jede Tasse, sie werden keinen einzigen Fingerabdruck finden. Kein Stück Haut, keinen Speichel, nichts. Nicht im Bestattungsinstitut und nicht in dem Haus, in dem sie beinahe glücklich geworden wäre. Blum kehrt noch einmal dorthin zurück. Auch hier muss sie aufräumen, sie muss die Pässe holen, das Nötigste zusammenpacken. Zwanzig Liter Bleich- und Desinfektionsmittel hat sie von Johann mitgenommen, sie wird alles einsprühen, abputzen, wegwischen, was war. Keine brauchbare DNA von ihr, nicht im Wohnzimmer, nicht im Kinderzimmer, nicht im Bad. Und auch nicht in der Küche. Blum kümmert sich um alles, nur die Leichen lässt sie liegen, sie putzt um sie herum, sie tut so, als wären sie nicht da, als wäre es nicht passiert. Auch den Gestank ignoriert sie. Die Schweine am Boden, die verwesen.

Es ist Sommer. Es ist heiß, die Fliegen haben Eier in die Wunden gelegt, überall auf ihnen kriechen Maden herum. Alltag ist es, den Geruch kennt sie, sie blendet ihn aus. Seit sie denken kann, ist sie davon umgeben gewesen. Fäulnis, Totenflecken, Körperflüssigkeiten, die sich ihren Weg suchen. Wasserleichen, Verstorbene, die wochenlang in ihren Wohnungen liegen, bevor man sie findet. Ganz normal ist es. Blum tut zumindest so. Bis sie fertig ist, in allen Räumen war, auch im Garten, im Erdkeller. Sie desinfiziert alles, verbrennt es. Im offenen Kamin die Flammen. Zahnbürsten, Haarbürsten, Kuscheltiere, Teddybären, Spielzeug, Polster, Bettwäsche. Sie macht es zu Asche. Vorhänge, Teppiche, sie zerschneidet sie und schaut zu, wie sie in Rauch aufgehen. Kein Haar soll gefunden werden, nichts.

Blum reinigt die Abflüsse, entleert die Siphons, den ganzen Nachmittag lang, den Abend, die halbe Nacht. Akribisch, sie vergisst nichts, in jeden Winkel kriecht sie. Sie saugt, sie verbrennt, sie sprüht, sie wischt und putzt. Sie darf nichts vergessen, muss auch den Staubsaugersack ins Feuer werfen. Bringt immer wieder Asche hinaus in den Garten. Sie wird den Beamten, die das Haus durchsuchen werden, nichts von sich zurücklassen. Noch nie werden sie einen solchen Tatort gesehen haben. Blum wird nicht daran scheitern, weil sie vergessen hätte, ein Glas abzuspülen. Sie werden nichts finden, sie kümmert sich darum. Bis es hell wird. Wie besessen, weil sie immer wieder an die Kinder denkt. Wie die beiden neben Reza im Bett liegen und ihn zum hundertsten Mal fragen, wann Mama endlich wieder zurückkommt.

Bis da nur noch ein unberührtes Haus ist. Ein Haus, in dem zwei Leichen liegen. Blum steht da und schaut auf sie hinunter. So als hätte das alles nichts mit ihr zu tun. Ganz langsam bückt sie sich und nimmt die Axt, die neben Dingo und Charles auf dem Boden liegt. Sie hebt sie auf und geht zum Waschbecken, sie schrubbt das vertrocknete Blut ab, die Fingerabdrücke. So lange, bis die Axt sauber ist. Dann geht sie hinaus in den Garten, in den kleinen Schuppen zum Hackstock. Sie schlägt die Axt, die sie gewaschen hat, hinein und nimmt die andere mit.

Schieles Spielzeug. Er hat es geliebt, Holz zu spalten. Es hat ihn an einen Film erinnert. *Gib dem Affen Zucker*, er hat ihn ihr gezeigt. Adriano Celentano, der mit nacktem Oberkörper inbrünstig Holz hackt, während ihn seine Angebetete mit ihrer bloßen Anwesenheit verrückt macht. *Mir geht es genauso wie diesem armen Mann*, hat er gesagt und sich abreagiert, beinahe immer, wenn er kam, Schiele hat sich um das Brennholz gekümmert. Dafür ist sie ihm jetzt dankbar. Dass überall auf dem Griff seine Fingerabdrücke sind.

Blum hält sie vorsichtig. Ganz vorne, immer noch hat sie die Handschuhe an. Seelenruhig geht sie zurück in die Küche, behutsam presst sie die Schneide der Axt in Charles' Wunde. Blum hält die Mordwaffe in der Hand, in aller Ruhe wiederholt sie, was passiert ist, in Zeitlupe hackt sie in seinen Rücken, schlägt gegen den Kopf von Dingo. Es wird keinen Zweifel geben. Egon Schiele hat die beiden Männer umgebracht. Er hat sie getötet und dann saubergemacht.

Die Spurensicherung wird nichts finden, nichts, das zu ihr führt, zu den Kindern, keiner wird den Bogen zu ihrer Vergangenheit spannen, alles wird im Verborgenen bleiben. Das ist der Plan. Sie glaubt daran und beginnt noch einmal von vorne. Einmal noch alle Ritzen kontrollieren, einmal noch nach Haaren suchen, nichts übersehen. Warten, bis das Feuer ausgeht. Sich kurz hinlegen, weil sie die Augen nicht länger offenhalten kann. Schlafen. Eine Stunde, oder zwei. Dann wird sie weitermachen, sich um Schiele kümmern. Bevor sie zurück an Bord geht und die Mädchen wieder in die Arme nimmt.

53

– Du überraschst mich, Marie. Mit einem Anruf von dir habe ich wirklich nicht mehr gerechnet.
– Ich würde doch niemals gehen, ohne mich von dir zu verabschieden.
– Das freut mich, Marie. Ich kann dir gar nicht sagen, wie sehr.
– Wir sollten uns treffen, findest du nicht auch?
– Unbedingt, das sollten wir.
– Ich werde das hier vermissen.
– Was meinst du, Marie?
– Die Elbe. Ich liebe es, wenn die großen Schiffe hier vorbeiziehen. Es ist fast wie am Meer. Die Kinder haben es sehr gemocht, hier im Sand zu spielen. Sie haben mit Tino eine riesige Burg gebaut. Die Burg ist jetzt aber kaputt. Und Tino ist tot.
– Wir können über alles reden.
– Dann sag mir, was mit ihm passiert ist.
– Dein armer kleiner Bootsbauer schon wieder? Ich dachte, mit dem Thema sind wir durch.
– Ich möchte wissen, wie er gestorben ist.
– Das ist doch Schnee von gestern, Marie. Bitte lass uns eine Lösung für unser aktuelles Problem finden, das scheint mir dringlicher.
– Ich kann auch auflegen, wenn dir das lieber ist. Ich kann

das Telefon in die Elbe werfen und für immer verschwinden, ohne dass wir uns jemals wiedersehen. Willst du das?

– Nein, das will ich nicht.

– Dann solltest du mir erzählen, was du mit ihm gemacht hast.

– Man ist mit ihm aufs Land gefahren, man hat ihn erschlagen und in einer Güllegrube versenkt. Sie werden ihn wohl nicht so schnell finden.

– Und warum hast du das getan?

– Weil du gegen die Spielregeln verstoßen hast, das weißt du doch. Wir hatten eine Vereinbarung, und du hast dich nicht daran gehalten. *Du* bist für das alles verantwortlich, nicht ich.

– Da hast du Recht. Es ist alles meine Schuld.

– Es ist schön, dass du das einsiehst, Marie. Aber jetzt sollten wir endlich über meine Schwester reden.

– Meine Nachricht hat dich überrascht, nicht wahr? Das hübsche Video, das ich dir geschickt habe. Dürfte dir gefallen haben, stimmt's?

– Sehr sogar, ja.

– Du hast mich inspiriert. Es hat Spaß gemacht, diesen kleinen Film zu machen. Ich habe mir vorgestellt, wie du reagieren wirst. Wie sehr du dich wohl darüber freuen wirst. Zu sehen, dass es ihr gutgeht.

– Wenn ich ehrlich bin, bin ich davon ausgegangen, dass ich meine Schwester nicht wiedersehen werde.

– So kann man sich irren.

– Ich hoffe, du hast ihr nicht wehgetan.

– Ein bisschen vielleicht.

– Wenn ihr etwas passiert, wird dir das sehr leidtun.

– Noch geht es ihr gut.

– Das hoffe ich für dich.

– Aber sie wird sterben, wenn du nicht tust, was ich dir sage.

– Eigentlich sind wir doch quitt, oder?

– Nein, das sind wir nicht.

– Du hast doch deine Kinder wieder. Was willst du denn noch?

– Geld.

– Du enttäuschst mich. Ich dachte wirklich, dass du anders bist als all die anderen Weiber, die um mich herumschwänzeln. Es ist sehr traurig zu hören, dass dem nicht so ist.

– Du kannst jetzt aufhören mit deinem Theater. Es ist vorbei, du hast verloren, und ich habe gewonnen. So einfach ist das.

– Du hast wirklich Mut, das muss ich dir lassen.

– Ich will 800 000 Euro von dir. Das müsste reichen, um irgendwo neu anzufangen. Dürfte für einen erfolgreichen Geschäftsmann bis morgen Mittag locker zu schaffen sein.

– Jetzt scheint es tatsächlich völlig mit dir durchzugehen. Was denkst du denn, mit wem du es hier zu tun hast? Denkst du, die Millionen liegen einfach so in meinem Büro herum?

– Es ist mir egal, wo du das Geld hernimmst. Ich will nur, dass du es mir morgen zum Bahnhof bringst. Gleis 3. 12 Uhr 35. Nicht früher und nicht später.

– Lass uns ehrlich sein, Marie. Du hast die ganze Sache nicht mehr im Griff. Sie entgleitet dir. Ich bin richtig erschrocken, als ich gesehen habe, was du in meinem schönen Haus angerichtet hast. Was du meinen armen Jungs angetan hast.

– Du warst also dort?
– Natürlich. Ich habe dich vermisst, dich gesucht, aber leider nur die Sauerei in meiner Küche vorgefunden. Schrecklich ist das. Sie wollten doch nur ein bisschen Spaß haben, du hättest sie doch nicht gleich umbringen müssen.
– Sie hatten ihren Spaß, glaub mir.
– Ich frage mich die ganze Zeit, wie du es gemacht hast. Es ist wirklich faszinierend, dass dir dieses Kunststück gelungen ist. Zwei so stattliche Männer und eine so zierliche Frau, unfassbar.
– Genug geredet.
– Dann sag mir, wo meine Schwester ist.
– Wie gesagt, Schiele. Es hängt von dir ab, ob du sie wiedersehen wirst, ob sie leben oder sterben wird. Du hast es in der Hand. 800 000, morgen, 12 Uhr 35, Gleis 3.
– Ich denke wirklich nicht, dass du in der Position bist, etwas zu fordern.
– Dann schau dir noch einmal das Video an.
– Die ganze Welt sucht dich, meine Gute.
– Und?
– Früher oder später wird man die Leichen in meinem hübschen Haus finden, und du weißt, was dann passieren wird. Es ist alles nur eine Frage der Zeit.
– Das lass mal meine Sorge sein.
– Wir könnten das Häuschen doch einfach anzünden, oder? So wie du es mit dem Schuppen des Bootsbauers gemacht hast. Schwupps und weg, keine Spuren, keine Mörderin. Du bist frei, gibst mir meine Schwester zurück, die Versicherung bezahlt für das Haus, und alles ist gut. Was hältst du davon?

– Du willst es nicht verstehen, oder? Wir werden sie töten, wenn du das Geld morgen nicht mitbringst.
– Wir?
– Jemand passt auf sie auf, während du und ich uns wiedersehen. Und dieser Jemand wird sie töten, wenn ich ohne Geld zurückkomme. Du musst nämlich wissen, dass mir deine Schwester scheißegal ist. Der einzige Grund, warum ich noch hier bin, ist das Geld, das ich von dir will. Geht das in deinen kleinen Zuhälterkopf?
– Hast du keine Angst vor mir?
– Nein. Nicht mehr. Du hast mir schon alles angetan, was man jemandem antun kann.
– Jetzt lass uns doch vernünftig miteinander reden, Marie.
– Wir haben alles besprochen. Entweder du bist da oder nicht. Entweder du bringst das Geld mit oder nicht. Entweder sie lebt weiter oder sie stirbt.
– Was machst du nur, Marie?
– Ich bringe die Dinge wieder in Ordnung.

54

Sie hat ihn angerufen. Ihm gesagt, was sie will. Nachdem sie ihm das Video geschickt hatte. Seine Schwester, die noch einmal von den Toten auferstanden ist für ihn. Wie ein kleines Wunder war es. Dass es ihr eingefallen ist, was Schieles Schwester im Erdkeller in die Kamera gesprochen hatte. Wie ein Befreiungsschlag war es gewesen, als sie auf *Senden* gedrückt hatte. Und dann der Anruf. Ihre Genugtuung, ihm endlich etwas entgegensetzen zu können.

Sie atmet ein. Atmet aus. Das Telefon immer noch in ihrer Hand. Blum stellt sich das Meer vor, wie es ist am Morgen. Kein Wind geht, da sind keine Wellen, da ist nur das, was sie gesagt hat. *Entweder sie lebt weiter, oder sie stirbt.* Klar und deutlich ihre Forderung. Auch wenn sie gezittert hat, auch wenn sie jeder Satz unendlich viel Kraft gekostet hat, sie hat nicht die Fassung verloren, sie hat alles richtig gemacht. Er hat so reagiert, wie sie es sich vorgestellt hat, Schiele ist nervös, er nimmt sie jetzt ernst, er weiß, wozu sie fähig ist. Sein Spielzeug, das er nicht mehr unter Kontrolle hat. Seine Marie, die Amok läuft. Er muss sie stoppen.

Blum legt das Telefon zur Seite und nimmt den Verband ab. Das Brandmal auf ihrem Unterarm, sie starrt es an. Egon Schiele. Elf Buchstaben, die sie ein Leben lang daran erinnern sollen. *Handarbeit*, hat er gesagt. *Du gehörst jetzt mir. Für immer.* Blum kann ihn hören. Auch wenn es still ist im Haus. Da ist kein Laut, nur der Regen draußen, die Tropfen, die gegen das Fenster schlagen. Ein Gewitter. In ihr. Auf ihrer Haut. *Du gehörst jetzt mir.* Wie er es gesagt und sie angegrinst hat. Wie er sie verspottet hat. Blum will es nicht mehr. Keinen Tag länger. Deshalb tut sie es einfach, sie überlegt nicht mehr. Was in wenigen Minuten passieren wird, wie weh es tun wird. Sie denkt nicht daran.

Das Bügeleisen, das sie vor vier Monaten am Flohmarkt in Altona gekauft hat, sie steckt es an. Weil es der einzige Weg ist, um ihn loszuwerden. Sie dreht den Schalter und wartet, bis es heiß wird. Das Brandmal, das sie immer noch anstarrt, und die Gedanken, die sie wegwischt. *Das kannst du nicht tun, Blum. Das hältst du nicht aus. Nicht ohne dich zu betäuben. Trink etwas, Blum. Nimm Tabletten.* Doch sie will klar sein. Es spüren. Wie es von ihr verschwindet. Sie will ihn auslöschen. An jedem Tag ab heute. Es wird aufhören wehzutun irgendwann, die Wunde wird verheilen. Blum weiß es. Deshalb nimmt sie das Bügeleisen in die Hand. Und drückt es fest auf ihren Arm. Eine Sekunde lang, zwei. *Ich gehöre niemandem*, presst sie zwischen ihren Lippen heraus. Drei Sekunden lang, vier. *Ich gehöre nur mir*, schreit sie. Fünf Sekunden lang, sechs. *Für immer*, brüllt sie. Sieben, acht. Einmal drückt sie das Bügeleisen noch ganz fest gegen den Arm, dann lässt sie es fallen.

Sie schreit. Hört nicht auf damit. Weil es unerträglich wehtut, weil sie am liebsten ihren Arm ausreißen würde, weil sie in

Ohnmacht fallen, den Kopf gegen die Wand schlagen möchte. Bis sie nichts mehr spürt. Nichts mehr riecht. Keinen Chlorgeruch mehr, kein Desinfektionsmittel, keinen Verwesungsgeruch, der durch das Haus schleicht. Blum möchte einfach alle Lichter ausschalten. Doch sie bleiben an. Egal wie groß der Schmerz ist, Blum bleibt an Deck, sie macht weiter, hält es aus. Sie weiß, dass es aufhören wird. Weniger wird. Der Schmerz. Bald schon.

Was von Schiele übrig ist. Blum schaut hinunter auf ihren Arm. Obwohl Tränen aus ihren Augen kommen, lächelt sie. Ihr Mund ist schmerzverzerrt, ihre Mundwinkel sind nach oben gezogen. Verzweiflung und Freude. Weil da, wo sein Name stand, jetzt nur noch ein rotes Dreieck ist. Ein Stück Vergangenheit, das auf ihrer Haut verbrannt ist. Schiele ist weg. Jeder Buchstabe von ihm. Keine Erinnerung mehr, die sie mitnehmen wird, sie wird alles zurücklassen. In Hamburg. Auf dem Kiez. In Blankenese.

Ich bringe die Dinge wieder in Ordnung, hat sie zu ihm gesagt. Blum trägt Brandsalbe auf. Verbindet sich. Beißt die Zähne zusammen. Sie kümmert sich um die letzten Details im Haus, sprüht noch einmal, reinigt das Bügeleisen, kontrolliert ein letztes Mal den Kühlschrank, die Vorratskammer, die Gästetoilette. Dann stopft sie die Putzfetzen in einen Müllsack, die leeren Desinfektionsflaschen, alles, was sie mitnehmen muss. Was sie irgendwo in der Stadt entsorgen wird. Sie holt die Pässe, den Elektroschocker, den Dingo netterweise mitgebracht hat, und die Axt. Blum zieht die Tür hinter sich zu, sperrt ab und geht.

55

Mit dem Leichenwagen durch die Stadt. Noch eine ganze Nacht und ein Vormittag müssen vergehen, bis sie Schiele am Bahnhof wiedersieht. Bis sie wieder zurückfährt zu den Kindern, bis sie das unbeschwerte Lachen wieder hört, Uma und Nela in die Arme nehmen kann. Vielleicht zwanzig Stunden noch, dann wird Reza sie abholen, sie wird Johann anrufen und ihm sagen, wo sie den Leichenwagen abgestellt hat. Sie wird abtauchen, Marie Müller und ihre Kinder werden für immer verschwinden. Sie wird in der Schule anrufen und sich für die wunderbare Betreuung bedanken, sie wird erzählen, dass sie zurück nach Berlin gehen werden, und sie wird sich verabschieden. Beim Meldeamt vorbeifahren. Schon nach wenigen Wochen wird man sich nicht mehr an Marie Müller und ihre Kinder erinnern. Niemand wird das. Auch wenn in ihrem Haus zwei Leichen gefunden werden.

Man wird anfangs schockiert sein über die Morde im beschaulichen Blankenese, man wird sich einige Tage das Maul über die Frau zerreißen, die dort gewohnt hat. *Eine Prostituierte soll es gewesen sein*, wird man sagen. Die Mätresse des Rotlichtkönigs, dem das Haus gehört. Eine freundliche Person sei sie zwar gewesen, aber man hätte es eigentlich wissen müssen. Ahnen können. Dass so etwas passieren würde irgendwann, dass solche Menschen in dieser Gegend nichts verloren haben. Heilfroh wird man sein, dass sie weg ist. Nicht zu viele Worte wird man gegenüber der Polizei über sie verlieren. Man hatte nichts zu tun mit ihr, sie lebte zurückgezogen, suchte keinen Kontakt zu den Nachbarn. *Wir wissen nichts*, werden sie sagen. *Wir pflegen keinen Umgang mit solchen Leuten.* Schnell wird alles wieder so sein wie früher in Blankenese. Und auch überall sonst in Hamburg. Es wird so sein, als wäre sie niemals hier gewesen. Sie wird nicht verdächtigt werden, man wird nicht nach ihr suchen. Dafür wird sie sorgen. Jetzt gleich.

Blum parkt. Ganz in der Nähe von dort, wo er wohnt. Vor seiner Stammkneipe wartet sie auf ihn. Daniel Lambert. *Gerne werde ich Sie treffen*, hat er am Telefon gesagt. *Nach der Arbeit, wir könnten einen Eierlikör zusammen trinken.* Gefreut hat er sich, dass sie angerufen hat. *Es geht um Schiele*, hat Blum gesagt. Das hat gereicht. Lambert hat Feuer gefangen, Blum hörte es in seiner Stimme. Da war Neugier, aber auch noch etwas anderes. Das Gespräch, das sie im Haus von Schieles Schwester geführt hatten. Was er über seine Tochter erzählt hat, wie er geweint hat. Eine Vertrautheit ist zwischen ihnen gewesen. Auch wenn Lambert auf der anderen Seite steht, auch wenn Reza sie davon abhalten würde, ihn zu treffen, sie tut es, Blum vertraut auf ihr Gefühl. Lambert wird ihr helfen, Lambert hat denselben Feind, eine ähnliche Wunde. Seine Tochter, die ihn jeden Tag daran erinnert, was Schiele ihr angetan hat. Beine, die nicht mehr da sind.

Blum sieht die Bilder vor sich. Die junge Frau im Park. Der Rollstuhl und das traurige Gesicht. Sie weiß, dass es richtig ist, mit ihm in die Kneipe zu gehen und ihm eine Geschichte zu erzählen. Lambert wird ihr glauben, genauso wie Schiele ihr geglaubt hat, als sie ihn angerufen hat. Blum wird lügen. Für ihre Kinder, für dieses Leben, das sie ihnen versprochen hat. In wenigen Minuten macht sie den nächsten Schritt, schaut zu, wie Lambert parkt, aussteigt, in der Kneipe verschwindet. Sie wird zu ihm gehen. Gleich. Zuerst nimmt sie aber noch mal den Verband ab, trägt Brandsalbe auf, es tut noch höllisch weh. Aber das Brandmal ist weg. Es wächst nicht nach, kommt nicht zurück, scheint nicht durch. Nur verbrannte Haut ist es, nur Schmerzen sind es, die vergehen. Schmerzen, die sie mit einem Eierlikör behandeln wird. Oder mit etwas Ähnlichem. Etwas, das Lambert gefügig macht. Den Unterarm verbinden und ihm die Mordwaffe auf den Tisch legen.

Sie ist in Plastikfolie gewickelt, die Axt. Sie will Schieles Abdrücke nicht verwischen. Freundlich grüßt sie, setzt sich und legt sie vor Lambert hin. *Das habe ich Ihnen mitgebracht*, sagt sie. Keine Zeit will sie verlieren, sie will vom ersten Augenblick an klarstellen, dass sie nur aus einem Grund hier ist. Um Lambert zu helfen, Schiele für immer aus dem Verkehr zu ziehen. *Ich freue mich, dass Sie hier sind*, sagt er. Blum lächelt gequält, dann bestellt sie, ohne ihn zu fragen, für beide Schnaps. Weil sie kaum noch denken kann, weil es nicht aufhört zu brennen, weil er ihr glauben muss. *Das ist eine Mordwaffe*, sagt sie. *Ein Geschenk von mir. Damit Sie endlich etwas gegen unseren gemeinsamen Freund unternehmen können.*

Lambert staunt. Kann nicht glauben, was er hört. Was Blum sagt. *Eine Mordwaffe. Mit seinen Fingerabdrücken drauf.* Noch bevor sie den ersten Schluck getrunken haben, bringt sie ihn aus der Fassung. *Wenn Sie nicht wollen, dass Schieles Spuren von der Axt verschwinden, sollten Sie vorsichtig damit umgehen. Am besten nicht berühren. Aber das wissen Sie natürlich selbst.* Dann lächelt sie wieder. Und trinkt. Wie ein Rettungsring ist das Glas, das sie in der Hand hält. Eine Erlösung der Schnaps. Alles, was Lambert sagt, seine Fragen. Dass er da ist. Neben ihr sitzt. *Prost* sagt.

– Ein außergewöhnliches Geschenk ist das.
– Sie wollten meine Hilfe, oder?
– Ja. Und wenn es stimmt, was Sie sagen, bin ich sehr froh darüber, dass Sie den Schritt gemacht haben, mich anzurufen. Dass Sie zu mir gekommen sind und nicht zu jemand anderem.
– Wieso sollte es nicht stimmen, was ich sage?
– Sie reden von Mord, das ist keine Kleinigkeit.
– Das weiß ich.
– Mit dieser Axt hier soll also ein Mensch erschlagen worden sein?
– Zwei. Er hat zwei Menschen damit getötet, nicht nur einen.
– Das sind schwere Vorwürfe, Sie müssen verstehen, dass ich bei solchen Anschuldigungen vorerst skeptisch bleibe.
– Ich habe gesehen, wie sie gestorben sind.
– Tatsächlich?
– Ja.
– Warum sollte Schiele so etwas tun?
– Weil mich die beiden Männer vergewaltigen wollten.

– Das tut mir sehr leid.
– Das muss es nicht. Sie sind tot. Und dafür bin ich ihm dankbar.
– Wer waren die Männer?
– Zwei seiner Schläger.
– Was Sie mir da erzählen, ist haarsträubend. Ich weiß nicht, was ich sagen soll. Sie kommen hier herein, legen eine Axt auf den Tisch und erzählen mir, dass Schiele zwei seiner Männer umgebracht hat. Das ist wirklich mehr, als ich erwartet habe. Mehr, als ich im Moment fassen kann.
– Sie können mir glauben oder nicht, das ist Ihre Sache. Ich sage Ihnen nur, was passiert ist.
– Wenn es so ist, wie Sie sagen, dann muss Schiele sehr an Ihnen hängen. Wenn er bereit ist, zwei Menschen für Sie zu töten.
– Nicht für mich. Er hat das für sich getan. Er hätte es nicht ertragen, wenn sie in mir herumgewühlt hätten. Dass sie sein Spielzeug kaputtgemacht hätten. Deshalb hat er zugeschlagen.
– Sie haben nichts davon erwähnt bei unserem letzten Treffen. Dass Sie und Schiele sich so nahestehen.
– Sie sind bei der Polizei. Alleine dass ich überhaupt mit Ihnen geredet habe, war schon ein Risiko.
– Warum haben Sie es trotzdem getan?
– Ich hatte Angst. Ich wollte weg. Will es immer noch.
– Was haben Sie damals in Zwischnovskis Haus gemacht?
– Schiele hat darauf bestanden, dass ich ihr im Garten helfe. Dass wir uns näherkommen, er wollte unbedingt, dass wir uns verstehen. *Familie ist wichtig*, hat er gesagt.
– Und?

– Die beiden können ihren Familiensinn von mir aus im Gefängnis pflegen, sie kann ihn ja dort besuchen. Ich jedenfalls werde das nicht tun.
– Sie ist verschwunden. Nicht zu Hause anzutreffen. Die Praxis ist geschlossen, obwohl sie geöffnet sein sollte. Sie können mir nicht zufällig sagen, wo Frau Zwischnovski abgeblieben ist, oder?
– Leider nein. Aber ich kann Ihnen sagen, wo Sie die passenden Toten zu der Mordwaffe finden.
– Das wäre auch hilfreich.
– Ich verspreche, dass ich Ihnen genau beschreiben werde, wo er sie hat verschwinden lassen, aber Sie müssen mir einen Gefallen tun.
– Einen Gefallen?
– Sie müssen mir helfen. Ich weiß nicht, wen ich sonst fragen soll.
– Wobei helfen?
– Ich muss weg von hier. Sie wissen, dass ich hier nicht überleben werde, wenn ich Ihnen sage, wo der Tatort ist.
– Was kann ich tun?
– Schiele hat saubergemacht. Er hat alles putzen lassen, alle Spuren verwischt. Nur die Axt hat er vergessen. Er hat nicht gesehen, dass ich sie mitgenommen habe.
– Aus irgendeinem Grund glaube ich Ihnen, auch wenn das alles sehr verrückt klingt, was Sie mir da erzählen. Aber man kann es sehen.
– Was?
– Dass Ihnen diese Menschen wehgetan haben.
– Diese Axt ist mein Ticket in die Freiheit.
– Sie erpressen ihn damit, nicht wahr?

– Ja. Ich brauche Geld. Ich habe sonst keine Chance, das wissen Sie.
– Und wie könnte ich Ihnen bei alldem helfen?
– Morgen um 12 Uhr 35 treffe ich ihn am Bahnhof, Gleis 3. Er wird das Geld mitbringen, aber wenn er sieht, dass ich alleine bin, wird er es mir nicht geben. Wenn Sie mir nicht helfen, werde ich mich genauso in Luft auflösen wie die beiden Männer, deren Blut auf dieser Axt klebt.
– Sie wollen, dass ich Sie begleite?
– Ja. Sie und ein Dutzend Ihrer Kollegen. Ich möchte, dass Sie auf mich aufpassen. Ich habe Angst, dass mir etwas passiert, wenn ich allein da hingehe. Wenn alles funktioniert, werde ich Ihnen sagen, wo Schiele die Leichen entsorgt hat. Wenn Sie da sind, wird er mich nicht daran hindern zu verschwinden. Sie können ihn festnehmen und für immer einsperren. Das wollen Sie doch, oder?
– Ja, das will ich.
– Dann helfen Sie mir. Bitte.
– Es wäre gegen das Gesetz, wenn ich Sie mit dem Geld davonkommen lassen würde.
– Dem Gesetz ist es egal, dass Ihre Tochter keine Beine mehr hat, oder?
– Das stimmt.
– Wir sollten noch einen Schnaps zusammen trinken.
– Ja, das sollten wir.

56

Wo all diese Lügen hinführen. Auf der Ladefläche liegt sie, in eine Decke gehüllt. Am Parkplatz vor der Kneipe, kurz nach Sperrstunde. Eine Frau in einem Leichenwagen, die glücklich ist. Weil alles genau so passiert ist, wie sie es sich ausgedacht hatte. Daniel Lambert hat reagiert, wie sie es sich gewünscht hat, er hat genickt, als sie ihn gefragt hat, ob er da sein würde. Dann hat sie getrunken mit ihm. Bis vor zehn Minuten saß sie noch mit ihm zusammen, hat über Gott und die Welt geredet, über Belangloses, sie haben beide so getan, als wäre es ein ganz normaler Abend, als hätten sie sich einfach nur zufällig getroffen. Ein Glas nach dem anderen, bis es aufhörte wehzutun. Einen Moment lang ohne Schmerzen.

Sie will in Ruhe die Nacht verbringen, nicht wachliegen, ein paar Stunden tief und fest schlafen, bevor sie zum Bahnhof fährt. An die Kinder denken. Endlich gehen die Augen zu, langsam und zufrieden. Sechs Stunden lang bleiben sie geschlossen. Nur einmal wacht sie auf und denkt an Reza. Wahrscheinlich hat sie von ihm geträumt. Sie wird ihn anrufen. Von einer Telefonzelle aus, wenn es hell ist. Weil sie ihr Handy verbrannt hat. Weil sie nicht wollte, dass Schiele es orten, sie finden kann. Nur das Video hatte sie verschickt, nur noch kurz mit ihm telefoniert. Auch mit Lambert. Und mit Reza. Dann hat sie alle Leinen gekappt.

Blum ist nicht mehr erreichbar. Keine Nachrichten von den Kindern. Keine an Reza. Nur am Nachmittag war da kurz seine Stimme gewesen, bevor sie Lambert getroffen hat. Ein Lebenszeichen für ihn, damit er sich keine Sorgen macht. *Ja, es geht mir gut, Reza. Mir wird nichts passieren. Bitte sag den Kindern, dass ich sie liebe. Dass Mama bald zurückkommt.* Sie hörte Reza atmen. Hörte, wie sehr er sich an ihre Stelle wünschte, wie gerne er ihr geholfen hätte. Weil Reza wusste, was sie vorhatte. Dass es gefährlich werden würde. Dass es sein könnte, dass man sie einsperrt. Dass Schiele sie ausschaltet. Reza hat sie angefleht, das Ganze abzubrechen, es sein zu lassen. *Was auch immer du da tust, Blum.* Doch sie winkte ab. Machte weiter. Traf Lambert. Und nun Schiele. Weil die Kinder in Sicherheit sind. Weil sie sich nicht mehr um sie sorgen muss, sich ganz in Ruhe um ihn kümmern kann. Ihn endgültig abstreifen, ihn von ihrer Haut waschen kann. Alles, was er in den letzten Monaten zu ihr gesagt hat, jeden Blick, sein Begehren. Sie wird ihm sagen, dass sie es nicht mehr will. Nie wieder. Weil es vorbei ist. Bald.

Blum schaut zu, wie es hell wird. Wie Licht in das Wageninnere dringt, Sonnenstrahlen. Sie hat noch Zeit, niemand kann ihr wehtun, keiner weiß, wo sie ist, Dingos Elektroschocker liegt neben ihr. Griffbereit, falls Schiele sie aus irgendeinem Grund findet, falls Lambert es sich anders überlegt hat, falls er zu Schiele gefahren ist, es nicht hat abwarten können, ihn zu verhaften. Falls er Schiele dazu gebracht hat, zu reden, ihm zu sagen, wo Blum gewohnt hat, wo sie gearbeitet hat, und mehr noch.

Blum weiß, dass Schiele alles tun würde, um seinen Hals zu retten. Er würde keine Sekunde zögern, einen Deal zu machen, er würde Lambert sagen, wer Marie wirklich ist, wer ihm da diese haarsträubenden Lügengeschichten auftischt. Schiele würde um sein Leben reden, er würde Blum ans Messer liefern, seine Hände mit einem Grinsen in Unschuld waschen. *Wenn Sie mich gehen lassen, werde ich Ihnen helfen, eine Karrieresprosse zu überspringen. Sie werden einen schillernden Fisch fangen. Marie Müller ist Brünhilde Blum, das Monster aus Innsbruck.* Schiele würde Lambert und Hunderte seiner Kollegen auf sie hetzen. Vielleicht hat er es schon getan. Vielleicht würde gleich die Autotür aufgehen, vielleicht haben sie mit Johann geredet, nach dem Wagen gefahndet, sie vor der Kneipe entdeckt. Vielleicht würden sie den Leichenwagen stürmen. In wenigen Sekunden schon. Jetzt.

Blum liegt da und rührt sich nicht. Wartet ab. Weil alles sein könnte. Sie darf niemandem vertrauen. Niemandem außer Reza. Sie muss mit allem rechnen, alles bedenken, tausend Dinge könnten passieren am Bahnhof. Alles kann ganz anders kommen, als sie es sich vorstellt. Kopfkino ist es. Kurz sieht sie einen Film, in dem Schiele gewinnt. Er könnte sie überwältigen, es könnte sein, dass niemand außer ihnen beiden am Bahnhof sein wird. Dass er mit ihr aufs Land fährt und sie zu Tino in die Güllegrube wirft. *Du hast es nicht anders gewollt, Marie. Es ist sehr schade, dass ich dich auf den Müll bringen muss. Adieu, Marie.* Blum sieht es vor sich. Sie hört ihn. Sieht ihn. Wie er grinst. Sie malt sich ihren Tod aus. Wie sie im Dreck liegen bleibt, anstatt mit ihren Kindern übers Meer zu fahren.

Unschöne Gedanken sind es, die Blum immer wieder von sich wegschiebt. Und die wiederkommen. Lambert, der zur ungeliebten Hauptfigur werden könnte. Kurz hält sie es für möglich, dass er am Bahnhof auf sie warten und sie zwingen würde, ihre Fingerabdrücke abzugeben, weil er überprüfen möchte, ob Schiele Recht hat. *Wenn Sie nichts zu verbergen haben, müssen Sie auch nichts befürchten. Wenn sich herausstellt, dass Sie unschuldig sind, können Sie gehen, wohin Sie wollen.* Nur eine DNA-Probe, ein Wattestäbchen, das sie in ihren Mund stecken, Speichel, den sie ihr abnehmen würden. Ihr Leben, das sie verlieren könnte. Untersuchungshaft, Hände am Rücken, Handschellen und wie man sie in den Gerichtssaal führen würde. Ein schnelles Urteil, Blitzlichtgewitter, ihr ausdrucksloses Gesicht in den Medien. Und ihre Kinder, die sie im Fernsehen sehen würden. Ein Albtraum, den Blum nicht mehr träumen will. Weil es nicht passieren wird. Nichts davon.

Alles wird ganz anders sein. Alles in den nächsten acht Stunden. Ganz entspannt bleibt Blum liegen. Nur einmal öffnet sie kurz die Tür, schleicht sich nach draußen, versteckt sich hinter einem Busch, pinkelt. Dann kriecht sie wieder zurück in den Leichenwagen. Sie reinigt ihre Wunde am Unterarm, schmiert darauf Brandsalbe, noch einmal macht sie die Augen zu. Der Schmerz ist erträglich. Lächerlich ist er, wenn sie daran denkt, dass sie tot sein könnte. Nur eine Brandwunde, Platzwunden, Stichwunden. Sie glaubt daran, dass alles gut wird. Sie hat alle Spuren verwischt, und sie hat die Pässe. Eigentlich könnte sie jetzt schon gehen. Mit dem Boot über das Meer fahren. Sich auflösen. Doch sie tut es nicht. Blum bleibt.

57

Hamburg, Hauptbahnhof. Sie steigt in keinen Zug. Sie fährt nicht weg. Sie isst etwas. Weil sie noch knapp eine Stunde Zeit hat, steht sie an einem kleinen Stand und isst Kebab. Seelenruhig beobachtet sie alles. Blum sucht die Halle nach Schieles Männern ab, nach Lamberts. *Uniformiert sollen sie sein*, hat sie gesagt. Sie hat Lambert darum gebeten. *Schiele soll sehen, dass ich nicht allein bin, dass ich jemanden mitgebracht habe, der mich beschützt.* Polizisten, die um 12 Uhr 35 auf den Bahnsteig kommen werden. *Bitte seid pünktlich. Nicht vorher und nicht nachher.* Sie sieht wieder sein Nicken vor sich. Sie ist sich sicher, dass sie bereits irgendwo stehen und sie beobachten. Irgendwo hinter einer Glasscheibe, im Verborgenen Lambert, der alles koordiniert.

Absurd ist es, dass Blum die Polizei um Hilfe gebeten hat. Beamte, die ihr Gesicht wiedererkennen könnten, das Gesicht, das seit Monaten auf den Fahndungsplakaten in jeder Dienststelle hängt. Brünhilde Blum, eine der meistgesuchten Verbrecherinnen Europas. Mit einem blauen Kapuzenpulli und Jeans ist sie aber nur eine Frau am Bahnhof. Eine von vielen. Niemand rechnet damit, dass sie so wahnsinnig wäre, sich auf dem Silbertablett zu präsentieren. Dass sie ein Verbrechen begangen haben könnte. Nur eine Ähnlichkeit ist es vielleicht, die einer der Beamten erkennen wird, aber mehr nicht. Sie ist eine Informantin von Lambert. Und Lambert wird schon wissen, mit wem er es zu tun hat. Marie heißt sie, mehr weiß Lambert nicht. Will er auch nicht wissen, weil er ohnehin damit rechnet, dass sie gelogen hat, was ihren Namen betrifft. Sie ist nur ein Opfer, eines von Schieles kaputten Spielzeugen, eine Frau, die aussteigen, neu anfangen will mit dem Geld, das Schiele ihr geben wird. Das Geld, das sie von ihm erpresst.

Was sie zu ihm gesagt hat. *Entweder du bist da oder nicht. Entweder du bringst das Geld mit oder nicht. Entweder sie lebt weiter oder sie stirbt.* Schieles Schwester. Blum hat Theater gespielt. Einen Akt für Schiele am Telefon, den zweiten für Lambert in seiner Stammkneipe. *Diese Axt ist mein Ticket in die Freiheit*, hat sie zu ihm gesagt. Die Axt, mit der sie Schiele angeblich erpresst hat, die längst von der Spurensicherung untersucht worden ist. Die Axt, von der Schiele gar nichts weiß, die er in Wirklichkeit schon lange nicht mehr in der Hand gehabt hat. Man hat längst Blut und DNA-Spuren auf der Schneide gefunden, wahrscheinlich von Personen, die in der Datenbank zu finden waren. Schieles engste Mitarbeiter, zwei seiner Bluthunde, sind tot. Blum hat die Wahrheit gesagt. Es sind Schieles Fingerabdrücke auf dem Griff. Lambert weiß, dass sie in dieser Sache nicht gelogen hat. Das Labor hat Blum Recht gegeben. Deshalb hat er mit seinen Beamten bereits seinen Platz eingenommen. Um Blum zuzusehen, wie sie den dritten Akt aufführt. So und nicht anders wird es sein. Auch wenn alle Alarmglocken läuten müssten, auch wenn sie weiß, dass es Wahnsinn ist. In keine andere Richtung denkt sie. Sie bleibt. Zwanzig Minuten noch.

Sie bewegt sich. Geht herum. Stellt sich in eine Ecke zu den Obdachlosen, die Kapuze über den Kopf gezogen. Eine Sporttasche für das Geld am Rücken, der Elektroschocker und die Pässe in ihren Hosentaschen. Der Leichenwagen drei Stationen weiter, sie hat ihn dort abgestellt, ist zu Fuß bis zum Bahnhof. Blum gibt einem jungen Marokkaner einen Euro für eine Zigarette. Sie raucht. Dreizehn Minuten noch. Sie gibt dem Marokkaner noch einen Euro. Raucht. Neun Minuten noch. Langsam geht sie in Richtung Bahnsteige. Gleis 3. Schiele wird ihr das Geld geben, und sie wird es nehmen. Dann wird alles vorbei sein.

Sie steht oben auf der Brücke und schaut nach unten. Sie sucht ihn. Überall Menschen, auf Gleis 8 ist soeben ein Zug eingefahren. Ihre Augen wühlen in der Menge, dann sieht sie ihn, Schiele, er ist da. Und er ist nicht allein. Vier seiner Schläger sind bei ihm. Einer direkt neben ihm, die drei anderen in einem Umkreis von zehn Metern. Sie tun so, als würden sie nicht zu ihm gehören, doch Blum erkennt sie, seine Wachhunde sehen alle gleich aus. Schmierig, künstlich hochgezüchtet, folgsam. In keine Richtung soll sie fliehen können, auf Schieles Kommando sollen sie Blum festhalten, hochheben, davontragen. Sie sollen das unwürdige Schauspiel beenden, sie ohne viel Aufsehen aus dem Bahnhofsgebäude befördern und zum Reden bringen.

12 Uhr 30. Schiele ist zu früh. Auch seine Augen fliegen herum, auch er sucht sie. Und sieht sie. So als würde er sich freuen, winkt er ihr zu. Mit einem Lächeln bedeutet er ihr, dass sie nach unten kommen soll. Er zeigt auf die Tasche, die er in

der Hand hält. Sie soll sich das Geld holen. *Komm, Marie, hol es dir. Pull, pull, pull, sei brav und komm die Treppen herunter. Komm zu Papa Schiele.* Er klopft sich mit der flachen Hand auf den Oberschenkel. Mehrmals. *Hopp, hopp, hopp, Marie. Worauf wartest du noch? Das wolltest du doch, oder? Komm endlich runter zu mir, du verdammte Schlampe.* Es sind seine Augen, die es ihr sagen. Dass da Hass ist hinter dem Lächeln. Wut. Schiele brennt.

Blum wartet noch ab. Es passiert alles zu früh. Drei Minuten, zwei. Die Polizei ist noch nicht da, sie ist allein, sie will nicht mit ihm unten am Bahnsteig stehen, schutzlos. Noch könnte sie rennen, noch ist da niemand in ihrer Nähe, der sie aufhält. Schieles fette Türsteher würden ihr nicht nachkommen, sie nicht einholen. Noch könnte sie einfach in der Menge verschwinden. Doch Schiele ruft ihren Namen. *Marie. Warum kommst du nicht? Soll ich dich holen?* Sie zögert noch. Schaut sich um. Sucht Lambert. Einundzwanzig, zweiundzwanzig, dreiundzwanzig. Es ist noch nicht Zeit, doch ein Bauchgefühl sagt ihr, dass sie jetzt gehen muss. Diese Treppe nach unten. Nicht vor ihm davonlaufen. Sie wird weiterlügen, lächeln.

Gleis 3. Ein Zug fährt ein. Blum dreht sich um. Noch immer keine Uniformierten, nur Touristen, Hamburger, Menschen aus aller Welt. Aufbruch und Ankunft, kein Backup, keine Security für Blum. Trotzdem geht sie weiter, drängelt sich an den Reisenden vorbei, die aus dem Zug nach oben stürmen. Blum atmet ein, atmet aus. Ganz ruhig ist sie. Sie kommt unten an, bleibt vor Schiele stehen. *Keine Angst*, sagt sie sich. *Du wirst deine Kinder wiedersehen. Lambert wird dich nicht im*

Stich lassen. Nicht umsonst hat sie all die Schnäpse mit ihm getrunken, mit ihm mitgefühlt einen Abend lang. Sie weiß, dass es gut ausgehen wird. Deshalb das Grinsen in ihrem Gesicht. Blum greift an, anstatt wegzurennen. *Hast du das Geld*, fragt sie. *Du bist ganz schön lebensmüde*, sagt er.

Schiele. Er ist verblüfft, dass sie sich ihm entgegenstellt, dass sie von ihm verlangt, dass er den Reißverschluss seiner Tasche öffnet. *Ich will es sehen*, sagt sie. *Es ist alles da*, sagt er. Blum nickt. Fasst es an. Sie kann es nicht glauben, dass er das Geld wirklich mitgebracht hat, dass die Sorge um seine Schwester tatsächlich so groß ist. *Gut gemacht*, sagt sie und nimmt ihm die Tasche aus der Hand. *Nicht so schnell*, entgegnet er. *Wir werden jetzt nämlich alle gemeinsam einen kleinen Spaziergang machen. Du wirst dich nicht wehren, Marie. Du wirst mitkommen, du wirst mich zu meiner Schwester bringen, dann lasse ich dich gehen. Hast du das verstanden, Marie?*

Nein, sagt sie. Weil sie weiß, dass er lügt, wenn er den Mund aufmacht. Sie wird diese Treppe nicht wieder nach oben gehen, sich das Ruder nicht wieder aus der Hand reißen lassen. Sie ist es, die steuert, nicht er. Sie will es so, glaubt immer noch daran. Auch wenn bereits passiert, was sie erwartet hat, auch wenn er ihr Gewalt androht, auch wenn seine Kampfhunde immer näher kommen, sich vor ihr aufbauen, noch immer hofft sie es. Die dumme kleine Blum. Naiv, wahnsinnig, stur. Und sie bewegt sich nicht von der Stelle. Kurz schließt sie die Augen, sie hört nicht hin, was Schiele sagt, ist ganz allein im Dunkeln. Da ist nur die Stimme aus dem Lautsprecher. *Gleis 3. Bitte einsteigen und Türen schließen.* Nur der

Wunsch, dass sie da sind, wenn sie die Augen wieder öffnet. *Lambert. Bitte.* Ganz laut denkt sie es.

12 Uhr 35. Wie ein Wecker, der läutet. Langsam kommen sie die Treppen hinunter. Einer nach dem anderen, Blum sieht sie aus den Augenwinkeln, Polizisten oben an der Brüstung, mindestens zehn Uniformierte. Wie sie näher kommen, sich verteilen um sie herum, überall am Bahnsteig. Schön ist es. Ein Geschenk, das sie nimmt und auspackt, Papier, das sie mit einem großen Lächeln zerreißt. Erleichtert. *Du bist es, der mitkommen wird*, sagt sie. Ganz nah geht sie an Schiele heran. So dass niemand sonst es hören kann. Sie flüstert es in sein Ohr. *Die sind wegen dir hier, Schiele. Sie werden dich verhaften, wenn einer deiner Leute mich anfasst. Glaub mir, ich habe ihnen eine sehr schöne Geschichte erzählt. Wenn du also deine Schwester wiedersehen willst, wird es aus deiner Sicht wohl das Vernünftigste sein, wenn du jetzt mit mir in diesen Zug steigst. Gleich geht die Tür zu, Schiele. In fünf Sekunden fahre ich von hier weg. Mit dir oder ohne dich. Auf alle Fälle nehme ich dein Geld mit. Also, mach was du willst, Arschloch.*

58

– Du bist ja völlig wahnsinnig.
– Ach ja? Findest du?
– Ich habe mir beinahe mein Bein eingeklemmt.
– Was ist schon ein Bein?
– Was soll das, Marie? Du hältst dich schon wieder nicht an unsere Abmachung. Was sollte das mit der Polizei?
– Ich wollte mit dir allein sein, aber du hast deine Schläger mitgebracht. Du bist also derjenige, der sich nicht an die Abmachung hält.
– Da ist sehr viel Geld in der Tasche. Ich wollte nur sichergehen, dass ich nicht umsonst bezahle.
– Das ist verständlich. Ich könnte dich ja belogen haben. Deine Schwester könnte längst tot sein.
– Was redest du da?
– Ich könnte sie umgebracht haben. Wie du dir vorstellen kannst, war ich sehr wütend auf dich. Vielleicht habe ich diese Wut an ihr ausgelassen?
– Unsinn.
– Lass dich überraschen.
– Irgendwie tust du mir leid, Marie.
– Warum?
– Du verstehst nicht, was hier passiert, du hast nach wie vor keine Ahnung, mit wem du dich anlegst.
– Doch, das habe ich, glaub mir. Aber ich gehe davon aus,

dass alles ganz friedlich ablaufen wird. Ich werde dich zu deiner Schwester bringen, und dann werde ich verschwinden. Alles wird so sein, wie wir es vereinbart haben. Das wird es doch, oder?

– Vielleicht. Vielleicht aber auch nicht.

– Am liebsten würdest du mir den Hals umdrehen, nicht wahr? Mich schlagen. Mir deine Faust ins Gesicht treiben. Wenn du könntest, würdest du auf mich eintreten, bis ich still bin. Mir wehtun. Das würde dir gefallen, oder?

– Das klingt sehr verlockend, ja. Aber wir sind zivilisierte Menschen. Außerdem sind hier zu viele Leute, die würden sich wahrscheinlich wundern, wenn ich dich hier in diesem hübschen Zug totprügeln würde.

– Wie gesagt. Ich werde verschwinden, sobald wir da sind. Du wirst mich nicht wiedersehen.

– Und mein Boot?

– Das behalte ich.

– Du glaubst tatsächlich, dass ich das zulasse?

– Das Boot bekomme ich dafür, dass du meine Kinder entführt hast.

– Das mit den Kindern hast du selbst zu verantworten. Ich wollte dich nur zur Vernunft bringen. Wie du dich vielleicht erinnern kannst, habe ich alles für dich getan, ich habe dir ein neues Leben geschenkt. Und ich habe nichts von dir dafür verlangt. Nur das, was du mir versprochen hast.

– Ich bin keine Mörderin.

– So wie du das sagst, könnte man dir tatsächlich glauben. Köstlich ist das. Wenn die Situation nicht so prekär wäre, würde ich jetzt lachen, Marie. Ich darf dich daran erinnern, wie viele Menschen du umgebracht hast. Bevor wir uns kennengelernt haben und danach. Wenn du so weitermachst, kommst du bald auf ein Dutzend. *Ich bin keine Mörderin.* Das klingt ja wie ein Witz aus deinem Mund.

– Schön, dass du dich amüsierst, aber so einfach ist es nicht. Ich wollte nie jemanden töten, das kannst du mir glauben.

– Wirklich rührend.

– Irgendwie ist das alles einfach passiert. So als wäre ich aus Versehen in ein Hamsterrad geraten. Und es dreht sich und dreht sich, und es hört nicht mehr auf, verstehst du?

– Es ist gar nicht nötig, dass du dich rechtfertigst.

– Du hast Recht. Vielleicht habe ich nur laut gedacht. Weil jetzt alles zu Ende geht. Weil wir uns bald verabschieden müssen.

– Was höre ich da? Wehmut?

– Nein.

– Ich muss zugeben, dass ich fasziniert war von deiner Geschichte. Aber das weißt du ja. Du hast mich vom ersten Moment an beeindruckt. So vielen Mördern bin ich auch noch nicht begegnet in meinem Leben. Und vor allem keinem, der so schön ist wie du. Schade, dass nichts geworden ist aus uns. Dass ich dich nie durchgefickt habe. Eine Schande ist das eigentlich, das tut mir beinahe im Herzen weh.

– Bitte hör auf damit.

– Aber warum denn? Was nicht ist, kann ja noch immer werden, oder? Zum Abschied ziehe ich dich noch mal richtig durch. Das machen wir, oder? Ich freu mich schon, Marie. Das wird unvergesslich, glaub mir.

– Es reicht, Schiele. Wir haben genug geredet.

– Aber nicht doch. Du bist mir noch einige Antworten

schuldig. Zum Beispiel, was Dingo und Charles betrifft. Wie hast du das gemacht mit den beiden?

– Lass mich in Ruhe, Schiele.
– Wer hat dir dabei geholfen? Wer ist bei meiner Schwester?
– Ein Freund.
– Du hast keine Freunde, Marie. Du hast nur mich.
– Das hättest du wohl gerne.
– Du kennst niemanden in dieser Stadt. Niemanden, der dir dabei helfen würde, meine Schwester zu entführen. Keiner hier wäre so wahnsinnig.
– Ich wollte nur meine Kinder zurück.
– Und als du sie hattest, dachtest du dir, ein bisschen Geld kann auch nicht schaden?
– Stimmt.
– Geld verdirbt die Menschen, Marie. Geld bringt kein Glück, das wirst du noch sehen. Am Ende wirst du dir vielleicht sogar wünschen, dass du darauf verzichtet hättest.
– Das kann ich mir schwer vorstellen.
– Was auch immer du vorhast, Marie, es wird dir nicht gelingen. Ich kann nicht zulassen, dass du mich so behandelst.
– Wir steigen bald aus, dann bist du mich los.
– So einfach geht das leider nicht.
– Warum nicht?
– Ich muss wissen, was du der Polizei erzählt hast.
– Ich habe sie nur dazu gebracht, auf den Bahnsteig zu kommen. Da ist nichts, was dich beunruhigen müsste.
– Du hast gesagt, dass sie wegen mir hier sind.
– Ich wollte nur, dass du mit mir in den Zug steigst.
– Warum?
– Wir müssen jetzt zu deiner Schwester. Wenn wir sie nicht

rechtzeitig aus meinem kleinen Versteck holen, wird sie wohl sterben. Und das wollen wir doch nicht, oder?

– Wenn ihr etwas passiert ist, ziehe ich dir die Haut ab, Marie.

– Das weiß ich, Schiele. Das weiß ich.

59

Jedes Wort, das sie gesagt hat. Jeder Satz. Es war Überwindung, Zurückhaltung, es war Hass, Lüge, Wut. Blum und Schiele im Zug. Sie musste es tun, ihn bei Laune halten, ihm das Gefühl geben, dass er die Kontrolle über die Situation hat, dass sie tatsächlich auf dem Weg zu seiner Schwester sind, er sollte nicht daran zweifeln, dass sie die Wahrheit sagt. Während sie sprachen, malte er sich wahrscheinlich aus, wie er sie überwältigen und zwingen würde, ihm zu sagen, was er wissen wollte. Wie er sie zurücklassen würde in einem Straßengraben mit eingeschlagenem Schädel. Schiele träumt davon, er wartet nur auf den Moment, in dem er mit ihr allein sein würde. Doch das würde Blum nicht zulassen.

Weil alles so war, wie sie es sich ausgedacht hatte. Lamberts Männer waren am Bahnsteig, genau im richtigen Moment. Schieles Verwunderung, seine Panik, als sie in den Zug gesprungen ist. Wie er kurz gezögert hat, ihr aber gefolgt ist. Und die anderen, wie sie zurückgeblieben sind. Schieles Schläger, die Polizei, alle schauten zu, wie sie davonfuhren. Schiele und Blum in der S-Bahn. Jetzt am Bahnhof Altona. Hunderte Menschen sind unterwegs, jeder kann sie sehen, Schiele kann nichts tun, er muss abwarten. Auch wenn er sich kaum noch beherrschen kann, nichts lieber tun würde, als sie zu Boden zu drücken, gegen eine Wand zu schlagen. Schiele will es, aber er kann nicht. Er geht hinter ihr her, ungeduldig, sein Blick schweift in alle Richtungen, er sucht nach einer Lösung, einem schnellen Ende, doch da ist nichts. Schiele muss tun, was Blum ihm sagt. Seine Marie, die ihn über die dicht befahrene Straße lotst. Seine Marie, die er am liebsten vor ein Auto stoßen würde. *Wir sind gleich da*, sagt sie und winkt ihn weiter.

Da drüben steht mein Wagen. Es ist Johanns Leichenwagen, den sie hier geparkt hat. Schiele sieht ihn, und seine Miene hellt sich wieder auf, er wittert eine Chance und steigt ein. *Wir müssen raus aus der Stadt*, sagt sie. Er grinst. *Ich wollte schon immer mal in einem Leichenwagen gefahren werden*, sagt er. Weg von den vielen Menschen, mit ihr allein sein, sie zwingen, stehen zu bleiben. Das Lenkrad herumreißen, ihr den Ellbogen ins Gesicht rammen. Er lehnt sich zurück, er hat keine Angst, keine Sekunde glaubt er daran, dass ihm etwas passieren könnte. Dass sie einen Elektroschocker aus ihrer Tasche ziehen könnte, während er sich anschnallt, zur Seite schaut, nach dem Gurt greift. Überlegen fühlt er sich, er rechnet nicht damit. Er sieht ihre Hand nicht, die nach dem Gerät greift, ihren Arm, der sich hebt. Schiele setzt gerade an, etwas zu sagen, als es passiert. Als das Gerät seinen Hals berührt.

Schön ist das Geräusch, das der Strom macht. Wie es ihm die Worte nimmt. *Schade, dass ich dich nie durchgefickt habe. Zum Abschied ziehe ich dich noch mal richtig durch, Marie.* Davon hat er bis zum Schluss geträumt, er wollte sie noch einmal verletzen, er wollte, dass sie ihn anschaut dabei.

Kurz schreit er noch, dann stöhnt er. Sie ist Dingo und Charles dankbar dafür, dass sie das hübsche Gerät zur Vergewaltigung mitgebracht haben. Ein metallenes Knistern. Schiele hatte keine Zeit zu reagieren, sich zu wehren, er hat das Gleiche gespürt wie sie selbst vor einigen Tagen. Nur länger. Drei Sekunden, vier. Dann ließ sie kurz los. Nun drückt sie erneut. Wieder sein Hals, Schiele ist wehrlos, er schreit, er windet sich, weiß nicht, was mit ihm geschieht. Der Stein. Er kann nicht reagieren, viel zu spät gehen seine Arme schützend nach oben. Er wird am Kopf getroffen. Zweimal. Dann gehen seine Augen zu.

Es geht wie von alleine. Ganz selbstverständlich ist alles. Der Stein aus dem Park, sie hat ihn geholt, er lag noch genau an der Stelle, an der sie ihn hatte fallen lassen. Vor zwei Wochen, als sie gezögert hatte und Wagenschaub gehen ließ, Schieles Steuerberater. Damals konnte sie es nicht, jetzt war es ganz leicht. Damals war sie davon überzeugt, dass es falsch war, jetzt ist es richtig. Schiele darf sich nicht rühren, wenn sie mit ihm durch die Stadt fährt. Jetzt zieht sie Handschuhe an und nimmt das Klebeband. Sie fesselt ihn. Blum kippt ihn nach vorn, zieht seine Arme hinter seinen Rücken, wickelt das Klebeband um seine Beine und schließt seinen Mund.

Ganz ruhig ist sie, schnell ist sie. So als würde sie ihn küssen, beugt sie sich über ihn. Niemand, der vorbeigeht, sieht, was da passiert, still und heimlich geschieht alles, im Auto auf dem Weg zur Arbeit zwei Liebende, zwischen Leben und Tod ein Abschiedskuss im Leichenwagen. Dann schiebt sie den Sitz nach hinten, kippt seinen Körper nach vorne, drückt ihn nach unten zwischen Sitz und Handschuhfach. Schiele verschwindet. Ein zusammengeschnürtes Stück Fleisch am Boden des Wagens. Immer noch bewusstlos. Eingeklemmt, unfähig sich zu wehren. Nur ein verzweifeltes Stöhnen wird da sein, wenn er aufwacht. Wenn sie mit ihm durch die Stadt fährt. Ein Stöhnen, das die Musik übertönt, die aus den Lautsprechern kommt. *Get Lucky.* Von Daft Punk. Blum dreht den Regler ganz auf und startet den Wagen.

60

Es ist vorbei. Ich komme zurück. Bitte hol mich ab, Reza. Um acht Uhr, genau dort, wo wir uns zuletzt gesehen haben. Sag den Kindern, sie dürfen wach bleiben, bis ich komme. Sag ihnen bitte, dass Mama heute wiederkommt. Ich bin bald bei euch, Reza. Bei dir. Dann drückt sie den Knopf. Weil da nur seine Mobilbox war, eine Computerstimme, die gesagt hat, dass sie eine Nachricht hinterlassen soll. Dass Reza nicht sprechen kann, aus welchem Grund auch immer.

Es ist die Sehnsucht, die sie plötzlich angetrieben hat stehen zu bleiben. Am Straßenrand war da diese Telefonzelle, ein Relikt aus alten Zeiten. Eine Münze, die Blum in den Schlitz geworfen hat, seine Nummer, die sie gewählt hat. Wie gerne sie kurz mit ihm geredet hätte, wie sehr sie sich wünscht, dass er jetzt bei ihr wäre, die letzten Meter mit ihr gemeinsam gehen würde. Weil sie ein mulmiges Gefühl hat. Auch wenn sie weiß, dass nichts mehr passieren kann, weil Schiele eingepfercht im Wagen liegt, Blum zögert. Sie schaut hinüber zum Auto, den Hörer immer noch in der Hand. Da ist keine vertraute Stimme, die ihr sagt, dass sie das schaffen wird. Niemand, der abhebt und ihren Namen sagt. *Blum.* Ein paar Minuten lang steht alles still. Nur der Leichenwagen bewegt sich. Er schaukelt hin und her, weil Schiele um sein Leben kämpft. Der Wolf, der sie beißen will.

Blum ekelt sich vor ihm. Sie will nicht mehr zurück in den Wagen, sein Stöhnen nicht mehr hören, seine Hilferufe hinter dem Klebeband. Gar nichts mehr von ihm. Keinen einzigen Satz mehr. *Du musst mich zu einem Arzt bringen, Marie. Ich bin sehr enttäuscht von dir, Marie. Wie einfallslos du bist. Ein Stein, Marie? Wie billig, wie einfach, wie dumm. Mit mir so durch die Stadt zu fahren. Was, wenn jemand dich anhält, Marie, eine Verkehrskontrolle? Dann ist alles vorbei. Deshalb solltest du mich jetzt losbinden, Marie. Dann drücke ich noch einmal ein Auge zu. Hörst du mich, Marie? Du musst jetzt tun, was ich dir sage. Binde mich los, sonst fresse ich dich, Marie.*

Seine Stimme schneidet in ihre Haut. Obwohl sie gar nicht da ist. *Dingo und Charles wollten doch nur ein bisschen Spaß haben. Sei doch nicht so kleinlich, Marie.* Blum will, dass diese Stimme für immer verschwindet. *Dein kleiner dreckiger Bootsbauer, mach doch kein Theater, Marie. Jetzt stell dich doch nicht so an, Marie. Ein paar mehr oder weniger bringen das Fass auch nicht zum Überlaufen.* Ein Mord mehr oder weniger fällt nicht mehr ins Gewicht. Wie Recht er doch hat. *Stell dich nicht so an, Blum. Bring es jetzt zu Ende. Du hast es bald geschafft. Steig ein und fahr weiter.*

Zwanzig Minuten noch. Sie fährt weiter zum Containerlagerplatz. Niemand wird sie kontrollieren, niemand wird Schiele helfen, niemand wird ihn befreien. Sie drückt den Elektroschocker wieder gegen seine Haut, jedes Mal wenn er versucht, sich aufzubäumen. So lange, bis sie da sind, sie den Wagen abstellt und den Container aufsperrt. Blum hat den Schlüssel heimlich eingesteckt, Johann wird ihn nicht vermissen, er braucht ihn zu selten. Das Sarglager. Der alte schlaue Mann ist irgendwann auf die Idee gekommen, Särge in Osteuropa zu kaufen, beste Qualität zum Spottpreis, Eiche, Fichte, Nuss, gestapelt. Jederzeit bereit, um vergraben oder verbrannt zu werden. Gelagert an einem Unort, einem blauen und einem gelben Container, zwischen unzähligen anderen. Erst vor kurzem hat Blum hier Ordnung gemacht, sie wird ungestört sein. Keine Kameras, kein Wachpersonal, billigster Lagerplatz vor den Toren Hamburgs. Als sie auf das Gelände fährt, sind da nur Müll und Unkraut, trostlos alles. Da ist nur das Winseln neben ihr. Schiele. Sein Kopf dreht sich. Seine Augen starren sie an.

Blum steigt aus, sperrt den gelben Container auf. Sie nimmt den billigsten Verbrennungssarg, leicht ist er. Noch einmal schaut sie, ob sie auch wirklich allein ist, ob da niemand ist, der ihr zusieht. Ohne Rührung öffnet sie die Beifahrertür und zerrt ihn aus dem Wagen, schleift ihn die drei Meter bis zum Container. Schiele schüttelt sich, wehrt sich. Und wieder Strom. So, als hätte sie nie etwas anderes getan, stellt sie das wilde Tier ruhig. Blum macht ihre Arbeit, egal wie schwer es ist, wie anstrengend. Sie kippt den Sarg zur Seite, rollt Schiele hinein, schiebt. Erneut fließt Strom durch seinen Körper. Er stöhnt, kann es nicht aufhalten. *Wenn du nicht stillhältst, werde ich es wieder und wieder tun, dein Herz wird zu flimmern beginnen. Und du wirst sterben.* Blum möchte es aussprechen. Ihm noch mehr Angst machen, doch sie schweigt. Kein Wort mehr zu ihm. Weil alles gesagt ist.

Sie schaut auf ihn hinunter. Wie er daliegt mit großen Augen. Wie er bettelt, winselt. Egon Schiele in seinem schwarzen Anzug. Der Zuhälterkönig, hilflos und panisch. *Bitte, Marie, das muss doch nicht sein. Lass uns reden, Marie. Hör auf damit.* Doch Marie hört nicht auf. Sie zündet die Grabkerze an, die sie mitgebracht hat, und zieht die Containertür zu. Sie legt den Sargdeckel auf den Boden und setzt sich nieder. Zündet sich eine Zigarette an und raucht. Blum schaut ihn nur an. Er weiß jetzt, dass sie es ernst meint, dass er nichts mehr tun kann. Da ist niemand, der sie daran hindern wird, den Deckel auf den Sarg zu legen. *Es ist wichtig, sich von dem Verstorbenen am offenen Sarg zu verabschieden. Um zu begreifen, dass er tot ist. Dass er dich nie wieder berühren wird. Dass er nicht mehr in deinem Leben sein wird. Nie wieder.* Was sie immer zu den Angehörigen gesagt hat. Sie hört es in ihrem Kopf und lächelt sanft. Nimmt Abschied.

Blum macht die Zigarette aus und steht auf. Sie wird jetzt zu Reza fahren und die Kinder in den Arm nehmen. Ohne Schiele noch einmal anzusehen, hebt sie den Deckel hoch und schließt den Sarg. Wie sie es schon tausend Mal gemacht hat, sie nimmt die Schrauben und steckt sie in die Löcher. Dreht. Sie bläst die Kerze aus und zieht die Tür hinter sich zu.

61

Wenn man ganz nah herangeht, wenn man das Ohr an die Containertür presst, wenn man alles rundherum ausblendet, kann man es noch hören. Ein anhaltendes Stöhnen aus dem Innenraum. Blum lauscht. Sie bleibt stehen, ihr Ohr immer noch an die Tür gelegt, das Eisen, das zwischen ihr und ihm ist. Die Sonne, die ihr ins Gesicht scheint. Und ihre Augen, die sie schließt. Wie gut es sich anfühlt. Wie friedlich plötzlich alles ist. Wie weit weg seine Stimme. Eingesperrt in seinem Mund für immer. Mit Klebeband verschlossen. Die Türe zu. Nichts mehr kann passieren.

Blum. Sie wird das Auto saubermachen und dort abstellen, wo Johann es finden kann. Sie wird die Pässe und das Geld nehmen, mit dem Zug nach Cuxhaven fahren und die Kinder wiedersehen. Mit ihnen aufs Meer hinausfahren und glücklich sein. Doch gerade als sie gehen will, passiert es. Ihr Herz hört beinahe auf zu schlagen, ihre Träume lösen sich in Luft auf. Die Bilder von den Kindern, von Reza. Von einem Moment zum anderen ist alles wieder weg. Aus dem Nichts die Hand, die plötzlich auf ihrer Schulter liegt. Blum hat nicht gehört, wie er näher gekommen ist, sie hatte nicht damit gerechnet. *Endstation, meine Liebe.* Blum dreht sich um, weicht zurück, sie will davonlaufen, doch das geht nicht. Lambert hat eine Waffe in der Hand. Er zielt auf sie.

– Dachten Sie wirklich, dass Sie mit der Nummer am Bahnhof durchkommen? Wir hatten doch eine Vereinbarung, oder nicht?
– Es ist ja nichts passiert. Ich habe Ihnen versprochen, dass ich Ihnen sage, wo Sie die Leichen finden. Ich hätte Sie angerufen.
– Das hätten Sie nicht getan. Deshalb bin ich Ihnen gefolgt und ebenfalls in diesen Zug gestiegen, bin Ihnen nachgelaufen, Ihnen hinterhergefahren. Mit einem Taxi. Beinahe wie in einem schlechten Film. *Folgen Sie dem Leichenwagen*, habe ich gesagt. Ich kam mir ehrlich gesagt etwas albern vor.
– Sie sind also schon die ganze Zeit hier?
– Bin ich, ja. Und es war wirklich spannend, Ihnen zuzusehen.
– Könnten Sie bitte aufhören, die Waffe auf mich zu richten.
– Nein, leider nicht. Wie Sie sich erinnern können, bin ich bei der Polizei.
– Er hat mich angegriffen, ich musste mich wehren. Ich hatte keine andere Wahl.
– Das klingt wenig glaubhaft.
– Bitte nehmen Sie die Waffe weg, wir können über alles reden.
– Sie geben mir jetzt den Schlüssel für den Container.
– Nein.
– Das war keine Bitte, sondern ein Befehl.
– Schiele bleibt dort, wo er ist.
– Wenn ich das richtig gesehen habe, ist er verletzt.
– Nichts Schlimmes.
– Sie haben ihn in einen Sarg gelegt.

– Ja.
– Und Sie haben den Sarg mit einem Deckel verschlossen, als Sie mit ihm allein waren, richtig?
– Richtig.
– Sie wollten jetzt tatsächlich einfach verschwinden? Ihn verletzt hier zurücklassen?
– Ja, das wollte ich.
– Er würde da drin wahrscheinlich sterben. Allzu oft wird hier niemand vorbeikommen.
– Der Container wird in den nächsten zwei bis drei Wochen sicher nicht geöffnet werden.
– Das wäre dann Mord.
– Ja, das wäre es wohl.
– Wem gehört das alles hier? Der Container, der Leichenwagen, die Särge?
– Das wissen Sie doch schon längst, nicht wahr? Sie haben doch bestimmt schon telefoniert, das Kennzeichen überprüfen lassen.
– Den Schlüssel bitte. Jetzt sofort. Sonst werde ich Ihnen ins Bein schießen müssen. Wollen Sie das?
– Nein.
– Das ist die richtige Entscheidung, glauben Sie mir.
– Ich habe wirklich gedacht, dass ich es geschafft hätte. Dass es endlich vorbei ist. Dass ich ein Mal alles richtig gemacht habe.
– Und jetzt sagen Sie mir bitte, wo ich die zwei Leichen finde.
– Warum sollte ich das jetzt noch tun? Warum sollte ich Ihnen jetzt noch helfen?
– Sie wollen doch weg, oder?
– Ja, das will ich.

– Wenn Sie mir sagen, was ich wissen will, werde ich Sie in Ruhe lassen. Wir werden uns verabschieden und uns nie wieder sehen. Das ist mein Angebot.

– Und Schiele?

– Bleibt, wo er ist. Ich werde diesen Schlüssel in den Gully hier werfen. Der Kanal wird ihn verschlucken, er wird wohl für immer verlorengehen.

– Das verstehe ich nicht.

– Es ist ganz einfach. Sie müssen mir nur sagen, wo die Leichen sind, dann können Sie gehen. Um alles andere werde ich mich kümmern.

– Blankenese, Treppenviertel, Krumdal, ein kleines reetgedecktes Fischerhäuschen. Es gehört ihm. Sie liegen dort in der Küche.

– Danke. Damit haben wir jetzt ein Motiv.

– Wofür?

– Für das hier. Den Mord an Egon Schiele. So wie es aussieht, werden meine Kollegen und ich mit größter Wahrscheinlichkeit von einem Vergeltungsakt ausgehen. Alles spricht dafür. Die Axt, die uns anonym zugespielt wurde, seine Fingerabdrücke, die wir darauf sichergestellt haben, und die Leichen, die ich morgen finden werde. Wir werden Schiele wegen Mordes zur Fahndung ausschreiben. Aber bedauerlicherweise wird die Fahndung erfolglos bleiben. Überraschenderweise werden wir seine Leiche in den nächsten Wochen in diesem Container hier entdecken, die Medien werden sich darauf stürzen. Einen Bandenkrieg am Kiez werden sie herbeischreiben, niemand wird annehmen, dass es sich um etwas anderes handelt. Die Polizei nicht, und auch sonst niemand.

– Und ich?
– Was soll mit Ihnen sein? Sie waren ja nur die Aushilfe im Bestattungsinstitut, oder? Der alte Mann hat Sie zum Glück nicht angemeldet.
– Woher wissen Sie das?
– Ich habe mit ihm geredet.
– Wann?
– Ist doch egal. Niemand wird nach Ihnen fragen, der alte Mann wird nichts sagen, er mag Sie.
– Was wissen Sie noch?
– Ich weiß nur, dass Schiele hierhergebracht wurde, weil das der perfekte Platz ist, um ihn verschwinden zu lassen. Um ihn lebendig zu begraben. Wahrscheinlich war es jemand, der zufällig mitbekommen hat, dass hier Särge gelagert werden. Jemand von den anderen fünfhundert Menschen, die hier einen Container gemietet haben.
– Warum tun Sie das für mich?
– Weil ich heute das erste Mal seit sehr langer Zeit wieder gut schlafen werde. Und weil ich mich auf mein Gefühl verlasse.
– Und was sagt Ihr Gefühl?
– Dass Sie jetzt zu Ihren Kindern gehen sollten.
– Sie wissen, wer ich bin, nicht wahr?
– Ich weiß nur, dass auch ich jetzt zu meiner Tochter fahre und für sie kochen werde. Das ist das einzig Wichtige.
– Sie wird sich darüber freuen.
– Ja, das wird sie. Auch darüber, dass ich mit ihr eine Reise machen werde, wenn das hier vorbei ist.
– Das ist schön.
– Ja, das ist es.

Lambert gibt ihr die Hand. *Ich wünsche Ihnen noch ein schönes Leben*, sagt er. Dann dreht er sich um und geht. Ohne ein weiteres Wort lässt er sie zurück, er sieht ihr überraschtes Gesicht nicht mehr, ihr Staunen. So als wäre nichts passiert, als wäre die Welt ein schöner Ort, schlendert er Richtung Straße. Blum schaut ihm nach, verwundert, glücklich. Sie hinterfragt es nicht. Ob es nur eine Ahnung war oder mehr. Ob er weiß, wer sie ist, was sie getan hat. Kurz wartet sie noch. Einmal hört sie noch hin. Da ist immer noch sein Stöhnen. Dann steigt sie in den Leichenwagen und fährt los.

Alles ist gut

Man sieht alles von oben. Das Meer, das Segelboot, ihre Haut. Eine Frau an Deck, die Sonne scheint. Sie liegt einfach nur da, ihre Augen sind offen. Nur sie und der Himmel, die Wolken. Es ist der schönste Platz auf der Welt, das Salz in der Luft, die vertraute Landschaft. Irgendwo vor Dugi Otok liegen sie. Alles, was passiert ist, verschwindet.

Blum setzt die Segel. Sie hat Schieles Yacht in Kroatien verkauft, sich mit diesem Segelboot einen Traum erfüllt. *Einmal um die Welt*, hat sie zu den Kindern gesagt. *Habt ihr Lust?* Die Kinder waren begeistert, sind es immer noch. Weil Mama bei ihnen ist, morgens, mittags, abends. Blum gibt ihnen Sicherheit, sie geht nicht mehr weg, mit einem Lächeln schaut sie zu, wie sie mit Tellern und Schüsseln an Deck kommen. Sie wollen, dass Mama kostet, was sie in der Küche zubereitet haben. Thunfischsalat mit Mais und Tomaten. Blum nimmt die Gabel in den Mund und streicht sich über den Bauch. *Köstlich*, sagt sie. *Ich will mehr davon.* Dann zurrt sie ein Seil fest und geht zum Steuerrad, die Kinder mit dem Salat hinter ihr her.

Da ist keine Angst mehr. Seit drei Monaten nichts, das sie beunruhigt, niemand, der nach ihr sucht. Nur ein Verbrechen in Hamburg war es, über das Blum vor Wochen gelesen hat. Ein Zuhälter, den man hingerichtet hat, Krieg am Kiez, Machtwechsel im Milieu, nur schlechte Nachrichten waren es, Zeitungen, die Reza ihr aus der Hand genommen und weggeworfen hat. *Du hast nichts damit zu tun,* hat er gesagt. Und sie geküsst.

Selbstverständlich und liebevoll steht er neben ihr. Er umarmt sie und flüstert in ihr Ohr. Blum nickt. Weil sie weiß, dass Reza Recht hat. Weil dieser Satz ihr ein Lächeln ins Gesicht zaubert. *Alles ist gut,* sagt er. Noch einmal ganz leise. *Alles ist gut.*

MIX
Papier aus verantwortungsvollen Quellen
FSC® C083411

Verlagsgruppe Random House FSC® N001967

1. Auflage

Umschlaggestaltung: semper smile
Umschlagmotiv: Bernhard Aichner
Satz: Uhl + Massopust, Aalen
Druck und Einband: CPI books GmbH, Leck
Printed in Germany
ISBN 978-3-442-75637-7

Bernhard Aichner

Die Totenfrau-Trilogie

Totenfrau

Thriller

464 Seiten, btb 74926

Blum ist Bestatterin. Sie ist liebevolle Mutter zweier Kinder, fährt Motorrad, trinkt gerne und ist glücklich verheiratet. Blums Leben ist gut. Doch plötzlich gerät dieses Leben durch den Unfalltod ihres Mannes aus den Fugen. Vor ihren Augen wird Mark überfahren. Fahrerflucht. Alles bricht auseinander. Das Wichtigste in ihrem Leben ist plötzlich nicht mehr da. Durch Zufall findet sie heraus, dass mehr hinter dem Unfall ihres Mannes steckt, dass fünf einflussreiche Menschen seinen Tod wollten. Blum sucht Rache.

Totenhaus

Thriller

448 Seiten, btb 71442

Die Jägerin wird zur Gejagten

»Totenhaus von Bernhard Aichner liegt irgendwo zwischen »Shining« und »Alice im Wunderland« auf Speed. Betörend verstörend schön.«
3SAT KULTURZEIT

Totenrausch

Thriller

480 Seiten, btb 75637

Das furiose Finale der Totenfrau-Trilogie

Die Frau, die in das Büro eines Hamburger Zuhälters stürmt, ist verzweifelt. »Ich brauche Pässe für mich und meine zwei Kinder«, sagt sie. Und: »Wenn du mir hilfst, werde ich jemanden für dich töten.« Es wäre nicht das erste Mal ...

btb

Bernhard Aichner

Die Max-Broll-Krimis

Die Schöne und der Tod

256 Seiten, btb 71366

Die Schwester seiner ersten großen Liebe bringt sich um. Totengräber Max Broll muss sie begraben, doch dann wird ihre Leiche aus dem noch frischen Grab entführt. Warum? Und vor allem: von wem?

Für immer tot

240 Seiten, btb 71367

Um sie herum ist alles dunkel. Sie hat keine Ahnung, wo sie sich befindet. Ihre letzte Erinnerung: Ein Mann ist in ihre Wohnung eingedrungen, hat sie überwältigt, in eine Kiste gepfercht und irgendwo im Wald vergraben. Totengräber Max Broll auf der verzweifelten Suche nach seiner Stiefmutter …

Leichenspiele

272 Seiten, btb 71368

Die Dorfidylle trügt: Max Broll und sein bester Freund, der ehemalige Fußballstar Johann Baroni erhalten ein unmoralisches Angebot. Man bietet den beiden viel Geld – wenn sie dafür eine Leiche vom Friedhof verschwinden lassen …

btb